Margret Jakobs

Unfassbar diese Liebe

Margret Jakobs

Unfassbar diese Liebe

kleine Geschichten über einen großen Gott

Fromm Verlag

Imprint

Cover image: Vom Autor bereitgestellt

Publisher:
Fromm Verlag
is a trademark of
International Book Market Service Ltd., member of OmniScriptum Publishing Group
17 Meldrum Street, Beau Bassin 71504, Mauritius

Printed at: see last page
ISBN: 978-613-8-36472-6

Inhaltsverzeichnis

Ein Wort zuvor

Vor vielen Jahren, ich war noch Außendienstmitarbeiterin bei einer großen Kosmetikfirma, fuhr ich auf der B213. Wie öfter fuhr ich äußerst angespannt wegen meines dauernden Termindrucks. Diese vielen Lastkraftwagen vor mir, das war doch wieder typisch B 213. Sie alle zu überholen war durch die baulichen Gegebenheiten der Bundesstraße unmöglich. Aber ein anderer Weg zurück nach Nordhorn war mir nicht eingefallen. Nun musste ich da durch. Ob ich es pünktlich zu meinem Termin schaffen würde? Die Anspannung wuchs mit jeder roten Ampel und mussten heute eigentlich so viele „Sonntagsfahrer" unterwegs sein? Das war doch wirklich ärgerlich! Meine trüben Gedanken wurden plötzlich sanft unterbrochen. Ich vernahm in meinem Inneren eine leise, aber feste Stimme. „Du wirst ein Buch schreiben!" Es fühlte sich an, als ob dieser Gedanke von mir kam, aber ich wusste, dass dem nicht so war. „Du wirst ein Buch schreiben!" hörte ich in meinem Inneren mit Nachdruck." Herr, bist Du das ?" fragte ich. Ja, genau diesen Wunsch hatte ich viel früher schon mal gehabt, ihn aber immer wieder verworfen. Was für ein Buch sollte *ich* schon schreiben? Wer sollte etwas von *mir* lesen wollen? waren nicht schon alle interessanten Themen von unzähligen guten Autoren behandelt worden? Was hatte *ich* der Welt schon zu sagen ? Außerdem war ich ständig in Hektik und versuchte, die beruflichen Anforderungen von wöchentlich ca. 45 Stunden mit denen meiner Familie mit drei jugendlichen Kindern in Einklang zu bringen. Natürlich engagierte ich mich auch, wo noch Zeit blieb, in meiner Gemeinde. Wenn ich morgens meine stille Zeit geschafft hatte, war ich froh und glücklich, denn dort gab mir der Herr die Kraft für den Tag. Einige Zeit dachte ich noch über das Gehörte nach, jedoch hatte mich der Alltag mit all seinen Herausforderungen bald wieder im Griff. Die Verheißung, ich würde ein Buch schreiben, wanderte ziemlich weit nach hinten in meinem Bewusstsein.........Welches Buch schreibe ich nun und für wen ?..........Dieses Jahr, ich war schon seit zwei Jahren krank geschrieben, und die Verheißung lag etwa vierzehn Jahre zurück, kam dieser Gedanke mir wieder öfter in den Sinn. Ich war durch eine lange schwere Zeit gegangen und traute mir nicht viel zu. Langsam hatte ich angefangen, mich wieder ein bisschen in das Gemeindeleben einzubringen, blieb aber wegen meiner Einschränkungen wie Vergesslichkeit und mangelnder Konzentrationsfähigkeit am liebsten im Hintergrund. Meine Bedenken, was ich der Welt wohl zu sagen hätte, blieben und dominierten.

Der Nebel lichtet sich.

Plötzlich las und hörte ich überall Bibelworte über das Zeugnisgeben.
Sie sprachen mich alle total an. Ich überlegte: „Na ja, genügend Zeugnisse über das vielfältige Eingreifen und Wirken Gottes in meinem Leben habe ich ja. Aber will das jemand hören?" An einem Hauskreisabend las jemand im Rahmen des besprochenen Themas aus *Offb.12,11: „Und sie haben ihn überwunden wegen des Blutes des Lammes und wegen des Wortes ihres Zeugnisses..."* Nachdem ich das gehört hatte, wurde mir klar, wie immens wichtig unser Zeugnis ist. Unser Zeugnis ist das, was uns keiner streitig machen kann. Was wir mit dem Herrn erlebt haben, haben wir erlebt. Oft haben mich kleine und große Zeugnisse ermutigt, die viele liebe Gotteskinder auf irgendeine Weise geteilt haben, wenn ich gerade eine schwierige Zeit durchmachte. Persönliche Zeugnisse machen die alles überragende, unfassbare Liebe, die Der Vater, Der Sohn und Der Heilige Geist für uns haben, erlebbar. Die Bibel ist voll davon. Und es ist einfach schön zu hören , dass die Geschichte von Gott und den Menschen nicht zuende ist. Diese Geschichte von Gottes liebendem Werben um die Menschen geht weiter. Millionen von Gotteskindern erleben dies täglich. Ich möchte so viele Zeugnisse wie möglich davon sammeln, um IHM dafür die Ehre zu geben und möglichst viele Menschen dadurch neuen Mut zu zusprechen.Ja, aber warum ich? Ich bin kein Schriftsteller. Da sind bestimmt geeignetere, gebildetere Leute, die so ein Buch schreiben können. Es gibt auch sicher schon Zeugnissammlungen. All diese Bedenken werden immer leiser, je mehr der Wunsch in mir brennt, meinem Herrn gehorsam zu sein und zu tun, was ER mir ins Herz

gelegt hat. Ja, unser Gott benutzt Menschen, auch solche, die sich schwach fühlen, anderen Menschen von Seiner Liebe zu erzählen und diese weiter zu geben. Ich fand in der Bibel, das mir die endgültige Motivation für dieses Buch gab. LK.3,4 *„Stimme eines Rufenden in der Wüste: Bereitet den Weg des Herrn, macht Seine Wege gerade!“* Wie viele Menschen fühlen sich auch heute wie in einer Wüste: ausgetrocknet, durstig, hungrig nach Annahme und bedingungsloser Liebe. Deshalb ist es mein Anliegen, dass Du lieber Lesende erfährst, dass Der lebendige Gott auch heute noch auf viele Arten in das Leben von Menschen hinein spricht. ER hat **Dich** im Fokus und will Dich heute wissen lassen, wie sehr ER Dich liebt! „Wen, mich?“ fragst Du Dich vielleicht. „ Ja, Dich...“Der Du noch nie etwas von IHM gehört hast. Der Du nicht an Seine Existenz glaubst. Der Du Dich nie mit IHM beschäftigst hast und glaubst, IHN nicht zu brauchen. Der Du glaubst, es reiche, als Baby getauft worden zu sein. Der Du keine Zeit für IHN hast. Der Du der festen Überzeugung bist: „ für mich ist es zu spät, ich bin zu schlecht.“ Der glaubt, „ich kann es nicht schaffen, schon oft genug versucht!“ Der meint: „meine Sünde ist zu groß, da gibt es kein Zurück!“Der von irgendeiner christlichen Gemeinschaft enttäuscht wurde. Der schon jahrelang mit IHM geht, aber durch das ganze Dienen in Seinem Reich IHN selbst nicht mehr spürt. Ja, es gibt diesen liebenden Vater im Himmel; Er wirbt um *Dich.* ER will mit *Dir* eine tiefe Liebesbeziehung von Herz zu Herz eingehen oder neu beleben. Egal, wer Du bist, oder was Du getan hast, noch kannst Du Dich entscheiden, Sein Angebot in JESUS CHRISTUS anzunehmen und Dein Leben hier und in der Ewigkeit mit IHM verbringen. Mein Gebet ist, dass Du durch die Geschichten, die ganz „normale“ Menschen mit dem Herrn erlebt haben, berührt und inspiriert wirst.

DU BIST GEMEINT!

Was sagt die Bibel über das Zeugnisgeben?

Die Bibel, welche die Christenheit als das Wort Gottes anerkennt, spricht sehr oft über das Zeugnisgeben. Damit misst sie dem Zeugnis einen großen Wert zu und betont seine Wichtigkeit. Hier einige Beispiele: *„Vor Königen will ich reden von Deinen Zeugnissen und will mich nicht schämen.“ Ps.119,46 „ Denn sie werden euch an Gerichte überliefern und in ihren Synagogen euch geißeln; Und auch vor Stadthalter und Könige werdet ihr geführt werden um Meinetwillen, ihnen und den Nationen zum Zeugnis.“ Mt.10,18*

„Denn aus dem Herzen kommen hervor böse Gedanken, Mord, Ehebruch, Unzucht, Diebstahl, falsche Zeugnisse, Lästerungen. Diese Dinge sind es, die den Menschen verunreinigen.“ Mt.15,19

„ Und dieses Evangelium des Reiches wird gepredigt werden auf dem ganzen Erdkreis, allen Nationen zu einem Zeugnis, und dann wird das Ende kommen.“ Mt.24,14

„Jesus selbst aber vertraute sich ihnen nicht an, weil Er alle kannte und nicht nötig hatte, dass jemand Zeugnis gebe von dem Menschen; denn Er selbst wusste, was in dem Menschen war,“ Jh.2, 24,2

„Aber auch in eurem Gesetz steht geschrieben, dass das Zeugnis zweier Menschen wahr ist.“ Jh.8,17

„ Wenn der Beistand gekommen ist, den Ich euch von Dem Vater senden werde, Der Geist der Wahrheit, Der von Dem Vater ausgeht, so wird Der von Mir zeugen.“ Jh.15,26

„Der Geist selbst bezeugt (zusammen mit unserem Geist), dass wir Kinder Gottes sind.“ Röm.8,16

„So schäme dich nun nicht des Zeugnisses unseres Herrn noch meiner, Seines Gefangenen, sondern leide mit für das Evangelium nach der Kraft Gottes.“ 2.Tim.1,8

„Der Glaube ist aber eine Verwirklichung dessen, was man hofft, ein Überführt sein von Dingen, die man nicht sieht. Denn durch ihn haben die Alten Zeugnis erlangt.“ Heb.11,1,2

„Und als es das fünfte Siegel öffnete, sah ich unter dem Altar die Seelen derer, die geschlachtet worden waren um des Wortes Gottes und um des Zeugnisses willen, das sie hatten.“ Offb.6,9

Einführung

Ich habe den Titel des Buches „unfassbar, diese Liebe“
„kleine Geschichten über einen großen Gott“
genannt. Aus Ehrfurcht und Respekt habe ich übrigens in den Texten die Pronomen, die DEN HERRN betreffen, alle groß geschrieben. Alle genannten Bibelstellen stammen aus der revidierten Elberfelder Übersetzung. Einige Menschen stellen sich Gott als einen alten Mann mit weißem langen Bart vor, ähnlich vielleicht dem Nikolaus. Er sitzt im Himmel und erfüllt Wünsche. Er segnet das, was Seine Kinder tun und hat das zu erfüllen, was sie sich wünschen, damit sie sich selbst verwirklichen können und ein gutes Leben haben. Am Ende werden alle Menschen im Himmel aufgenommen, denn Gott ist ja nett. Andere Menschen stellen sich Gott als autoritären, ewig streng drein schauenden alten Mann vor, der keinen Spaß versteht, in Askese und mit unzähligen Regeln lebt und das auch von seinen Kindern erwartet. Immer ruht sein strenger Blick auf allen Menschen, um ihre Vergehungen und Sünden zu zählen und zu sammeln. Am Ende kommen dann nur die Menschen in den Himmel, die gute Taten vorzuweisen haben. Die Bibel spricht an mehreren Stellen davon, welches Wesen unser Gott tatsächlich hat. Um die außergewöhnliche Liebe Gottes zu uns Menschen, die Agape Liebe, ein bisschen besser zu verstehen, wollen wir uns erst einmal mit dem Wesen und den Eigenschaften unseres Gottes auseinandersetzen.

Gott ist ewig und Er verändert sich nie.

Ps.90.2 *„Ehe die Berge geboren waren, und Du die Erde und die Welt erschaffen hattest, von Ewigkeit zu Ewigkeit bist Du Gott.“*

Ps.102.25b-28 *„Du hast einst die Erde gegründet, und die Himmel sind Deiner Hände Werk. Sie werden umkommen, Du aber bleibst.(...) Du aber bist derselbe, und Deine Jahre enden nicht.“*

Offb.1.8 *„ICH bin das Alpha und das Omega, spricht Der Herr, Gott Der ist und Der war und Der kommt, Der Allmächtige.“*

ER ist der EINZIGE wahre Gott.

Die Menschheit betet viele „Gottheiten“ an, entsprechend viele Religionen gibt es auf der Welt. Sehr viele Menschen beten auch eine Person oder eine Sache an. Das, was Dir als erstes am Tag in den Sinn kommt, ohne das Du nicht leben kannst, das ist Dein Gott! (aus einer Predigt von Johannes Hartl) Unser Gott, VATER, SOHN und HEILIGER GEIST sagt aber von sich selbst, dass ER Der einzig wahre Gott ist.

Jes.43.11 *„Vor Mir wurde kein Gott gebildet, und nach Mir wird keiner sein. Ich bin Der Herr, und außer Mir gibt es keinen Retter.“*

Jes.44.6 –8 *„So spricht Der Herr (...) Ich bin Der Erste und bin Der Letzte, und außer Mir gibt es keinen Gott. Und wer ist wie Ich? Er rufe es und verkünde es und lege es Mir dar! (...) Gibt es einen Gott außer Mir? Es gibt keinen Fels, Ich kenne keinen.“*

Jes.45.21 – 22 *„Einen gerechten und rettenden Gott gibt es außer Mir nicht! Wendet euch zu Mir, und lasst euch retten, alle ihr Enden der Erde! Denn Ich bin Gott und keiner sonst.“*

Jo.17.3 *„Dies aber ist das ewige Leben, dass sie Dich, Den allein wahren Gott, und Den Du gesandt hast, Jesus Christus, erkennen.“*

Gott ist Geist

Joh.4.21 *„Gott ist Geist, und die Ihn anbeten, müssen Ihn in Geist und Wahrheit anbeten.“*

1.Tim.1.17 *„Dem unvergänglichen, unsichtbaren, alleinigen Gott, sei Ehre und Herrlichkeit.“*

Er ist eine Person
Mt.11.25 *„Zu jener Zeit begann Jesus und sprach: Ich preise Dich Vater, Herr des Himmels und der Erde, dass Du dies vor Weisen und Verständigen verborgen und es Unmündigen geoffenbart hast.“* Mt.6.9 *„Betet ihr nun so: Unser Vater, Der Du bist in den Himmeln, geheiligt werde Dein Name;“*

Seine Eigenschaften

Er ist allgegenwärtig
Jer.23.24 *„Oder kann sich jemand in Schlupfwinkeln verbergen, und Ich, Ich sähe ihn nicht? Spricht Der Herr. Bin Ich es nicht, Der die Himmel und die Erde erfüllt? spricht Der Herr.“*
Gott ist allwissend
Spr.15.3 *„Die Augen des Herrn sind an jedem Ort, und schauen aus auf Böse und auf Gute:“*
Ps.139.1 – 4 *„Herr Du hast mich erforscht und erkannt. Du kennst mein Sitzen und mein Aufstehen, Du verstehst mein Trachten von fern. Mit allen meinen Wegen bist Du vertraut....“*
ER ist heilig und hasst Sünde
1.Sam.2.2 *„Keiner ist so heilig wie Der Herr, denn außer Dir ist keiner. Und kein Fels ist wie unser Gott.“*
Jes.6.3 *„Und einer rief dem anderen zu und sprach: Heilig, heilig, heilig ist Der Herr der Heerscharen! Die ganze Erde ist erfüllt von Seiner Herrlichkeit.“*
Spr.15.9 *„Ein Gräuel für den Herrn ist der Weg des Gottlosen; wer aber Gerechtigkeit nachjagt, den liebt Er“*
Jes.59.1 –2 *„Siehe, die Hand Des Herrn ist nicht zu kurz, um zu retten (...) eure Vergehen sind es, die eine Scheidung zwischen euch und eurem Gott, und eure Sünden haben Sein Angesicht vor euch verhüllt, dass Er nicht hört.“*
Er ist geduldig, gnädig, barmherzig und vergibt gern
2.Chr.30.9 – 10 *„Denn wenn ihr zu Dem Herrn umkehrt, dann werden eure Brüder und eure Kinder Barmherzigkeit finden bei denen, die sie gefangen weggeführt haben; und sie werden in dieses Land zurückkehren. Denn gnädig und barmherzig ist Der Herr euer Gott, und Er wird das Angesicht nicht von euch abwenden, wenn ihr zu Ihm umkehrt.“*
Röm.4.7 – 8 *„Glückselig die, deren Gesetzlosigkeiten vergeben und deren Sünden bedeckt sind. Glückselig der Mann, dem Der Herr Sünde nicht zurechnet.“*
1.Joh.2.12 *„Ich schreibe euch, Kinder, weil euch die Sünden vergeben sind um SEINES Namens willen.“*
Ps.30.6 „Denn einen Augenblick stehen wir in Seinem Zorn, ein Leben lang in Seiner Gunst“
Ps.30.12 „Meine Wehklage hast Du mir in Reigen verwandelt, mein Sacktuch hast Du gelöst und mit Freude mich umgürtet.“
Gott ist gerecht und treu
Ps.119.137 *„Gerecht bist Du Herr, und richtig sind Deine Urteile.“*
1.Joh.1.9 – 10 *„Wenn wir unsere Sünden bekennen, ist ER treu und gerecht, dass ER uns die Sünden vergibt und uns reinigt von jeder Ungerechtigkeit.“*
Gott ist Liebe
Die Liebe, die Gott zu den Menschen hat, ist nicht wie die Liebe, die wir kennen. Wir lieben meistens die, die unsere Liebe erwidern. Gott liebt alle Menschen, egal ob sie ihn kennen oder nicht, ob sie Seine Liebe erwidern oder nicht. Unsere Liebe ist oft an Bedingungen geknüpft. Wenn es schwierig wird, wird sie oft beendet. Gottes Liebe ist endlos, bedingungslos, selbstlos und heißt Agape. Sie liebt, ohne verdient worden zu sein. Sie lässt sich aber auch nicht durch irgendetwas beeindrucken. Die Agape ist und bleibt stets ein freies, nicht verdienbares, uneigennütziges Geschenk eines souveränen Gottes, dessen Wesen diese Liebe ist. Sie wird im ersten Korintherbrief beschrieben.
1.Kor.13.4 – 8 *„Die Liebe ist langmütig. Die Liebe ist gütig; sie neidet nicht; die Liebe tut nicht groß, sie bläht sich nicht auf, sie benimmt sich nicht unanständig, sie sucht nicht das*

Ihre, sie lässt sich nicht erbittern, sie rechnet Böses nicht zu, sie freut sich nicht über die Ungerechtigkeit, sondern sie freut sich mit der Wahrheit, sie erträgt alles, sie glaubt alles, sie hofft alles, sie erduldet alles. Die Liebe vergeht niemals."
Lieber Lesende, ich möchte dich einladen, Dir diese Beschreibung mehrmals laut und langsam selbst vor zu lesen. Wird dir auch etwas bewusst? Das ist nicht die Art von Liebe, die wir Menschen von uns aus produzieren und praktizieren können. Sie entspricht nicht dem Zeitgeist, aber sie ist ewig, rein und erstrebenswert. Wir können sie uns vom Herrn schenken lassen und dann in IHM darin wachsen, IHN und unseren Nächsten auf diese Art zu lieben. Diese Liebe zieht sich als Thema durch die ganze Bibel. Jesus selbst sagt uns, wie ER darüber denkt. Mt.22.37 – 40 *„Er aber sprach zu ihm: Du sollst Den Herrn deinen Gott, lieben mit deinem ganzen Herzen und mit deiner ganzen Seele und mit deinem ganzen Verstand.Dies ist das größte und erste Gebot. Das zweite aber ist ihm gleich.Du sollst den Nächsten lieben wie dich selbst. An diesen zwei Geboten hängt das ganze Gesetz und die Propheten."*
Joh. 3.16 *„Denn so hat Gott die Welt geliebt, dass Er Seinen eingeborenen Sohn gab, damit jeder, der an Ihn glaubt, nicht verloren geht, sondern ewiges Leben hat"*
1.Joh.4.9 *„Hierin ist die Liebe Gottes zu uns geoffenbart worden, dass Gott Seinen eingeborenen Sohn in die Welt gesandt hat, damit wir durch Ihn leben möchten"*

Gott ist souverän

Gott ist nicht, wie so viele Menschen glauben, ein Wunscherfüllungsautomat. Bekommt man nicht, um was man gebeten hat, wird manchmal Seine Allmacht oder gar Seine Existenz angezweifelt. ER bestimmt, ob ER wann, wie und wo eingreift. Oft benutzt er unsere Umstände, um uns zu formen. Jes.64.7 *„Aber nun Herr. Du bist unser Vater. Wir sind der Ton, und DU bist unser Bildner, und wir alle sind das Werk Deiner Hände"*
Der Mensch kann die Größe Gottes und Seine Weisheit nicht verstehen.
Jes.55.8 *„Denn Meine Gedanken sind nicht eure Gedanken, und eure Wege sind nicht Meine Wege, spricht Der Herr. Denn (...) so viel der Himmel höher ist als die Erde, so sind Meine Wege höher als eure Wege und Meine Gedanken als eure Gedanken."*
Ps.139.4 *„Denn das Wort ist (noch) nicht auf meiner Zunge – siehe, Herr, Du weißt es genau."*

Gott ist ein kreativer Schöpfer und ein Gott der Schönheit und des Überflusses.

Schauen wir uns einmal die Schönheiten der Natur im Einzelnen an, sehen wir, wie kreativ unser Schöpfer ist. Es gibt unzählige Beispiele für die Genialität Seiner Kreationen. Auch die Wissenschaft hat dieses teilweise erkannt und kopiert Wirkweisen aus der Natur, zum Beispiel den Lotuseffekt oder Beispiele aus Luft- und Raumfahrt. Und schauen wir uns einmal in aller Ruhe die Vielfalt bei den Blumen an. Es existieren allein über 1000 Arten von Lilien. Die Beispiele für Schönheit und Überfluss sind ohne Zahl.
1.Mo.1.27 *„Und Gott sprach: Lasst uns Menschen machen in unserm Bild uns ähnlich! Sie sollen herrschen über die Fische des Meeres und über die Vögel des Himmels und über das Vieh und über die ganze Erde und über alle kriechenden Tiere, die auf der Erde kriechen."*
1.Mo.29 *„Siehe, Ich habe euch alles samentragende Kraut gegeben, das auf der Fläche der ganzen Erde ist, und jeden Baum, an dem samentragende Baumfrucht ist, es soll euch zur Nahrung dienen."* Johannes Hartl hat in einer Predigt einmal einen interessanten Gedanken geäußert. Warum hat Gott den Menschen zum Leben dort einen Garten gegeben ? Wäre eine Art Agrarkolchose zum leben und arbeiten nicht viel effektiver gewesen? Hätten nicht zwei Arten Fische gereicht? Es lohnt sich, einmal darüber nachzudenken.
Mt.6.28 *„...Betrachtet die Lilien des Feldes, wie sie wachsen: sie mühen sich nicht, auch spinnen sie nicht. Ich sage euch aber, dass selbst nicht Salomo in all seiner Herrlichkeit bekleidet war, wie eine von diesen. Wenn aber Gott das Gras des Feldes, das heute steht und morgen in den Ofen geworfen wird, so kleidet, (wird ER das) nicht vielmehr euch (tun), ihr Kleingläubigen? (unter zur Hilfenahme der Themenkonkordanz, Christliche Verlagsgesellschaft Dillenburg 6. Auflage 2007*

Themenbereiche

Einführung zum Thema „Wiedergeburt“

Lieber Leser,
vielleicht hast Du schon einmal gehört, wie jemand sagte: „ Ich bin auch Christ!“ Das sagen viele Millionen Leute über sich selbst, ohne wirklich Gottes Kinder zu sein. Ich weiß, dass ich jetzt wieder einige Menschen verärgern werde. Mir ist es aber essentiell wichtig, noch einmal, wie schon so viele vorher aufzuzeigen, was es heißt, sich Gottes Kind nennen zu dürfen.
In Deutschland, wo ich wohne, bezeichnen sich besonders imWesten, sehr viele Leute als Christen. Wenn man sie fragt, was sie zum Christen macht, sagen sie zum Beispiel: Ich gehöre zur .... Kirche. Ich glaube an Gott. Ich wurde als Baby getauft. Ich bin ein guter Mensch und lebe nach den zehn Geboten. Ich gebe immer mein Bestes. Ich engagiere mich in der Kirche. Ich lese in der Bibel. Ich gehöre doch nicht zu den anderen Religionen, wir sind doch alle Christen. Doch machen uns diese Tatsachen wirklich zu Gottes Kindern?
Joh.3.3-7 *„ Wahrlich, wahrlich, Ich sage dir: Wenn jemand nicht von neuem geboren wird, kann er das Reich Gottes nicht sehen. Nikodemus spricht zu Ihm: Wie kann ein Mensch geboren werden, wenn er alt ist? Kann er etwa zum zweiten Mal in den Leib seiner Mutter hineingehen und geboren werden ? Jesus antwortete: Wahrlich, wahrlich Ich sage dir: Wenn jemand nicht aus Wasser und Geist geboren wird, kann er nicht in das Reich Gottes hineingehen. Was aus dem Fleisch geboren ist, ist Fleisch, und was aus dem Geist geboren ist, ist Geist.“* Da nützt es gar nichts, wenn einer sein Leben durch gute Taten schön anmalt. Gottes Geschöpfe sind wir alle, doch zu Gottes Kindern werden wir erst, wenn wir durch JESU Opfer am Kreuz, das wir für uns persönlich angenommen haben, wiedergeboren werden zu einer neuen Schöpfung. Der alte Mensch ist dann tot. Wir sind nun Gottes Kinder und Bürger eines anderen Reiches mit anderen Regeln, Gottes Reich, und nicht mehr Bürger dieser Welt. Lieber Lesende, hast Du diese persönliche Entscheidung für Jesus schon getroffen? Dann hast Du diese Sicherheit in Deinem Herzen, dass Du ein Kind Gottes bist. Du hast Ihm Deine Sünden bekannt und Vergebung empfangen. Dein neues Leben als Himmelsbürger hat begonnen, und Du darfst mit Seiner Hilfe zu IHM hinwachsen. Wenn Du diese persönliche Entscheidung für IHN noch nicht getroffen hast, nutze diesen Moment! Egal, wie Dein Leben aussieht, was darin auch passiert ist. Genau dafür ist ER am Kreuz gestorben. ER wartet mit offenen Armen auf Dich und blickt DICH mit liebenden Augen an!
Sprich einfach ein kurzes Gebet wie dieses:
„ Jesus, ich erkenne, dass ich mir den Himmel nicht selber erarbeiten kann, da meine Natur von Grund auf nicht gut ist. Ich brauche DICH und nehme Dein Opfer am Kreuz und die Vergebung meiner Sünden für mich persönlich an. Danke, dass Du Dein Leben an meiner Stelle gegeben hast. Ich gebe Dir jetzt mein Leben und empfange ein Neues und ein neues Herz von Dir! Danke Herr für Deine unfassbare Liebe!
Nimm Sein Liebesangebot an und sei sicher für die Ewigkeit!
1. Kor.5.17
„ Gehört jemand zu CHRISTUS, dann ist er ein neuer Mensch. Was vorher war, ist vergangen, etwas Neues hat begonnen.“

Das ist mein Gebet für DICH

Habe ich Gott lieb?

Zunächst scheint die Beantwortung dieser Frage sehr einfach zu sein. Wenn ich in mich hineinhöre, ist da ein klares Ja. Doch warum? Was ist eigentlich Liebe? Ein Gefühl? Eine Gewissheit? Befasst man sich mit dem Thema Liebe stößt man auf unendlich viele Geschichten. Die meisten handeln von zwei Menschen, die sich ineinander verlieben. Shakespeare schrieb: Die Reise endet, wenn Liebende sich treffen – was für eine romantische Vorstellung. Man könnte seine Worte so interpretieren, dass man angekommen ist. Die Liebe – ein sicherer Hafen? Viele Liebesgeschichten handeln auch von Menschen, bei denen die Liebe auf eher unerklärliche Weise nach und nach verblasst; andere haben sie schlichtweg verloren. Ist Liebe also vergänglich? Shakespeare war es auch, der schrieb: Liebe macht blind – eine eher erschreckende Vorstellung. Spricht der Lyriker hier von wahrer Liebe?
Will ich tatsächlich, dass eine Reise endet? Oder will ich, dass nun, wo ich meine Liebe endlich gefunden habe, die Reise erst beginnt? Am 9. November 2014 habe ich bewusst Jesus in mein Leben eingeladen. An diesem Tag bin ich während eines Gottesdienstes nach vorne gegangen und es wurde für mich gebetet. Ehrlich gesagt war ich ziemlich überwältigt und danach ganz schön durcheinander. Ich fragte mich, was heißt das jetzt? Fiel diese Entscheidung vielleicht zu früh? Du kennst die Bibel kaum bis gar nicht! Was sind denn nun die Konsequenzen? Was muss ich denn jetzt tun? Warum habe ich das überhaupt getan? Diese Frage erscheint mir noch heute als die Wichtigste. Denke ich weiter über die Liebe nach, dann sehe ich auch andere Formen der Liebe. Nicht nur romantischer Art. Man spricht auch von Liebe zwischen Eltern und Kind, zwischen Freunden und Geschwistern, Nächstenliebe, sogar die Liebe zu uns fremden Personen. Doch ich denke, dass uns die Elternliebe und damit unser Bedürfnis nach Schutz, Trost, Rettung, Heilung, Beratung und Versorgung am meisten prägt. Wir streben danach, von unseren Eltern geliebt zu werden. Mein biologischer Vater war einerseits für Viele der lustige Kumpel. Andererseits plagte ihn eine große Unzufriedenheit und Unruhe. Er war frustriert und teilweise verbittert; Mitmenschen gegenüber, sogar meiner Mutter, sadistisch. Seine seelische Last versuchte er mit Alkohol zu betäuben. Durch meinen Vater trage ich viele seelische Verletzungen. Manchmal denke ich, dass die Dämonen, die ihn damals jagten nun hinter mir her sind. Rückblickend betrachtet, weiß ich gar nicht recht, ob ich ihn tatsächlich geliebt habe, dass ich wirklich wusste, was Vaterliebe bedeutet. Ich habe ihn gefürchtet, geachtet, doch durch sein Verhalten meiner Mutter und mir gegenüber, verlor er nach und nach meinen Respekt. Oft habe ich mich für ihn geschämt. Paradoxerweise wollte ich ihm trotzdem gefallen und von ihm geachtet, geliebt werden. Im Jahre 2001 ist mein biologischer Vater aufgrund einer schweren Erkrankung, bedingt durch seinen Alkoholismus, verstorben. Ich war 13 Jahre alt und hatte damals ehrlich gesagt nicht das Gefühl, wirklich etwas verloren zu haben – bis auf eine große Last. So hart es auch klingen mag, aber die Wahrheit ist, ich weiß nicht, ob ich ihn jemals richtig geliebt habe.
Ich wirke für viele Mitmenschen nach außen hin meist als taff und selbstbewusst. Doch tatsächlich wurde ich durch die unterschiedlichsten Erfahrungen in meinem Leben immer unsicherer. Ich traue mir und meinen Entscheidungen kaum, bin perfektionistisch, will immer mein Bestes geben. Wenn jemand sagt, spring 5 Meter hoch, dann springe ich 10. Dabei reicht es auch nicht, dass ich die Forderung in Metern übertreffe. Nein, der Sprung muss auch in der Technik formvollendet sein. Ich habe erkannt, dass ich nach wie vor, Anerkennung hinterherjage, die von meinem verstorbenen Vater nie erfüllt wurde und durch seinen Tod auch gar nicht mehr erfüllt werden kann. Wenig verwunderlich, dass ich bereits mehrmals in meinem Leben ausgebrannt bin. Dass ich überhaupt erkannt habe, dass ich bereits jahrelang an schweren Depressionen leide, etwas völlig falsch läuft, sehe ich, neben der Liebe Gottes, als sein größtes Geschenk für mich an. Und ich denke, ohne Jesus hätte ich nicht erkannt, dass mein Leben in falschen Bahnen verläuft. Schlichtweg kannte ich es eben nicht anders. Auch wenn ich es kurz nach meiner Bekehrung nicht wirklich erklären konnte, hatte ich damals bereits die Gewissheit: Jesus ist mein Fundament. Durch Jesus habe ich erfahren, dass Vergebung öffnet und Schmerz verschließt. Nach und nach öffnet sich mein enttäuschtes,

versteinertes Herz und es füllt sich mit Wärme, Frieden – mit Liebe. Oft bekomme ich das Bild, dass ich mit einer Betonschicht übergossen und völlig erstarrt bin. Doch dann sehe ich Jesus, wie er mit Hammer und Meißel die Betonschicht Stück für Stück zerstört. Dadurch, dass ich Jesus folge, dass er mein Vorbild ist, erkenne ich Dinge, die in meinem Leben nicht richtig laufen; letztendlich mir im Wege stehen für ein erfülltes Leben. Ich fühle mich wohlwollend beraten. Ich fühle mich versorgt. Ich fühle mich geliebt. In Römer 8:28 steht: *Eines aber wissen wir: Alles trägt zum Besten derer bei, die Gott lieben*. Gott will mein Bestes, also nur, wenn ich ihn liebe? Liebe ich ihn deswegen? Liegt meine Motivation, der Grund ihn zu lieben wieder in dem Wunsch nach Anerkennung? Dass Gott alles zum Guten für mich wendet? Liebe ich ihn also ausschließlich aus ganz augenscheinlich eigennützigen Motiven? Hatte ich das nicht bereits vergeblich bei meinem biologischen Vater versucht? Ist das wirklich Liebe? In Römer 8 lesen wir weiter: *...; sie sind ja in Übereinstimmung mit seinem Plan berufen.* Hier ist von einer Übereinstimmung die Rede, also eine gegenseitige Willenserklärung zu einer Sache. Und das ist für mich der springende Punkt: der freie Wille. Es ist Gottes freier Wille gewesen, mich zu rufen. Und auch ich bin gewillt, Gottes Plan für mich anzunehmen. Es ist mein Herzenswunsch, mein Leben nach seinem Plan zu leben, selbst, wenn ich dafür den schmalen und manchmal nicht bequemsten Weg gehen muss. Ich habe seine Liebe durch seinen Sohn Jesus angenommen und bin auch in der Lage, sein großes Opfer am Kreuz tatsächlich anzunehmen.Ich will, dass sein Wille geschehe, ich möchte, dass er Gefallen an mir hat – ich sehne mich nicht nach seiner väterlichen Anerkennung, ich bin mir derer bewusst. Ich weiß, dass er mich trotzdem liebt, auch wenn ich einmal falle oder mich falsch verhalte. Ich muss ihn nicht überzeugen, dass ich sein geliebtes Kind bin. Er hilft mir wieder auf und ich darf immer zu ihm kommen. Er ist für mich da – als Beschützer, Tröster, Retter, Heiler, Berater und Versorger – als mein Vater. In einem Prophetie-Workshop teilten mir vor kurzem Glaubensschwestern durch Gottes Gnade mit, dass sie bei mir eine Person in Ketten sehen. Ein bedrückender Gedanke, der mir sehr vertraut ist. Manche Ketten wurden bereits gelöst, doch halte ich noch an einer falschen fest. Offenkundig, dass diese Kette die seelischen Verletzungen aus meiner Vergangenheit symbolisiert. Mir wurde auch gesagt, dass Gott mir für diese Kette eine neue, echte „Perlenkette“ geben will. Was für ein wunderschönes Bild. Zudem wird Gott in Ruhe wirken, er liebt mich und hat mich bei meinem Namen gerufen - ich bin also ganz und gar von ihm angenommen. Schon kurz nachdem ich zum Glauben kam, sagte der Herr mir durch eine Schwester: „Christine, du hast einen neuen Krug bekommen, der alte ist zersprungen und in dem neuen lasse ich neues Lebenswasser regnen. Habe Geduld und vertraue mir.“Auch bekam ich das Wort aus Psalm 32:8: *„Ich will dich belehren und ich zeig dir den Weg. Ich will dich beraten und ich behalte dich im Blick.“* sowie aus 2. Könige 20:5: *„... Ich habe dein Gebet gehört und deine Tränen gesehen. Ich werde dich gesundmachen. ...“* – was für wunderbare Zusagen. Dass sich diese sogar bereits zum Teil erfüllt haben, gibt mir ein unbeschreiblich hohes Maß an Zuversicht, Vertrauen und lässt die Zuneigung zu meinem himmlischen Vater stetig wachsen. Gott hat seinen geliebten Sohn für mich hingegeben – wie groß muss dann seine Liebe für mich sein und wie kann ich diese überhaupt begreifen? Im 1. Johannes 4:8 steht: *„..., denn Gott ist Liebe.“* Der Herr beschreibt die Liebe – und damit folglich sich selbst – im 1. Korinther 13:4-8 wie folgt: *„Die Liebe ist langmütig und freundlich. Sie kennt weder Neid noch Selbstsucht, sie prahlt nicht und ist nicht überheblich. Liebe ist weder verletzend noch auf sich selbst bedacht, weder reizbar noch nachtragend. Sie freut sich nicht am Unrecht, sondern freut sich, wenn die Wahrheit siegt. Sie erträgt alles; sie glaubt und hofft immer. Sie hält allem stand. Die Liebe wird niemals aufhören.“* – Folglich ist die Liebe nicht vergänglich.

Gott liebt mich also nicht nur für immer, seine Liebe ist sogar bedingungslos und wahrhaftig! Ich muss hier nicht um Anerkennung kämpfen, denn ich bin bereits angenommen und mir wird Liebe geschenkt. Die Liebe ist allein durch ihn, mit ihm und in ihm. Ich habe seine Liebe nicht verdient und gleichzeitig musste ich mir auch nichts verdienen. Seine Liebe ist ein persönliches Geschenk an mich.

Ich wusste damals nicht genau wieso, doch an dem Tag meiner Bekehrung kam in mir der Wunsch auf, das Grab meines Vaters zu besuchen. Es war Jahre her, als ich das letzte Mal da war. Heute weiß ich, dass Gott mich geführt hat. Als ich am Grab meines Vaters stand, stand ich da erst mal. Die von mir immer gern unterdrückten Emotionen brodelten an die Oberfläche und ich weinte vor mich hin. Doch dann nahm ich etwas Helles zu meiner Rechten war. Ich schaute zum Ende des Weges und dort stand – vor meinem inneren Auge – Jesus. Er war riesengroß, doch nicht bedrohlich und trug ein weißes Gewand. Er streckte seine rechte Hand nach mir aus und zeigte mit der linken in Richtung Ausgang – eine sehr einladende Geste. Dann schaute ich wieder auf das Grab meines Vaters und bekam die Worte: „Lass los!" Ich willigte ein und sprach leise: „Ich lass jetzt los!" Still weinend ging ich zu Jesus. Erst zögerlich, doch mit jedem Schritt wurde es leichter und bei ihm angekommen, begleitete Jesus mich vom Friedhof und ich ging mit ihm zusammen in ein neues Leben – eine außergewöhnliche Reise begann. Durch Jesus weiß ich, dass Loslassen nur durch Vergebung möglich ist. Ich bete dafür, dass sich der Entschluss – damals vor dem Grab meines Vaters - auch in mein Herz fällt und ich bin zuversichtlich, dass ich irgendwann den Schmerz ganz loslassen kann. Stück für Stück bröckelt der Beton! Oft klingt es noch in mir: „Ich kann nicht!" Der Feind schläft nicht! – Doch ich weiß, Gott kann! Ich habe die Entscheidung getroffen, meinem Vater zu vergeben und den Herrn um Unterstützung gebeten. Der Herr schenkt uns aus Liebe Vergebung, auch wenn wir es nicht verdient haben. Ich bin überzeugt, dass Vergebung der Schlüssel zum wahren Frieden, zu Gottes Reich ist. Und ich bin mir gewiss, dass, wie damals auf dem Friedhof, Jesus neben mir herläuft. Und mit jedem Schritt wird es leichter werden, denn ich erkenne immer mehr: nicht ich trage die Last, Jesus tut das. Ich werde getragen. Gott will, dass wir mutig und zuversichtlich sind und unser volles Vertrauen in ihm legen. Tief in meinem Inneren existiert ein Vertrauen auf dem Herrn. Dieses Vertrauen zu ihm als Vater kann nur er in mich hineingelegt haben, denn besaß ich vorher ein solches nicht. Dass ich ihm wahrlich vertrauen kann, zeigte mir der Herr vor kurzer Zeit durch ein einprägsames Bild: ich lag auf meinem Bett und wollte für eine kurze Zeit entspannen. Plötzlich sah ich mit verschlossenen Augen einen drehenden Gegenstand. Er erinnerte mich an einen Abluftventilator auf einem Dach (Turbowent), ähnlich einer Sahnehaube, die sich schnell drehte. Die Abluft strömt heraus, aber nichts kann von außen eindringen, wird gar abgeprallt. Nach wenigen Sekunden wurde aus diesem drehenden Ventilator deutlich eine goldene Krone, geschmückt mit Edelsteinen. Diese drehte sich ebenso schnell. Ich entdeckte von außen eine Person, die im Zentrum stand. Die Person trug die Krone nicht, sondern war wesentlich kleiner und wurde durch die Krone, wie durch ein riesiges Zelt umhüllt, geschützt. Mit diesem Bild zeigte mir Gott, dass er der König ist und ich als seine Königstochter unter seinem Schutz stehe. Seine Liebe umströmt mich und verhindert, dass Schlechtes von außen eindringen kann, es wird durch seine Macht abgeprallt. Je länger ich also darüber nachdenke, ob ich Gott liebe, desto stärker wird die Gewissheit darüber. Und je mehr Zeit ich mit Gott verbringe, desto größer wird das Gefühl. Ich weiß sicher: *„Der Herr ist mein Hirte, mir wird nichts mangeln!"* (Psalm 23) Ich werde ruhiger, ein innerer Frieden stellt sich mehr und mehr ein. Ich werde gesünder. Ich werde in meinen Taten anderen und mir gegenüber freundlicher und kann mich auch wieder an kleinen Dinge erfreuen. Augenscheinlich Schlechtes wendet der Herr zum Guten und ich verlasse mich immer mehr auf ihn. Er lässt mich Ungerechtigkeiten auf eine sanfte Art erkennen. Ich möchte ihm gefallen, weil ich weiß, dass er gerecht ist. Und all das erkenne ich als Gottes Willen in meinem Leben: er will, dass ich Friede, Freude und Gerechtigkeit im Überfluss habe. Auch diese Verheißung gibt mir eine tiefe Gewissheit über seine Liebe zu mir. Ich weiß, dass Gott selbst Tragödien in große Segen verwandeln kann. Meine Dankbarkeit dafür kann ich in Worten nicht zusammenfassen. Diese mündet letztendlich in einem sicheren Hafen: in großer Liebe zu ihm. Gleichzeitig ist diese Liebe der Treibstoff für eine unfassbare Reise, wobei ich froh bin, dass diese erst begonnen hat. Wenn ich nun auf den bisher zurückgelegten weg mit Gott blicke, dann möchte ich die Antwort auf die Frage, ob ich Gott lieb habe, mit einerGegenfrage auf den Punkt bringen:
Wie könnte ich das nicht? *Christine*

Mein langer Weg zu IHM

Heute möchte ich meine Geschichte erzählen, und zwar einzig und allein zur Ehre Gottes! ER gibt mir wahre, reine Liebe, wo ich diese von keinem Menschen je erfahren habe.
Doch beginnen wir mit dem Anfang. Ich wurde in Berlin geboren, damals war das noch West Berlin. Meine Eltern sind mir nicht bekannt, ich weiß nur, dass meine Mutter mich direkt nach meiner Geburt zur Adoption frei gegeben hat. Ich nehme an, sie wollte mich nicht.
So verbrachte ich mehrere Jahre in Waisenhäusern, kam von einem ins andere. Mir wurde erzählt, meine Mutter sei gestorben. „Ach so" dachte ich, „ dann ist sie ja jetzt im Himmel." Irgendwann tauchte eine Frau auf, die wohl eine Pflegetochter suchte. Man hatte ihr versichert, ich sei kein Bettnässer, leider stimmte das nicht. Die Erzieher im Heim behaupteten jetzt einfach vor mir, das sei meine Mutter. Ich musste mit ihr gehen, mir blieb keine Wahl. Das neue Zuhause bei dieser Frau wurde mir zur Hölle. Nachdem sie gemerkt hatte, dass ich nachts ins Bett machte, ließ sie mich auf den nackten Bettstreben schlafen, ohne Matratze. Sie hatte noch eine leibliche Tochter. Mit ihr kuschelte sich die Frau gemütlich ins Bett, während ich auf den Streben meines Bettes lag. Manchmal musste ich auch im Sitzen schlafen. Diese Frau war scheinbar eine Sadistin. Einmal setzte sie sich vor mir auf einen Stuhl und erzählte mir zwei Stunden lang, wie sie es schaffen könne, mich zu zerstören. Wie sie da so saß, dachte ich: „ Das ist der Teufel." Obwohl ich gar nicht wusste, was ein Teufel ist. Sehr oft verprügelte sie mich , wenn es sie überkam. Ich erinnere mich an einen Tag, wo sie mich verdrosch und mit zwei Kissen beinahe erstickt hätte. Sie wollte mich umbringen. Ich überlebte jede Prügelattacke. Irgendwie starb ich einfach nicht! Nach zwei Jahren landete ich mit Verletzungen und blauen Flecken übersät im Krankenhaus. Schreiend weigerte ich mich, zu dieser Frau zurück zu gehen. Dazu möchte ich eben bemerken, dass ich dieser Frau zum heutigen Zeitpunkt voll vergeben habe. Da ist kein Groll mehr gegen sie. Die Behörden steckten mich nach dieser Pflegestellenerfahrung in ein katholisches Kinderheim, welches in einem Kloster untergebracht war. Die Nonnen dort schlugen zum Glück nicht. Wir hörten dort viele Geschichten aus der Bibel. Das interessierte mich, also las ich selber zuerst das Alte Testament und danach auch das Neue. Am besten davon hat mir die Person Jesus gefallen. „ Mann, dachte ich, das ist ein starker Typ, den möchtest du wohl kennen lernen." Nach einiger Zeit, als ich älter geworden war, erzählte eine Nonne wieder Geschichten aus der Bibel. Nur dieses Mal erwähnte sie, die Amerikaner, unsere Freunde seien ja jetzt in Vietnam und schössen all die Gottlosen Vietnamesen tot. Das sei gut! Das sei richtig! Nun brach für mich eine Welt zusammen. Was war denn jetzt mit Nächstenliebe ? Galt die plötzlich nicht mehr ? War jetzt alles gelogen, alles falsch? Ich spürte, wie mir der Boden unter den Füßen weggezogen wurde. Dazu kam, dass ein neues Mädchen, das noch gar nicht lange da war, Selbstmord beging, indem es vom Dach sprang. Ich habe es selbst dort unten auf dem Rasen liegen sehen. Dieser Anblick ließ mich Nächte lang nicht richtig schlafen. Langsam wuchs in mir die Rebellion. Eines Tages verkündete eine Nonne, wir dürften bei einem Gruppentreffen alle mal frei die Meinung sagen. Das gefiel mir. Diese Gelegenheit würde ich ergreifen. Und das tat ich dann auch. Ich fragte, wie es denn sein könne, dass hier alle zum Kirchgang gezwungen würden. Bei Jesus gäbe es doch Freiheit. Zu Ihm kamen alle freiwillig. Diese freie Meinungsäußerung brachte mir Arrest im Bunker ein. Das passierte mehrmals. Die Nonnen hatten ihre Möglichkeiten, die jungen Mädchen mundtot zu machen. Sie fuhren manchmal mit uns an einen Ort, wo die psychisch Kranken untergebracht waren, und drohten uns, das könne uns auch blühen, wenn wir nicht spurten. Wir fürchteten, sie könnten uns entmündigen lassen. Ich dachte bloß, „kein Wunder, dass die Nonnen Nachwuchssorgen haben, die sind ja der blanke Horror!" Niemals würde ich Nonne werden! Zum Glück wusste ich, wie ich mir bei denen Respekt verschaffen konnte. So ließ ich mich mehrmals mit Mädchen im Bett erwischen. Schließlich flog ich deswegen raus. In dieser Zeit beschloss ich, dass ich mit diesem Rachegott nichts mehr zu tun haben wollte. Ich würde machen, was ich

will. Jesus allerdings wollte ich behalten! Man hatte mir eine Lehrstelle bei einem Bäcker beschafft. Ich fand mich „draußen" jedoch überhaupt nicht zurecht, verwechselte zum Beispiel ein Kino mit einem Theater. Weil ich viele Männerbekanntschaften hatte und dauernd besoffen war, kam ich mit der Lehrstelle nicht zurecht. Deshalb, so erfuhr ich, wollte man mich wieder in ein Heim stecken. Bevor die Polizei mich schnappen konnte, sprang ich zu irgendeinem jungen Mann in den Wagen und herrschte ihn an, er solle bloß losfahren, egal wohin. Er nahm mich mit zu den Hippies, damals auch Gammler genannt. Dort verbrachte ich einige Zeit mit ihnen und wurde dort auf eigenen Wunsch in die körperliche „Liebe" mit Männern eingeführt. Nach einer Polizeirazzia landete ich in einem Heim für schwererziehbare junge Mädchen. Alle Mädchen dort waren lesbisch. Viele waren nach einer Straftat vom Gericht dort eingewiesen worden und ich war dort, weil ich noch nicht erwachsen war. Mittlerweile verhielt ich mich offen rebellisch und randalierte so wie die anderen auch gerne. Wir hauten dort alles kurz und klein. Dafür gab es einen Aufenthalt im Bunker, das interessierte uns nicht. Ich drohte einer Aufseherin, wenn ich nicht nach acht Tagen raus könnte, wüsste sie ja, was passieren würde. Das passierte auch, wieder hauten wir alles zusammen. Bevor die Polizei uns schnappen konnten, hauten wir mit einer Räuberleiter über die Mauer ab. Nun war ich also wieder „draußen." Es folgte eine sehr schlimme Zeit. Wo sollte ein junges Mädchen in West Berlin hin, das nicht einmal Papiere hatte. Ich landete in einem Puff. Die Huren dort waren zu mir sehr nett und halfen mir, wo sie konnten. In diesem Puff traf sich die Unterwelt. Ich bekam mit, wie aus einem Juwelenraub die Beute geteilt wurde und Ausweise gefälscht wurden. In dieser Zeit wurde ich fünf Mal vergewaltigt. Das ist der Grund, warum ich mit Männern bis heute nicht zu viel zu tun haben muss. Eines Tages zwang mich einer der Zuhälter auch auf den Straßenstrich. Er hatte mir bei einer Weigerung gedroht, mein Gesicht mit einer Rasierklinge zu zerschneiden. So stand ich an einem Straßenrand, wo ich von einem schmierigen Typen an gequatscht wurde, was ich denn wohl koste. Es war widerlich, und mit war klar, dass ich hier weg musste. Ich trieb mich eine Weile in Schwulenkreisen herum. Dort fand ich etwas Ruhe und Entspannung. Dann traf ich in der U Bahn mehrere Männer in Lederklamotten, Rocker. Die luden mich in ihre Kommune ein. Sie waren stadtbekannte Bürgerschrecks, ich fand sie eigentlich ganz nett.
Auch dort herrschte freie „Liebe." Dort blieb ich bis zu dem Tag, als der Boss einen Horrortrip erwischt hatte. Plötzlich waren alle schwerbewaffnet, auch ich. Wir sollten jemanden „aufmischen". Ich wollte aber keinen verletzen und betete, dass nichts passiert. Das ist gutgegangen, aber der Boss schoss plötzlich wild um sich. Ich sah zu, dass ich den Kugeln irgendwie auswich. Nun merkte ich, dass ich auch hier türmen musste. In einer Kneipe traf ich einen alten Kumpel, dem ich mal geholfen hatte. Es war ein ungeschriebenes Gesetz, dass er auch mir half, indem er mich warnte, die Rocker aus der letzten Kommune seien hinter mir her, um mich „auf zumischen. Die waren bereits unterwegs! Ich schnappte mir einen jungen Mann mit langen Haaren, der mich mit in seine Pariser Kommune nahm. Was mich echt erstaunte, war, dass die Leute dort wirklich miteinander gesprochen haben. Da war es auch, wo ich mein erstes Dope geraucht habe. Damit spürte ich einen ziemlich tiefen Frieden, der natürlich gefährlich war, weil er nicht echt ist. Denn dieser „Frieden" macht abhängig von Dope. Nach einer Zeit gründete ich mit acht Leuten selber eine Kommune. Es war die Zeit des gewaltsamen politischen Widerstandes. Wir dealten mit Drogen, schmissen Trips ein und warfen mit Begeisterung auf Demos mit Pflastersteinen. Wir genossen es, wenn wir die Sirenen hörten, welche die Polizei ankündigten. In dieser Zeit fand ich auch meine erste Liebe. Sie hielt leider nicht lange. Ich geriet in immer radikalere Kreise. Wir waren echt militant drauf, hassten das Establishment, besonders Bankleute und die Kirche. Ich malte mir aus, wenn es zu einem Aufstand kommen würde, würde ich einen „Pfaffen" an die Wand stellen und abknallen. Ich überlegte, ob ich nicht zu den Ultras, der gewalttätigsten Gruppierung gehen sollte. Zum Glück hat Gott mich da herausgeholt. Eines Tages hatten vier von uns einen Trip eingeworfen. Die Geschichte hab ich noch niemandem erzählt, aber heute

ist sie dran. Wir alle,(ich hab sie alle gefragt), sahen in dem Trip die Leidensgeschichte Jesu. Wir hörten Ihn schreien und sahen Ihn sterben für uns. Wir alle wussten plötzlich, dass es ein ewiges Leben gibt. Wir sahen Feuerzungen vom Himmel fallen. Ab da war ich auf der Suche nach der Wahrheit. Leider hat der Teufel mich betrogen und auf die falsche Schiene der Selbsterlösung geführt. Ich machte mich auf den Weg nach Indien, aber erst verbrachte ich noch eine Zeit in Italien. Dort arbeitete ich mit der „schwarzen Hilfe“. Diese Organisation versteckt und hilft Verbrechern, die auf der Flucht vor der Justiz sind. Mein Freund dort war ein gesuchter Mörder, der seine Frau aus Eifersucht getötet hatte. Er erinnerte mich irgendwie an Jesus. Eines Tages sagte ich ihm das. „Hör mal, du erinnerst mich total an Jesus, weißt du, das Kreuz in der Mitte Jesus, an beiden Seiten Mörder.“ Gleich darauf machte er Schluss mit mir. Irgendwann hörte ich Musik. Mir war bewusst, dass in diesem Lied die Wahrheit gesprochen wurde. Es hieß „weißer Schnee - schwarze Nacht“ und handelte vom Leben mit Drogen. Ich fixte ja mittlerweile. Während des Liedes spürte ich, wie Jesus mir ein Angebot machte: „Gib du mir die Drogen und Ich gebe dir die Freiheit.“ Ich nahm das Angebot an. Zwei Stunden später kam eine Frau herein und bot mir einen Schuss umsonst an. Das hatte es vorher noch nie gegeben. Ich wollte gerade annehmen, da erinnerte ich mich an Jesu Versprechen und lehnte ab. Seitdem habe ich wirklich nie wieder „gedrückt.“ Mich zog es dann auf der Suche nach der Wahrheit nach Indien. Ich wollte Jesus finden, aber nicht Gott. Mit dem Christentum wollte ich weiter nichts zu tun haben. Ich hatte mir ein Yogabuch zugelegt und machte während meines Aufenthaltes dort anhand des Buches mehrere Erfahrungen. Insgesamt war ich ein Mal ein Jahr und ein Mal vier Jahre in Indien bei verschiedenen Gurus und habe verschiedene Religionen ausprobiert. Mich befiel oft eine große Angst vor dem Sterben, so bekam ich den Rat, diese durch eine Meditation an einem Totenplatz, (wo Leichen verbrannt wurden) zu besiegen. Das hat natürlich nicht geklappt. Näher zu Jesus, das war meine Reise. Ich hatte drei mal einen Wachtraum und konnte mich nicht mehr bewegen. Beim dritten Mal bin ich sogar gestorben. Ich hörte deutlich eine Stimme: „Wenn du so weiter lebst, stirbst du.“ Schließlich nahm ich einen Flug von Bombay nach Madras. Wir gerieten in ein fürchterliches Unwetter. Es hagelte heftig, blitzte und donnerte. Das Flugzeug wurde hin und her geschüttelt. Alle Passagiere bekamen Todesangst, das konnte ich an der merkwürdigen Atmosphäre an Bord spüren. Mir kam der Gedanke: „ Gleich stehen wir vor Gottes Thron. Wenn wir jetzt sterben, kommen wir alle in die Hölle!“ Die anderen wussten das auch. So betete ich: „ Gott, rette mich, dann suche ich Dich!“ Das Flugzeug ist schließlich sicher in Madras gelandet. Mich zog es nun aber in den Westen, um dort Gott zu suchen. Zuerst machte ich in Berlin Station, um dort Kohle zu machen, bevor meine Reise mich nach Amerika führen würde. Irgendwie vertrauten mir die Huren, so wurde ich für kurze Zeit ein weiblicher Zuhälter. Die Frauen fühlten sich bei mir sicher und wollten mir unbedingt ihr Geld geben. Das konnte ich für Amerika ja gut gebrauchen. Allerdings fühlte ich den starken inneren Drang, nach Amsterdam reisen zu sollen. Ich fragte Gott: „ Warum das denn, dort war ich schon mal, das war blöd.“ Trotzdem gehorchte ich und fuhr nach Amsterdam. Ich hatte eine Übernachtungsliste dabei. Das war eine Liste mit den Namen alter Freunde und Bekannten, die in Amsterdam wohnten. In der Hoffnung auf einen Schlafplatz telefonierte ich alle durch. Nicht einer war zu erreichen! Nun blieb nur noch ein Name übrig., der Name eines Exfreundes, der im „Shelter“, einer christlichen Jugendherberge wohnte. Ich erreichte ihn und bekam dort auch noch ein Zimmer bei den Christen. Na, den würde ich schon „bekehren“! Ins geheim hatte ich vor, die dort zu betrügen. Christen waren für mich immer noch das Allerletzte! Ich konnte ja nicht wissen, dass Gott dort auf mich wartete! Die Herberge war auch noch die günstigste weit und breit. Im Shelter warnten sie mich: „ Geh auf keinen Fall in den Seedeich, da ist die Drogenszene, dort ist es sehr gefährlich.“ Natürlich schaute ich mich dort um. Bald bekam ich jedoch das Gefühl, dass irgendwas hinter mir nicht stimmte, dass dort eine Gefahr lauerte. Ich drehte mich um und blickte direkt einem schwarzen Mann in die Augen, der ein Messer in der Hand hielt. „ Mann,

ist das klein“, dachte ich , als der meinen Blick bemerkte und direkt die Flucht ergriff. Leider waren da noch mehr von denen, die auch im Begriff waren, mich zu überfallen. Ich hatte ja das ganze „verdiente“ Geld aus Berlin mit, 2000 DM. Das war damals sehr viel Geld. So bat ich Gott eindringlich um Schutz. Den gab ER mir auch, indem ich auf einmal in einer Gruppe von Touristen stand., was die schwarzen Männer dazu bewegte, aufzugeben. Das „Shelter“ lag mitten im Rotlichtviertel. Wider Erwarten gefiel es mir dort sehr gut. Wie die Christen mit den Gästen umgingen, das war krass. Es war so viel echte Liebe zu spüren. Ich merkte, Jesus wohnte hier. Immer deutlicher merkte ich, wie ER an meine Herzenstür klopfte und fragte: „Willst du Mir dein Leben geben ?“ Ich war aber noch voller Angst und meinte „nee“ Am nächsten Tag sah ich ein Bild vor mir. Da war ein großes Tor, es sah aus wie das Himmelstor. Ich wollte fliehen. Dann ließ Er mich durch ein Wunder die Herzen der Menschen sehen, die davor herumstanden. Sie standen dort wie die Bettler, und ich war genauso verloren wie sie. Eine Christin aus dem „Shelter“ hat mich für ein Gespräch mit in ihr Zimmer genommen. Sie fragte, ob ich was mit „dem Buch des Lebens“ anfangen könne. „Da bin ich doch drin, oder ? antwortete ich. „Nein!“, sagte sie. „Es gibt nur einen Weg dort hinein, und das ist JESUS CHRISTUS.“ Nun flossen bei mir die Tränen. Ich betete: Hier bin ich, Jesus. Wenn Du mich noch willst.“ Dann hatte ich das Bild von Jesus am Kreuz vor Augen. Ich wusste, dass ER für mich gestorben war. Meine Schuld fiel zentnerweise von mir ab. Ich fühlte Jesu unfassbar tiefe Liebe und Frieden. War ich jetzt Christ? Die Antwort war „JA!“ Nun gehörte *ich* zu den Christen. Erst mal blieb ich im „Shelter“. Irgendwann wurde ich zum Essen auf ein Hausboot eingeladen, der Arche. Dort lebten Missionare mit schweren Jungs und Mädchen. Viele Nationen waren dort vertreten. Das gefiel mir. „Möchtest du dort wohnen“ fragte mich eine Frau aus dem „Shelter.“ Ja, das wäre mein Lebenstraum, dort mit Leuten aus vielen Nationen gemeinsam zu wohnen. Die Frau gab mir den Rat, dafür zu beten, den ich auch befolgte. Nach einem Monat klappte das wirklich. Ich zog auf die Arche. Dort lernte ich die Grundlagen des Christentums und auch Beziehungsfähigkeit. Die Missionare dort waren scheinbar alle aus gutem Hause. Sie gingen mit den schweren Jungs und Mädchen absolut liebevoll um. Sie hatten ihr gutes Zuhause verlassen, um mit Menschen vom Rande der Gesellschaft zu leben. Die Atmosphäre auf der Arche war lebendig, toll, irgendwie heilig. Schon schlichen sich Zweifel in mein Herz. Was machte *ich hier?* Das schaffte ich doch nicht. In der Nacht darauf hatte ich einen Traum. Ich war auf der Arche, und der Leiter wollte mir etwas zeigen. Er zeigte auf die Tür einer Kajüte und darin war – Gott! Alles strahlte. Es war, als ob ich unsterblich verliebt war. Als die Tür sich öffnete, bat mich Seine Stimme hinein und legte mir Seine Hand auf mein Herz. Dabei sagte ER: „Dein Herz gehört Mir.“
So lebte ich zwei Jahre auf der Arche und verkündete das Evangelium. Leider war ich immer noch jeden Tag besoffen, so verkündigte ich es in allen Kneipen. Jeden Tag gab es dort deswegen Bekehrungen. Schließlich machte ich in Lüdenscheid eine Entzugstherapie. Dort hatte ich aber Schwierigkeiten, mich anzupassen. Nach neun Monaten flog ich schließlich raus. Ich wurde rückfällig und soff wieder. Gott sah die große Not und fügte es so, dass ich in einer Bibelstunde einen Prediger traf, der bei mir mit dem ganzen Thema durch Gebet aufgeräumt hat. Seitdem war das Trinken vorbei! Auch das Rauchen habe ich aufgegeben. Ich ließ mich in Amsterdam taufen, dann verschlug es mich nach Meppen in eine freie Gemeinde. Dort erlebte ich viel Heilung. Ich hatte eine Wohnung, deren Haustür nachts immer offen stand, damit Leute in Not auch nachts kommen konnten. Da kamen auch einige, denen ich dann das Evangelium erzählte. Sie waren begeistert und brachten auch ihre Nachbarn mit. Im Rahmen einer Therapie besuchte ich eine Zeitmission. Mein Herzenswunsch war ja die Straßenevangelisation, das war total mein Ding! Jesus zeigte mir aber, dass ich vorher noch lernen sollte. So arbeitete ich noch ein paar Jahre in der Gemeinde. Erst hatte ich Angst, später ging das. Dann wurden für die Evangelisation neue Mitarbeiter für Zeltmission und Straße gesucht. Früher gab es richtig große Zeitmissionen, die lange dauerten. Diese dauerte drei Wochen. Dort ging es um das Thema „Berufung“, alle beteten

dafür. Es gab für alle Weissagungen, außer für mich! Es hieß nur, ich solle in der Bibel lesen. Das tat ich dann, und mir fiel folgendes sofort ins Auge: „Gehe zu den Zelten und zu den Hallen und führe die Gottlosen in Mein Haus." Da hatte ich es. Ich wollte aber ein Zeichen. Ein fremder Pastor sollte mich um Hilfe bitten. Genauso war es. Viele Jahre lebte ich diese Berufung , unterwegs mit JESUS mit Zeltmission oder Bus. Dadurch, dass ich immer wieder das reine Evangelium der Rettung predigte, blieb ich vor damals aufkommenden Irrlehren bewahrt. Irgendwann stand mein Team mit dem Telebus vor dem Index (Großraumdisco) in Schüttorf. Wir standen oft dort. Die Zusammenarbeit auf engstem Raum war gar nicht so einfach. Tagsüber trafen wir auf normale Leute, nachts auf Okkulte und Skinheads. Eines Abends sah ich eine Schar Skinheads auf unseren Bus zukommen. Da ich Angst hatte, betete ich und wusste , dass ich unter Gottes Schutz stand. Die Skinheads beklagten sich bei mir, man wolle sie im Index nicht reinlassen, weil sie Skinheads seien. „Nee" sagte ich. „Die lassen euch nicht rein, weil ihr Bier in der Hand habt. Das wollen die doch selber verkaufen." Wir hatten dann gute Gespräche. Die anderen vom Team wollten abhauen, mich allein lassen. Die Skinheads wollten unbedingt, dass ich dableibe. Sie erzählten, sie wollen Türken jagen. „Aber das sind doch Menschen" warf ich ein. Die Skinheads kamen oft wieder zum Bus. Ich nahm das restliche Team in die Pflicht, so dass sie auch mithalfen und sich kümmerten. Irgendwann saßen alle zusammen in der Gegenwart Gottes, da waren auch Ausländer dabei, das ging. Wir erlebten viele Wunder , auch Krankenheilungen. Einer Frau habe ich erzählt, ich müsse Schreibmaschine lernen, sie möge mir doch bitte das Wort Gottes diktieren. Sie tat mir den Gefallen, hörte dadurch das Evangelium mit eigener Stimme und wurde gerettet.
Ich blieb fast fünfzehn Jahre bei den Baptisten in Meppen. Dort fand ich Familie, Heilung, und ich war kein Waisenkind mehr. Die gesamte Kindheit wurde aufgearbeitet. Vor kurzem hat mich Gott nach Nordhorn gezogen. Ein halbes Jahr habe ich um eine Wohnung in Nordhorn gebetet. Dann war sie für mich gefunden, direkt gegenüber der Stadtringgemeinde; frisch renoviert, mit eingebauter Küche. Ich war voll versorgt und spürte: JESUS will mich dahaben. Und weiter geht mein Leben mit IHM. Ps.18.4 – 7*„Gepriesen, rufe ich zum Herrn, so werde ich vor meinen Feinden gerettet. Es umfingen mich Bande des Todes, und Bäche des Verderbens erschreckten mich. Fesseln des Scheols umgaben mich, ich stand vor den Fallen des Todes. In meiner Bedrängnis rief ich zum Herrn, und ich schrie zu meinem Gott. ER hörte aus Seinem Tempel meine Stimme, und mein Schrei vor Ihm drang an Seine Ohren."*
Christel (aufgeschrieben von Margret)

Neue Identität

„Das geknickte Rohr wird er nicht zerbrechen, und den glimmenden Docht wird er nicht auslöschen; wahrheitsgetreu wird er das Recht hervorbringen" Jesaja 42, 3 (SCH2000) Ich würde sagen, ich hatte eine gute Kindheit. Meine Mutter war zu Hause und hat viel mit uns unternommen. In Landeskirche Kirche, CVJM und Pfingstevents bin ich groß geworden. In unserer Familie herrscht seit ich denken kann ein gewisser Leistungsdruck.Zum ersten Mal spürte ich diesen, als ich in die erste Klasse kam. Das wirkte sich auch auf meine frühe Gottesbeziehung aus. Bereits als Kind bastelte ich Geschenke für Gott damit ich ihm gefalle. Mittelmäßig war einfach nicht genug. Meine Merkfähigkeit glich einem Sieb. So ist es bis heute. Was mir allerdings sehr gut im Gedächtnis bleibt, sind Erfahrungen, die mit starken Emotionen verbunden sind. Hier könnte ich Geschichten erzählen, aus meiner Kindergartenzeit noch und nöcher. Nach meiner unbeschwerten Kindheit kam eine turbulente Jugendzeit mit Hochs und Tiefs. In mir stieg das Gefühl auf, nicht genug zu sein. Erfolgreiche Eltern, Überflieger als beste Freunde, begann ich mich zu vergleichen. Andie Schönen der Schule kam ich nicht heran, doch das störte mich nicht einmal. Erschreckend war das ich mich so dumm fühlte. Das meine Kompetenzen eher im Interaktiven und Sozialen lag, war

mir zu diesem Zeitpunkt noch nicht bewusst. Ich sah die Noten, die Reaktion meiner Eltern und die Mitschüler, die über ein Studium schwärmten. „Jesus das werde ich nie schaffen, oder?“ Gymnasiasten erschienen plötzlich eine hierarchische Stufe über mir Realschülerin zu stehen. Mit 14 Jahren habe ich Jesus in mein Leben gelassen. Ich wusste aus dem Kindergottesdienst und Jungschar eine Menge über ihn. Aber richtig echt wurde es für mich, als ich ein Gebet mit Lebensübergabe sprach. Auslöser war hier die Konfirmanden Freizeit. Wir sahen einen Film, wie Jesus ans Kreuz geschlagen wurde. Er schrie! Nie war mir vorher in den Sinn gekommen, wie schmerzhaft es sein musste, Nägel durch die Hände und Füße geschlagen zu bekommen. In der Kinderbibel und im Karfreitags Gottesdienst hatte man die Geschichte der Kreuzigung schon tausendmal gehört. Und dann hing Jesus eben am Kreuz. Doch nach dem Film sagte der Jugendreferent: „Und er ist für dich durch diese Qual gegangen, damit wir leben. Er hat den Tod für dich besiegt, weil er will, dass du bei ihm bist.“ Das traf mich. Dass Jesus ein Mensch war, hatte ich oft vergessen. Er fühlte Schmerzen so wie wir, er weint wie wir, und er kann feiern wie wir (Siehe Hochzeit zu Kanaan). Diese Menschlichkeit an Jesus half mir die kommenden Jahre immer wieder. Er wusste genau wie sich Verrat, Neid, Hoffnung, Traurigkeit, Unsicherheit anfühlte. Ich stieg mit Leidenschaft in die CVJM- Arbeit ein. Hier verausgabte ich mich und entdeckte, wie gut ich in Dingen wie Organisation, Konfliktlösung oder Seelsorge war; eine ganz neue Erfahrung. Die Zeit war ein guter Ausgleich zur Schule, die nur schwer vorwärts ging. Danach beschloss ich eine Ausbildung im sozialen Bereich zu absolvieren. Ich erinnere mich, wie ich mich in meinem ersten Ausbildungsjahr hinsetzte und eine Liste verfasste. Ich möchte Erzieherin werden, mein Fachabitur bekommen und eine Bibelschule besuchen. Das Studieren schrieb ich nicht darauf. Das würde ich sowieso nicht schaffen, dachte ich mir. Ich bat Gott darum, dass er einen Punkt auf der Liste erfüllt. Es begann eine Reise, in der mich Gott formte und führte. Dabei muss ich sagen, dass das Formen das Schwierigste war. Was soll ich sagen: Ich habe zwei Ausbildungen absolviert, bin ein Jahr auf eine internationale Bibelschule gegangen, nebenbei mein Fachabitur gemacht und tatsächlich nach sieben Jahren ein Studium begonnen. Verrückt, oder? Wenn ich das hier so aufzähle, klingt es einfach. Doch einfach war es auf keinen Fall. Im 1. Korinther 10,13 steht: „*… Und Gott ist treu; er wird euch auch in Zukunft in keine Prüfung geraten lassen, die eure Kraft übersteigt…* “ (NGU2011) Mit diesem Vers habe ich sehr hadern müssen bzw. hadere immer noch damit. So viele meiner Gebete hat er erhört und doch überwiegt die Zeit, in der ich am liebsten direkt bei ihm gewesen wäre, zum Beispiel als ich mich auf der Bibelschule verausgabte, eigentlich für ihn kam ich mit einem Burnout wieder nach Hause. Dieses wurde mir erst vier Jahre später rückwirkend diagnostiziert. Ich konnte für drei Jahre keinen Gottesdienst, keine Gemeindeveranstaltungen besuchen. Ich mied mein Umfeld. Da ich meine Ausbildung nicht abbrach und zusätzlich noch die Abendschule besuchte, kam es überraschender Weise zum Showdown meines Körpers. Nach dem ich eine Woche durch geweint hatte, kaum noch einen Schritt vor den anderen setzten konnte, lag ich eines Tages im Bett und bemerkte, wie ich mich nicht mehr bewegen konnte. Meine Eltern kamen herein, und ich brachte kein Wort heraus. Ich formulierte die Wörter im Kopf, doch heraus kam kein Laut. In dieser Zeit hatte ich große Angst verrückt zu werden. Ich bat Jesus unzählige Male, dass er mich zu sich nehmen sollte. Seit diesem Vorfall hatte ich einen Klinikaufenthalt und bin in psychologischer Behandlung. Da ich selbst nach dieser Zeit nicht die Reißleine zog, entwickelte sich schleichend eine chorische Darmerkrankung. Die Blähungen und die starken Schmerzen, die ich bei jedem Schub spürte, ließen mich vereinsamen. Ich wollte keinen Menschen sehen, zu groß die Scham, zu groß die Angst. Einen Schub in der Öffentlichkeit wollte ich unbedingt vermeiden. Mein Tag sah wie folgt aus. Von 8:00 Uhr bis 16:30 Uhr arbeiten, dann nach Hause fahren, Wärmflasche, Sofa, Fernsehen bis ich einschlief,und das Tag für Tag, Woche für Woche der gleiche Ablauf. In dieser Zeit verlor ich viele meiner Freundschaften. Da ich nie einen Grund nannte, warum ich nicht zu Besuch kam, warum ich niemanden um mich haben wollte, vereinsamte ich immer mehr. Da war nur

Gott, der da war. Ich weinte unwahrscheinlich viel. Ich warf ihm 1.Korinther 10,13 um die Ohren. Immer wieder wurde ich den Ansprüchen der anderen und meinen eigenen nicht genug. Da war der Leistungsdruck, meine Ansprüche und die Ansprüche der Gesellschaft. „Gott, ich war auf der Bibelschule und will nun dein Wort verbreiten. Du sagst die Arbeiter für dein Reich sind wenige. Ich muss doch etwas tun!!" Die „Warum Frage" fiel so oft. Die Angstattacken, die chronischen Bauchschmerzen sind bis heute nicht verschwunden. Seit 2013 kann mir kein Arzt oder Psychologe helfen. Dennoch lernte ich etwas unglaublich Wichtiges in diesen sieben Jahren. Ich darf bei Gott einfach sein. Nur „Ich" sein. Er will, dass ich sage: „Du bist mein Gott. Ich möchte ein Licht sein in dieser Welt. Und wenn ich einfach nur ich sein soll ist es auch okay." Dieser Gedanke stellt sich komplett gegen die deutsche Leistungsgesellschaft. In der 1. Bibelstelle aus Korinther habe ich immer den Teil gelesen, dass Gott uns nicht überfordern will und das hatte ich nun einmal anders erlebt. Doch wie schnell überliest man den Anfang des Verses: „*Und Gott ist treu.*" Und das ist er tatsächlich. Ich durfte Licht sein, z.B. in der Klinik. Ich habe dort wunderbare Menschen kennengelernt. Hätte ich nie, wenn ich nicht krank geworden wäre. Nie könnte ich heute Menschen so nachvollziehen, wenn sie mir ihr Herz ausschütten. Ob sie über Verzweiflung reden oder darüber den Menschen nicht gerecht zu werden. Wie lernt man in dieser schnelllebigen Zeit nur „zu sein", doch nur in den Tiefpunkten. In ihnen war ich Gott so nah! In meinem Studium habe ich viel über das Wort „Anthropomorphismus" nachgedacht. Dieses Wort stellt in der Theologie die Frage, wie menschlich Gott ist. Wie fern und kühl und allmächtig muss dieser Gott sein? Ich durfte in den Zeiten, wo ich am Boden war, erfahren dass Gott klar allmächtig ist, aber auch dass er mitleidet. Er sieht und er hört und er versteht den Schmerz, weil sein eigener Sohn geschrien hat, als er da am Kreuz hing und er Mensch war mit all diesen Gefühlen.

Vor Gott muss ich nichts beweisen. Vor ihm darf ich sein!

Lena

Neues Kleid – Neues Leben

Mit vierzehn Jahren wollte ich meinem Leben ein Ende bereiten. Durch Missbrauch, Eigen anklage und Selbstzweifel war ich so sehr in einer eisigen Welt gefangen, dass ich glaubte, es nicht mehr aushalten zu können. Selbst inmitten meiner Familie fühlte ich mich einsam, ausgegrenzt, minderwertig und allein. Durch eine meiner Schwestern lernte ich dann JESUS CHRISTUS als Person kennen und vertraute IHM mein Leben an. Ich erfuhr Vergebung und ein neues Leben in IHM. Was es allerdings wirklich bedeutet, Gottes Tochter zu sein, begriff ich erst vierunddreißig Jahre später. Wie öfters hatte sich eine tiefe Traurigkeit meiner bemächtigt, und meine Gedanken drehten sich nur noch um den Tod. Dann so dachte ich, wäre endlich alles vorbei. Natürlich war mir bewusst, dass Selbstmord keine Lösung war. So weinte ich und schrie zum Herrn: „Herr, ich bitte Dich, heile meinen Schmerz. Zeig mir bitte, was mit mir nicht stimmt." Ich sah, wie glücklich meine Freundin und meine Schwestern waren und verstand nicht, warum nicht auch ich diese Zufriedenheit empfinden konnte.War ich vielleicht stolz oder begehrte ich etwas, was mir nicht zustand? So bat ich Gott, mir zu zeigen, was mit mir los war, legte mich müde und niedergeschlagen auf mein Bett und schlief bald ein. Da hatte ich einen Traum. Ich war wieder vierzehn Jahre alt. Meine Familie war zu einer Hochzeit eingeladen. Zu diesem Anlass durfte ich zum ersten Mal ein langes, blau geblümtes Abendkleid in der Größe sechsunddreißig tragen. Ich freute mich so unglaublich darüber, dass mir diese Größe wieder passte. „Jetzt bin ich eine schöne Frau, Danke Herr" dachte ich gerade, als meine Freundin und meine Schwester den Raum betraten. Mir stockte der Atem! Sie sahen alle so wunderbar aus! Alle trugen weiße Kleider aus so edlen Stoffen, wie ich sie hier auf der Erde noch nie gesehen habe. Es schien eine Art Seide zu sein und sie schimmerten wie Gold und Perlmutt. Ihre Haare waren zu kunstvollen Frisuren hochgesteckt und mit weißen Blüten oder Perlen verziert. Meine älteste Schwester trug sogar zierliche Schuhe, die ganz und gar mit Diamanten besetzt waren. Ich brach in Tränen aus! Wieder fühlte ich mich ausgegrenzt und schämte mich sehr. So konnte ich doch nicht mit den Anderen gehen. Was würde Jesus sagen, wenn ER mich so sehen würde? „Du siehst wunderschön aus", sagten meine Schwestern. „Und Jesus liebt dich so, wie du bist!" Ja, das wusste ich doch alles. Aber so wie ich war, konnte und wollte ich nicht mitkommen. Was sollte ich nur tun? Dann erwachte ich aus meinem Traum. Was wollte Gott mir damit zeigen ? War Eifersucht in meinem Herzen ? Am nächsten Tag sprach ich mit meiner Freundin über den Traum. Plötzlich fiel mir alles wieder ein. Mit vierzehn Jahren nahm ich einen Babysittenjob an. Ich versorgte ein kleines Kind, dessen Mutter wegen der Entbindung ihres zweiten Sohnes in der Klinik lag. Am Abend kam der Vater des Kindes heim. Er öffnete eine Flasche Sekt und stieß mit mir auf die Geburt seines zweiten Sohnes an. Ich fühlte mich unglaublich erwachsen und wertgeschätzt. Ein erwachsener, verheirateter Mann nahm mich wahr. Natürlich war ich mit vierzehn Jahren keinerlei Alkohol gewohnt. Beim Trinken unterhielten wir uns über meine Situation zu Hause und über dass schwierige Verhältnis zu meiner Mutter. In diesem Moment fühlte ich mich bei ihm so gut verstanden. Plötzlich hatte er seinen Arm um mich gelegt und begann, mich zu küssen. In meiner Verwirrtheit ließ ich es geschehen. Dieses fasste er wohl als Zustimmung auf und missbrauchte mich. Danach ging er, als sei nichts geschehen, zu Bett und ließ mich völlig verstört und blutend zurück. Dies war mein erster Kontakt mit Sexualität. Ich schämte mich so unglaublich. Was hatte ich da getan ? Darüber konnte ich wirklich mit niemandem reden, weder mit meinen Eltern noch mit meinen Geschwistern. Zu groß war meine Scham. Was würden sie nur von mir denken ? dass ich verdorben war und Ehebruch begangen hatte ? Ich gab ihnen ja recht. Niemand sollte je davon erfahren!Nach einigen Wochen blieb meine Periode aus. In Panik zog ich eine Schwangerschaft in Betracht und betete dagegen an. Die Tage vergingen, aber meine Periode setzte nicht ein. Mir blieb nur noch ein Ausweg: Selbstmord! So wartete ich einen Augenblick ab, da ich mich allein zu Hause wähnte. Fest entschlossen suchte ich alle Medikamente, die ich im Haus finden konnte, zusammen und breitete sie vor mir auf dem Badezimmerboden aus. Gerade war ich im Begriff, sie mit einem Glas Wasser herunter zu spülen, als meine älteste Schwester das Bad betrat. Ich hatte sie nicht bemerkt. Sie erfasste die Situation sofort, zog mich vom Boden, auf den ich mich gehockt hatte, hoch und gab mir eine Ohrfeige. Dann nahm sie mich in den Arm und weinte. „Was tust du da?" fragte sie. Geschockt registrierte ich, dass ich ihr die Wahrheit nicht anvertrauen konnte und erzählte irgend etwas über einen Streit mit meiner Mutter. Da dieses nichts ungewöhnliches war, schöpfte sie keinen Verdacht. Jedoch begann sie, mir von JESUS und Seiner Liebe zu mir, Seiner Vergebung meiner Sünden und Seinem Opfer für mich zu erzählen. Sie erzählte, dass ER in der Bibel sagt: „ wer anklopft, dem wird aufgetan, und wer mich sucht, der wird Mich finden." Ich dachte, „das ist ja wohl zu schön, um wahr zu sein! Das bedeutet ja, dass ER mich und meine Situation kennt und mir helfen kann."Als ich wieder allein war, ging ich auf die Knie und stotterte: „ Herr, wenn es Dich wirklich gibt, dann vergib mir bitte meine Schuld und lass mich nicht schwanger sein." Noch am selben Abend setzte meine Periode ein, und ich nahm JESUS als meinen Erlöser an. All die Jahre hatte ich diese Geschichte verdrängt. Nun war sie wieder in meine Erinnerung gekommen. Zu meiner Freundin bemerkte ich: „ Der Traum kommt vom Teufel. Der will mir die Sache wieder vorhalten. Aber JESUS hat mir schon vergeben!" Meine Freundin ist eine kluge und einfühlsame Person, die unseren Herrn von ganzem Herzen liebt. Deshalb vertraute ich ihr, als sie sagte: „Nein, das ist nicht vom Teufel, das ist von Gott. ER sagt Dir: Die Sache ist nicht deine Schuld gewesen. Das war Missbrauch! Du warst Opfer, nicht Täter." Was sagte sie da? Hatte sie nicht richtig zugehört, oder hatte sie am Ende damit Recht? Auf diesen Gedanken wäre ich allein niemals gekommen. Aber ich brauchte Gottes

Gewissheit. Darum betete ich: „ Herr Du allein kennst die Wahrheit. Du sagst: Sucht nach der Wahrheit, denn die Wahrheit wird euch frei machen. Sag mir, ob ich Ehebruch begangen habe, oder Opfer eines Missbrauches wurde. Wenn Du mir das Erste zeigst, werde ich das aushalten, denn DU hast mir vergeben. Wenn das Zweite zutriffst, schenke mir bitte Heilung. Ich werde dann dem Täter vergeben, denn Du allein wirst richten. Hass und Unversöhnlichkeit zerstören nur mich selber! Durch Dein Opfer am Kreuz ist es mir möglich, zu vergeben, weil auch DU mir vergeben hast. Nun versuchte ich, mich genau an die Abläufe dieses besagten Abends zu erinnern und hatte plötzlich wieder Einzelheiten vor Augen. Nie hatte ich diesen Mann begehrt oder überhaupt an ihn als Mann gedacht. Die Dinge, die er getan hatte, hatte ich nie gewollt; weder vorher, dann oder später. Ich war einfach überrumpelt worden! Das war es! Eine schwere Last fiel von mir ab. Ich war darin nicht schuldig geworden. Aber warum hatte Gott dies zugelassen ? Liebt ER den Täter mehr als mich? Liebte ER mich überhaupt? STOPP! Wieder kamen Anklagen, nun gegen Gott, das wollte ich nicht! Ich wollte glauben, dass ER mich liebt. Leider konnte ich das nicht. Zweifel blieben. In mir hatte ich dann den Gedanken: „Sprich deine Zweifel laut aus!“ Das ging doch nicht. Ich konnte Jesus doch nicht sagen, dass ich Ihn für einen Lügner hielt. Andererseits, kannte ER meine Gedanken ja sowieso, also konnte ich auch ehrlich sein. So brachte ich Ihm meine Anklage: „Herr, wo warst DU, als ich Opfer von Missbrauch wurde? Du als Herrscher des Universums hättest das doch verhindern können.“ Nun hörte ich in mir Seine Stimme. Er sagte: „Ich war dort bei dir und habe mit dir gelitten. Den größten Teil des Schmerzes habe Ich selbst getragen. Wer meinen Augapfel angreift, der greift Mich an, so war es ein Angriff des Bösen auch auf Mich. All die Jahre hast du es versteckt. Nun ist die Zeit reif, dass du es dir mit Mir zusammen noch einmal ansiehst. Hierin schenke Ich dir Heilung. Es kommt nicht mehr zu dir zurück. Es liegt beim Kreuz, wo Ich es getragen habe.“ Danach fühlte ich vollkommene Heilung und Befreiung von meinen Schuldgefühlen. Heute bin ich wirklich heil! Der Traum bedeutete, dass JESUS auch für mich das allerschönste Kleid bereit hält. Ich musste nur mein altes erst ausziehen, um das Neue empfangen zu können. *Gerlinde*

Nur ein Gebet entfernt

Mein Name ist Andreas und Jesus hat mich vor 16 Jahren buchstäblich vor dem Tod durch Drogen oder Kriminalität gerettet. Geboren wurde ich in ein „pfingstlich christliches“ Elternhaus. Meine Eltern waren liebe Leute, die ihr Bestes für ihre Kinder gegeben haben. Die Gemeinde, in der ich in jungen Jahren groß wurde. war geprägt von Gesetzlichkeit und Strenge. So war es beispielsweise üblich, im familiären Umfeld Regeln und Erziehung mit Gewalt zu „fördern“. Die Gottesdienste hatten eine feste Liturgie und eine meine Erinnerungen zeigt mir, dass es nichts gab, worüber man sich freuen konnte (und durfte). In meiner frühen Jugend war ich einer Gemeinde angeschlossen, in der ich Menschen sah, die sich am Sonntag sehr heilig verhielten, aber unter der Woche alles außer Heilige waren. Irgendwann fällte ich eine Entscheidung – wenn das, was ich erlebe und erlebt habe, Gott sein soll, dann will ich damit nichts zu tun haben. Mit etwa 14 Jahren kam ich mit Alkohol in Kontakt und irgendwie war das für mich eine sehr erfüllende Angelegenheit. Wir tranken im Freundeskreis regelmäßig am Wochenende und gingen sehr schnell dazu über, auch in den Schulpausen zu trinken. Dann, mit etwa 15 Jahren bot mir jemand Haschisch an. Ich begann zu kiffen und im weiteren Verlauf ging alles noch schneller. Ich begann Ecstasy zu nehmen, Speed, Amphetamine, LSD, berauschende Pilze und was der Markt sonst noch so hergab. Obwohl ich noch die Schule besuchte, änderte sich mein Umfeld stark und meine „Heimat“ wurde die holländische Hardcore-Szene. Im späteren Verlauf schreckte ich auch nicht davor zurück Heroin zu rauchen und wurde Kokainabhängig. Auf Grund meines hohen

Finanzbedarfes lernte ich ebenfalls sehr schnell, dass man mit dem Verkauf von Drogen sehr viel Geld verdienen kann. Ich setzte mir zwei Ziele für mein Leben. Zum einen wollte ich so viel illegales Geld verdienen, dass ich nicht mehr arbeiten musste und zum anderen, wollte ich immer genug Drogen haben. Weil es zu Hause nicht mehr ging, verließ ich mein Elternhaus mit knapp 18 Jahren. Es folgte eine Zeit von fast zehn Jahren in denen ich massiv Party machte und immer weiter in Süchte und Kriminalität abrutschte.Wissen Sie, Gott war für mich jemand geworden, den ich für all das Elend in meinem Leben verantwortlich machte. Es gab dafür keinen Grund, denn er war der, der überhaupt zu keinem Zeitpunkt irgendetwas mit meiner Lage zu tun hatte! Aber ich lebte als „bekennender Sünder für den Satan“, hatte Jesus vergessen und erklärte jeden für verrückt, der darüber sprach. Eines Morgens stand ich vor meiner Tür und es war, wie wenn ich einen Blick auf mein Leben werfen kann. Und mein Leben war grau und schwarz anzusehen. Mein Kopf war völlig verwirrt und süchtig, ich hatte keine Freunde, weil alle Angst vor mir hatten, machte so viele internationale Geschäfte, dass es eine Mafia gab, die mich umbringen wollte und mein Körper kollabierte fast täglich in Schwäche und Überdosierungen von Kokain, welches ich rauchte Ich wusste, dass es so nicht weitergehen kann. Also streute ich in der Szene Gerüchte, dass ich mich nach Berlin absetzen werde und ging nach Hause zu meinen Eltern. Meine Eltern hatte ich viele Jahre nicht gesehen. Ich stand vor der Tür, klingelte und meine Mama machte mir die Tür auf. Ich sagte zu ihr, dass ich mein Leben vor die Wand gefahren habe, vorbestraft sei und nicht mehr weiß, wo ich hin soll. Wäre in ihrem Hause noch ein Platz für mich? Sie lud mich ein und gab mir drei Regeln mit auf den Weg: Ich sollte ihre Art zu leben respektieren und im Haus keinen Alkohol, keine Drogen und keine Zigaretten zu mir nehmen. Die dritte Regel hatte etwas mit der vorhandenen Krankheit meines Vaters zu tun. Er war zu diesem Zeitpunkt schon viele Jahre mit der schwersten Pflegestufe ohne die Fähigkeit zu sprechen bettlägerig und wurde über einen Tropf ernährt. So war ich plötzlich wieder zu Hause, ohne Plan, Alkohol- und Kokainabhängig. Ich verbrachte viel Zeit an dem Bett meines Papas und irgendwann verstand ich, dass er klare Phasen hatte, in denen er über seine Augen kommunizierte. In diesen Phasen begann ich, ihm mein ganzes Leben zu erzählen und irgendwie war es immer sehr friedvoll, wenn ich das tat. Es war, als ob dieser Mann Frieden finden würde, und irgendwann begann er zu sterben. Sie setzten die Nahrung ab und gaben ihm starke Medikamente wegen der Schmerzen. In dieser Phase kamen sehr viele Freunde meiner Eltern zu Besuch und alle waren „gläubig“. Ich setze das bewusst in Anführungszeichen, weil ich damals keine Ahnung hatte, was das bedeutet und es im Grunde verabscheute, wenn sie mit mir über Jesus redeten. Jeder sagte zu mir: „mach dir keine Sorgen, wenn dein Papa stirbt kommt er in den Himmel. Dort ist alles Leid vorbei und er wird glücklich sein“. Ich dachte mir nur „lasst mich in Ruhe ihr Spinner“. Aber einer dieser „Spinner“ ließ nicht locker. Ich saß an dem Bett von meinem Papa. Drei Tage lang und immer wieder dachten wir: „Nun ist er gestorben“. Aber er kam irgendwie immer wieder zurück. Am dritten Tag, im Raum waren nur meine Mama und eine Freundin, die Sterbebegleitung machte. Ich wollte NICHTS mit ihm zu tun haben und wehrte mich gegen das, was ich doch irgendwie so klar sehe, war etwas in mir drin so, als ob es in dieser Situation nicht um das Sterben eines Papas ging. Mir war so bewusst, dass ich dabei war, mit Gott buchstäblich zu kämpfen. So eine Art Frieden bei den Freunden meiner Eltern, obwohl da auch tiefe Trauer war. Ich wusste, dieser Frieden ist es, was ich brauche! Ja das, was ich so lange überall gesucht hatte – aber Jesus? Auf gar keinen Fall. Aber ich saß da und konnte es so klar sehen. Und dann betete ich in meinem Herzen ohne Worte, ganz für mich alleine vor Gott: „Gott, wenn es stimmt, dass Jesus dein Sohn ist und wenn es stimmt, dass es hier um meinen Kampf gegen dich geht – dann will und kann ich nicht mehr kämpfen. Ich werde dir mein Leben geben, egal was mich das in Zukunft kosten wird, aber du musst mir beweisen, dass du real bist. Die sagen hier alle, dass du der Herr über Leben und Tod bist, also bitte beweise mir, dass du real bist und beende das Leid von meinem Papa. Nimm ihn bitte zu dir in die Ewigkeit“. Und in diesem Moment holte der Herr Jesus meinen Papa zu sich heim.

Ich weiß noch, wie ich auf meine Knie fiel und schrie: „Wie kann das sein? Da bete ich zum ersten Mal und dann hört der mich auch noch?“ Und ich zerbrach innerlich und weinte. Meine Mutter und die Freundin schauten mich nur völlig verständnislos an, immerhin war gerade mein Papa verstorben. Aber wissen Sie, so hochemotional das war, ich wusste in diesem Moment – Gott ist wirklich da und er liebt mich. Ich fühlte mich so unendlich geliebt und angenommen UND da war er endlich – dieser unglaubliche Frieden. Natürlich verstand ich überhaupt nicht, was da mit mir passiert war. Also beerdigten wir meinen Vater und ich kokste weiter. Aber irgendwie war alles anders. Etwa zwei Wochen nach der Beerdigung hörte ich mit allen Drogen und dem Alkohol auf. Und wissen Sie, was ich herausfand? Ich war froh, aufzuhören und war überhaupt nicht mehr süchtig. Wie gut Gott doch ist. Ich hörte, wie er zu mir sprach: „Andreas, du hast nun die Wahl. Entweder du gehst auf den alten Wegen weiter, dann wirst du sterben. Oder du stehst zu deinem Versprechen, das du mir gegeben hast, als dein Papa starb, dann werde ich dein Leben in meine Hand nehmen und alles gut werden lassen“. Das ist nun 16 Jahre her, in denen ich immer in irgendeiner Form an eine örtliche biblische Gemeinde angeschlossen war, und meine reale normale Liebesbeziehung zu diesem unglaublichen Gott (Vater, Sohn und Heiliger Geist) wird mit jedem Tag tiefer und lebendiger. Er trägt mich immer noch durch alle Schwierigkeiten und Kämpfe, begleitet mich durch alle Höhen und Tiefen. Es dauerte eine lange Zeit bis ich in Christus sagen konnte: „nun bin ich in meiner Seele, meinem Körper und meinem Geist frei und geheilt von der Vergangenheit“. Aber dieser Punkt kam. Dazu gehörte auch, dass ich dazu beitragen durfte, gewisse kriminelle Strukturen zu zerstören. Ich kann sagen - ER (Jesus) hat sein Versprechen gehalten! Nun darf ich in meinem Beruf Menschen helfen, bin glücklich verheiratet und darf mich an meinen Kindern erfreuen. So Gott will, werde ich in Zukunft als Pastor dienen dürfen. Jesus hat sein Versprechen buchstäblich erfüllt, ja er ist immer noch dabei das zu tun und ich glaube, er wird nie damit aufhören. Gott sei Dank! Ich weiß, dass mein Erlöser lebt und ich wahrhaftig gerettet bin. Lieber Leser. Der ewige biblische Gott und sein Sohn Jesus Christus sind absolut real und er liebt die Menschen wirklich. Wenn er mich hören und retten konnte, diesen dreckigen, süchtigen Sünder, dann kann er auch DICH ODER DIE PERSON FÜR DIE DU BETEST retten. Warte nicht zu lange. Wer weiß was morgen kommt? Jesus ist nur ein aufrichtiges Gebet entfernt – ihm ist egal wo du herkommst, aber sehr wichtig wo du hingehst! Sei gesegnet, Andreas

Und dann kam Gott

Meine Lebensgeschichte hat zwei Seiten. Sie begann mit einer sehr schwierigen Kindheit; Missbrauch, Vernachlässigung, Anorexie, Sucht. Als ich in Osnabrück eine Ausbildung anfing, wurde ich bodenständiger. Ich versuchte sogar eine Zeit lang auf Gottes Wegen zu wandeln und las die Bibel, die ich aber nicht verstand. In meiner Freizeit kümmerte ich mich mit Freuden um geistig und körperlich behinderte Menschen. Eine Ausbildung brach ich jedoch ab und machte ein freiwilliges soziales Jahr. In dieser Zeit war ich zufrieden, lernte meinen jetzigen Mann kennen und gründete mit ihm eine Familie. Wir bekamen eine Tochter. Doch ab dem siebenundzwanzigsten Lebensjahr begann mein Leben, sich zu verändern. Die Erinnerungen an meine schwierige Kindheit kehrten zurück, meine Vergangenheit, die ich bis dahin so fest in mir verschlossen hatte. Ich fiel wieder in Essstörungen, verlor mich mehr und mehr. Es schien mir, als ob der Teufel mich fesselte. Ich war voller Hass und Wut. Auch Gott hasste ich. Ich hatte den Eindruck, Er habe in dieser ganzen Zeit des Elendes nichts getan, mir nicht einmal geholfen! Ich sagte Ihm, dass ich nichts mehr mit Ihm zu tun haben wollte. In den nächsten Monaten verschlimmerte sich mein Zustand. Ich wurde in Kliniken psychiatrisch behandelt. Der Professor teilte mir mit, dass die Dissoziationen nicht heilbar seien, und man mir nicht helfen könne! Für mich war es das Ende! Ich hatte mich selbst auch aufgegeben. Kurz vor Ostern, im Jahre 2014 hatte ich gerade wieder einen Klinikaufenthalt beendet. Am Abend schaute ich mir die Jesusgeschichte im Fernsehen an. Bei der Kreuzigung kamen mir die Tränen, und ich weinte. Plötzlich spürte ich, wie Gott zurück in mein Leben kam. Ich sprach die ganze Nacht mit IHM und bat auch um Verzeihung für die Vorwürfe, die ich IHM gemacht hatte. Das Sprechen mit IHM gab mir so viel Ruhe. Und ER erhörte mich. Später hatte ich eine andere tiefe, persönliche Erfahrung mit IHM. Da sagte ich zu IHM: „Jesus, Gott, komm in mein Herz. Gebrauche mich!“ Und das hat ER getan. Darum will ich allen geschundenen Seelen, die sich aufgegeben haben, sagen : „Es gibt Hoffnung und Heilung für ALLE! Gott liebt DICH!“

Susanne

Von gut zu genial

Vor meiner Bekehrung hatte ich ein gutes leben. Ich war von Grund auf positiv gestimmt, hatte aber nichts mit Religionen, Kirche und Glauben am Hut. Ich hatte viele Vorurteile gegenüber gläubigen Menschen und dachte, sie wären dumm. Die „Wissenschaft hat ja schließlich alle wichtigen Fragen des Lebens bewiesenermaßen beantwortet.“
Irgendwann hat Ellen mir „gebeichtet“, dass sie an Gott glaubt und regelmäßig in die Kirche geht. Sie hat wohl erwartet, dass ich total erschrecken würde, was ich aber nicht tat. Ich wurde ausgiebig zur Toleranz erzogen. Die Welt sei ja schließlich bunt. Zu ihrer und teils auch zu meiner Verwunderung nahm ich das ganz locker auf. Nach einiger Zeit lud sie mich dann in den Gottesdienst im Stadtpark ein. Ich willigte ein. Man will ja gerne mal gucken, was seine Freundin so bewegt. Dann komm ich da hin: Viele freundliche Menschen, Musik und schönes Wetter. Aber dann diese Arme in die Luft! „Freaks!“ hab ich gedacht. „Was geht `n HIER ab?“ Aber die Musik war gut. Teilweise empfand ich alles aber als sehr melancholisch und hat mich zum Nachdenken gebracht. Der erste Samen war wohl gepflanzt. Es vergingen Wochen, in denen ich Ellen viel über den Glauben befragt habe, bis ich dann beschloss, mir ein eigenes Bild zu machen. Ich las das Buch „Bist du der Einzige, der nicht weiß, was geschehen ist?“ von J.R. Cross. Dann gab Ellens Bruder uns noch ein paar DVDs über Creationism und „Stammen wir wirklich vom Affen ab?!“ und dergleichen. Es begann ein Prozess des Nachdenkens, der mich schließlich zu den Fragen führte: WARUM? WOHER? WOHIN? Und auch: Wissenschaft und/oder Glauben? Und die wichtigste Frage: Kann es schaden, an Gott zu glauben? Für mich war es nämlich eine simple sehr persönliche Entscheidung: Glaube ich an das, was mir das Biologiebuch über meine Herkunft erzählt, oder glaub ich an das, was Gott mir sagt. Wenn ich an Urknall ect glaube, dann ist alles nur Zufall und Willkür und vor allem sinnlos. Ich entschied mich für Gott. Ich hab bei anderen gesehen, was ER bewirken kann, und wenn das stimmt, was alle sagen, dass Gott mich liebt, dann kann es mir auch gar nicht schaden. Mir hat nämlich mal jemand gesagt, dass ich mich nicht verändern muss, da Gott mich so geplant hat und mich genau so liebt. Mein gutes Leben kann also weitergehen. Und genau so lief es dann auch, nur, dass ich durch den lieben Vater alles durch andere Augen sehe. Meine Freude am Leben steht jetzt auf einem ganz festen Fundament. Im Nachhinein hat Gott mir gezeigt, dass sich ein roter Faden durch mein Leben zieht; ein Plan, der sich Schritt für Schritt erfüllt:

1. Schritt: Benni muss faul sein, damit er kein allzu gutes Abitur schreibt.
2. Schritt: Benni bekommt dadurch kein Studium.
3. Schritt: Benni muss ein freiwilliges soziales Jahr machen.
4. Schritt: Benni lernt in diesem Jahr Ellen kennen. (Jesus hat sich wahrscheinlich ins Fäustchen gelacht, weil ER wusste, wie gut Sein ausgeklügelter Plan funktioniert)
5. Schritt: Ellen bringt Benni zur Gemeinde.
6. Schritt: DER WICHTIGSTE: Die Gemeinde macht Benni mit Jesus bekannt.

Danke JESUS, dass Du mich zu Dir gezogen hast! Amen! Benni

Wie ich Jesus kennenlernte.

Mein Name ist Margret. Mittlerweile bin ich 48 Jahre alt und gehe meinen Lebensweg schon bewusst seit fast 20 Jahren mit Jesus, meinem Erlöser. Ihr fragt Euch vielleicht, was bedeutet denn nun das? den Lebensweg bewusst mit Jesus gehen, Ihn kennenlernen, geht doch nur begrenzt in der Kirche. Ja, man hört eventuell jede Woche eine Geschichte, das reicht dann ja auch, wir glauben auch an Gott, also sind wir alle Christen, oder???
So ähnlich dachte ich auch einmal. Ich wuchs als zweites Kind einer katholischen Familie in einer nordwestdeutschen Kleinstadt auf. Seit meiner Jugend bedeutete mir mein Glauben an Gott etwas. Ich versuchte, ein gutes Mädchen zu sein mit mehr oder minder Erfolg. Sonntags ging ich zur Hl. Messe, ich betete jeden Tag, fastete in der Fastenzeit, spendete Geld für Bedürftige oder für die Mission, versuchte überall mein Bestes zu geben. So vergingen die Jahre. Eigentlich war ich doch ganz in Ordnung, oder? Mittlerweile war ich 23 Jahre alt, verheiratet und hatte gerade meinen ersten Sohn geboren. Es hätte mir gut gehen können, doch war vor einem Monat meine Mutter mit nur 50 Jahren an Magenkrebs gestorben, und die ganze Familie ging durch eine sehr schmerzhafte Zeit. Mittlerweile war ich 23 Jahre alt, verheiratet und hatte gerade meinen ersten Sohn geboren. Es hätte mir gut gehen können. Eines Tages besuchte ich mit meiner Schwester ein Sit-in unserer Clique. Wir waren etwas spät dran, und so erklärten uns die anderen, was sie dort veranstalteten. Sie waren am Gläser rücken. Meine Schwester und ich beobachteten das Treiben eine Weile und kamen dann zu dem Schluss, dass die ganze Geisterruferei wohl nur von den Teilnehmern gespielt oder zu mindest manipuliert war. Die anderen beteuerten, wirklich mit einem Geist zu sprechen. „Okay, meinten wir, dann werden wir das prüfen." Da wir wussten, dass keiner der Anwesenden Ahnung von Geschichte hatte, fragten wir das „Glas" etwas aus diesem Fach. Egal, was wir uns einfallen ließen, jede Frage wurde richtig beantwortet. Das machte mich stutzig und interessiert. Sollten wir wirklich mit Geistern Kontakt aufnehmen können? Zum Glück und zum Schutz für sie verlor meine Schwester sehr schnell das Interesse an den Geisterbeschwörungen. Bei mir war das anders. Ich war nämlich eine der wenigen Personen, die in der Lage waren, einen Geist zu rufen. Das Ganze schien sehr interessant und barg Suchtpotenzial. Immer öfter befragte ich mit Hilfe von einem Glas, das bei Fragen an den Geist, nachdem der gerufen war, flugs von Buchstabe zu Buchstabe im Kreis flitze. Ich hielt mich auch noch für clever. Denn, so dachte ich, falls dieses wirklich vielleicht etwas mit dem Bösen zu tun haben könnte, würden wir einfach mein schweres Holzkreuz, das ich zur Kommunion bekommen hatte und einen Rosenkranz dazulegen und hätten so Schutz. Allerdings fegte das an sich leichte Glas als erste Reaktion auf unser Fragen beide Gegenstände vom Tisch. An dieser Stelle hätten meine Freundin, die zu Besuch war, und ich lieber aufgeben sollen, aber irgendwas trieb uns dazu weiter zu machen, und so hatten wir angeblich Kontakt zu meiner Mama. Plötzlich flitzte das Glas ungefragt zu den Buchstaben i c h m a g d i c h n i c h t. Ich war entsetzt. Als Sandwichkind war es immer meine Angst, nicht so geliebt zu sein, wie die anderen, doch eines war mir war völlig klar. Das hätte meine Mutter niemals so gesagt. Also sagte ich genau dies und rief mit Schrecken." Wer ist da dran?" Das Glas bewegte sich zu den Buchstaben l u z i f e r. Vom Schreck und Angst gelähmt zerstörten wir sofort die Buchstaben und räumten alles weg. Was war das? Es gibt den Teufel? Und der wagt es, mit uns zu reden? Mir schoss der Gedanke durch den Kopf, dass nur ich den Geist hatte rufen können. War ich vielleicht eine Hexe? Gab es jetzt noch Vergebung für mich? Beide religiös erzogen machten meine Freundin und ich sofort einen Termin bei einem Priester zur Beichte, wo sie die Absolution bekam. Für meine Freundin war die Sache damit erledigt, denn zum Glück hatte der Priester unser Anliegen ernst genommen

und meinte, natürlich gibt es den Teufel. Ihr habt den eingeladen und wundert euch, wenn der auch kommt. Die nächsten Wochen waren für mich ein Alptraum. Eine unerklärliche, kalte Angst hatte mich befallen. Sie kroch an mir hoch wie ein großes kaltes Tier. Ich hatte doch auch Vergebung vom Priester erhalten, betete viele, viele Rosenkränze, alle mir bekannten Litaneien, doch die Angst verschwand nicht. Gott schien weit weg zu sein. In meiner Verzweiflung konnte ich auch mit niemandem darüber reden. Oft dachte ich, ich stehe an einem Abgrund, und es braucht nur noch einen Schritt, dann falle ich hinein. Hatte Gott mich verworfen? Würde ich in der Psychiatrie landen? Besonders die Dunkelheit konnte ich nicht ertragen. Nach einiger Zeit, in der ich einfach versuchte, zu überleben, fiel mir ein Bildband in die Hände, den ich meiner Bekannten zum bestandenem Examen schicken wollte. Bevor ich ihn einpackte, blätterte ich ihn langsam und genüsslich durch. *„Der Herr ist mein Hirte, mir wird nichts mangeln. Er weidet mich auf einer grünen Aue und führet mich zum frischen Wasser. Er erquicket meine Seele und führet mich auf rechter Straße. Und wenn ich auch wanderte in finsterem Tal, so fürchte ich kein Unheil. Sein Stecken und Stab trösten mich. Er bereitet mir einen Tisch vor den Augen meiner Feinde. Er salbet mein Haupt mit Öl und schenket mir voll ein. Gutes und Barmherzigkeit werden mir folgen mein Leben lang. Und ich werde bleiben im Hause des Herrn für immer."* Psalm 23 Wow. Diese Worte fielen in mein verwirrtes Herz wie Balsam. Aus irgendeinem Grund wusste ich nun, mein Gott hat mich nicht verworfen. Endlich konnte ich Seine Vergebung annehmen und fand Ruhe und tiefen inneren Frieden. Danke, mein Vater im Himmel!!! Tatsächlich hat mein Vater im Himmel mir vergeben, jetzt konnte ich es spüren. Doch warum erst durch diese Worte, warum haben die Rosenkränze nichts gebracht? Diese Fragen wurden erst viel später beantwortet. Das Leben ging weiter. Doch nun hatte ich eine Waffe, wenn die Angst mich wieder einholen wollte. Ich betete laut oder nachts in Gedanken den 23. Psalm, und die Angst floh. Viel später erfuhr ich, dass ich instinktiv einfach anwendete, was die Bibel uns auffordert zu tun. „Unterwerft euch nun Gott und widersteht dem Teufel, so wird er vor euch fliehen." Irgendwann fand ich auf einem Markt ein Buch über Wiedergeburt.Was war denn das? Wir zogen in eine andere Stadt, und ich lernte entschiedene Christen kennen. Dort nahm ich an Bibelstudien teil. Immer wieder kam das Wort „Wiedergeburt". Jesus sagte zu Nikodemus, dass er wiedergeboren werden müsste, um ins Reich Gottes zu kommen. Was hatte das für mich zu bedeuten? Ich las Bücher von Christen, die sich freie Christen nannten. Da war es wieder. „ Wiedergeburt". All das dauerte Monate. Irgendwann sprach mich ein Wort aus der Offenbarung an. Offb.3, 20. „ Siehe, ich stehe an der Tür und klopfe an; Wenn jemand Meine Stimme hört und die Tür öffnet, zu dem werde Ich hineingehen und mit ihm essen, und er mit Mir." Das Wort bewegte ich tagelang in meinem Herzen. Hatte Wiedergeburt vielleicht etwas mit einer persönlichen Entscheidung für Jesus zu tun? War ich denn nicht schon Christ? Ich wusste ja wohl, dass Jesus für die Menschen gestorben war, aber auch für mich ganz persönlich? Eines Nachts kam wieder das Wort aus Offb. 3, 20. „Okay, „sagte ich, „wenn du vor meiner Herzenstüre stehst, dann mach ich jetzt die Türen ganz weit auf, komm herein und geh nie wieder weg!" Das war sie, meine Wiedergeburt, meine persönliche Entscheidung für Jesus, meinen Erlöser. Ich konnte es deutlich merken. Etwas hatte sich verändert. Mein Herz fühlte sich weit an wie eine Kathedrale. Bald sollte ich merken, auch mein ganzes Leben änderte sich. Stück für Stück lernte ich, was es heißt, Christ zu sein. Nun sitzt Jesus auf meinem Herzensthron, nicht mehr mein Ego. (Was nicht heißt, dass es nicht gerne mal dorthin zurück möchte.) Im Laufe der Jahre gibt es viele Wunder und schöne Erlebnisse, die ich mit Jesus gemacht habe. Mein Gott hat mich nie, nie verlassen. Wenn ich fiel, hob er mich auf, vergab mir, wenn ich falsch lag,

Margret

Ein gutes Mädchen

Ich bin in Johannesburg in Südafrika aufgewachsen. Meine Mutter gehörte zur altreformierten Gemeinde dort und mein Vater, der jugoslawische Wurzeln hat, gehörte zur orthodox jugoslawischen Gemeinde. Wir bezeichneten uns also als christliche Familie. Klar, wir waren keine Muslime oder Buddhisten oder so etwas. Ich kannte beide Gemeinden. Sporadisch gingen wir in die Gottesdienste. Es war bei uns Sitte, dass die Familie von Zeit zu Zeit am Sonntag einen Gottesdienst besuchte. Nie wären wir auf die Idee gekommen, uns dann davor zu drücken. So etwas tat man doch nicht. So war der Begriff „Gott" und auch „Jesus" mir nicht fremd. Aber außer der äußeren Form konnte ich mit der ganzen Sache nicht viel anfangen. Dort hatten wir viele Regeln zu befolgen. Ich erinnere mich zum Beispiel daran, dass es genau zwei Möglichkeiten gab, wie ich meinen Sonntagshut tragen durfte. All die Regeln machten mir nichts aus. Ich war das, was man als „good girl" (braves Mädchen) bezeichnet. Ich hielt mich auch zu Hause an die Regeln. Wir pflegten einen hohen moralischen Standard, und wir konnten uns gut benehmen. Auch in der Schule war ich immer die, die keinen Unsinn machte, brav ihre Aufgaben erledigte und auch sonst nicht weiter auffiel. Ich war einfach ein gutes Mädchen.

So vergingen die Jahre. Alles war in Ordnung. In meiner Studentenzeit wohnte ich in einer Wohngemeinschaft mit mehreren jungen Mädchen. Eines Tages besuchte uns ein junger Mann, der uns erzählte, er sei „gläubig" geworden. Wir fragten ihn, was er denn damit nun genau meine Irgendwie waren wir über seine Aussage etwas verärgert. Schließlich waren wir auch Christen. Er antwortete, dass er JESUS CHRISTUS als Retter und Herrn in sein Leben aufgenommen habe und jetzt durch Jesu Opfer am Kreuz, das er persönlich für sich angenommen habe, ein neuer Mensch sei. Ach so. Was hatte denn das nun wieder zu bedeuten ? Ich konnte damit nicht viel anfangen.Wir redeten fast die ganze Nacht. Zum Schluss lud er mich einfach für den Sonntag in seine freie Gemeinde zum Gottesdienst ein. Von genau dieser freien Gemeinde hatte ich schon viele schlimme Dinge in unseren kirchlichen Kreisen gehört. Trotzdem ging ich mit......und war total erstaunt. Die Atmosphäre dort war so „normal", gar nicht so sakral wie in Papas Gemeinde und auch nicht so gesetzlich wie in der von Mama. Alle waren freundlich miteinander und ehrlich daran interessiert, wie es den anderen ging.Ich konnte echte Liebe im Umgang miteinander spüren. Als dann die Predigt begann, wunderte ich mich noch mehr. Ich verstand alles. Es war weder theologisch abgehoben noch humanistisch angehaucht, erst recht nicht langweilig. Nie werde ich den Inhalt dieser Predigt vergessen . Es ging um Josua und Caleb, die das gelobte Land auskundschafteten, und im Gegensatz zu den anderen Kundschaftern sicher waren, dass es das Land war, welches Der Herr für Sein Volk vorgesehen hatte. Ich fühlte mich persönlich angesprochen, vom gesamten Gottesdienst. Die Leute hatten etwas, das ich so noch nicht kannte. Es war schön und besonders und ich wollte es auch haben.Wieder zu Hause suchte ich meine Bibel. Als braves Mädchen besaß ich natürlich eine, aber wo hatte ich sie hin getan? Irgendwann fand ich sie, staubte sie ab und las darin.Ich ließ mich auf meine Knie fallen und bat JESUS: „ Herr, wenn es Dich gibt, komm auch in mein Leben! Ich bitte Dich um Vergebung für meine Sünden." Seitdem hat sich mein Leben vollkommen geändert!

Ich durfte lernen, dass auch „gute Mädchen" die Erlösung durch JESUS CHRISTUS brauchen, genau wie jeder Mensch! Das gute Mädchen musste sterben und ein komplett neues Leben in Jesus erhalten. In der Bibelschule hat man uns mal erzählt: Es ist egal, ob ein Ferkel sich herausgeputzt hat und einen sauberen Anzug trägt, oder ob es sich im Schmutz suhlt. Ferkel bleibt Ferkel! So müssen auch wir mit Jesus dem alten Menschen sterben. Es reicht nicht, ihn schön anzumalen. Wir müssen in Jesus ein komplett neuer Mensch werden.

Tanya (aufgeschrieben von Margret)

Einführung zum Thema „ Gottes Bewahrung und Schutz"

Unser Vater im Himmel ist absolut daran interessiert, Seine Kinder zu bewahren und zu beschützen. Die Bibel berichtet uns in unzähligen Geschichten davon. Sein Wesen ist Liebe. Die ersten Menschen im Paradies lebten völlig unter Gottes Bewahrung und Schutz. Ihre eigene Entscheidung brachte sie zu einem Leben außerhalb des Paradieses, auf sich gestellt. Sie hatten sich, wenn auch verführt, für ein selbstbestimmtes Leben mit allen Konsequenzen entschieden. Da Gott aber nie aufgehört hat, sie zu lieben, hatte ER den Rettungsplan in JESUS CHRISTUS von Anfang an fertig. ER liebt alle Menschen, ob sie IHN annehmen oder nicht. Sehr oft beschützt ER auch Menschen, die Ihn gar nicht kennen. Die wundern sich dann, woher die Bewahrung kam, und so mancher kommt dann über Seine Existenz ins Nachdenken. Besonderen Schutz genießen aber Seine Kinder, die ihr Leben mit IHM leben. Schon das alte Testament berichtet an vielen Stellen davon:

Ps.9.10 *„Wenn ich unterdrückt werde, finde ich bei Gott Zuflucht. In schwerer Zeit beschützt ER mich"*

Ps.91.9-11 *„Der Herr ist meine Zuflucht, beim höchsten Gott habe ich Zuflucht gefunden. Darum wird mir nichts Böses geschehen, kein Unheil darf mein Haus bedrohen. Gott hat Seinen Engeln befohlen, mich zu beschützen, wohin ich auch gehe."*

Spr.14.26 „ *Wenn ich Gott ehre, lebe ich sicher und geborgen; und auch meine Kinder haben eine Zuflucht."*

Lieber Lesende, Du wunderst Dich vielleicht, warum ich all diese Bibelstellenaufgeschrieben habe. In Gottes Wort steckt Seine Vollmacht! Du kannst jede einzelne, wenn Du in Not bist, laut aussprechen, das heißt Proklamation. Sprichst Du Gottes Wort über Deine Umstände aus, hat das seinen Einfluss. Mir hilft das jedes Mal sehr. Vielleicht fragst Du Dich, warum Du in mancher Situation nicht beschützt wurdest.Wenn wir unter Gottes Schutz stehen, warum passiert uns dann trotzdem so manches? Es ist möglich, dass Gott nicht eingreift, oder nicht einzugreifen scheint, weil wir dadurch etwas lernen sollen, wodurch wir dann reifer werden. Dieses führt uns dann näher zu IHM, vielleicht an einen neuen Platz. Oft sehen wir später, dass es das Beste ist, was uns passieren konnte. Manchmal erfahren wir es auch erst im Himmel. Die Geschichten vieler Christen zeugen davon. Wichtig ist, unter Gottes Schutzschirm zu bleiben. Es besteht nämlich auch die Möglichkeit, selber von Seinem Schutz wegzulaufen. Dieses kann passieren, wenn wir: bewusst ungehorsam sind (Sünde), meinen, es besser zu wissen als ER, nicht warten können, lieber selbst handeln, Sein Wort nicht wichtig nehmen. Dann begeben wir uns in Gefahr, wie ein kleines Kind, das sich von der Hand seiner Eltern losreißt und auf die verkehrsreiche Straße läuft .Die Welt ist voll von Gefahren! Hinter diesen Gefahren steckt oft der Teufel, unser Feind!

1Joh.5.19 *„Wir wissen, dass wir aus Gott sind, und die ganze Welt liegt in dem Bösen."*

Gott hat uns ein ganzes Arsenal von Waffen zum Schutz gegen die Angriffe des Feindes zur Verfügung gestellt: Sein Name **JESUS CHRISTUS** Name **über alle** Namen, Proklamation Seines Wortes, Lobpreis, Die Waffenrüstung aus Eph. 6.10-17 , Gebet, Fasten, Sein Blut (das uns reingewaschen hat von allen Ansprüchen des Bösen). Zum Schutz für den einzelnen hat Der Herr die Gemeinde gegeben. Schickt Gott uns in eine gefährliche Umgebung, stehen wir voll unter Seinem Schutz. Wichtig ist, zu wissen, dass Gott immer gut ist, dass Er die Menschen immer liebt, und dass ER souverän ist. ER bestimmt, ob, wie, wann und wo ER eingreift. Immer wieder können wir auch Situationen erleben, in denen wir Sein Handeln nicht verstehen. Uns bleibt, IHM einfach völlig zu vertrauen!!

Angsthase

Angst ist ein großes Thema bei den Menschen. Sie ist der Furcht ähnlich, es gibt aber auch Unterschiede. Oft wird definiert: „Die Angst kommt von innen, während die Furcht plötzlich durch äußere Reize ausgelöst wird“ Bei Angst wird die Gefahr erwartet, während bei Furcht die Gefahr akut (real) besteht. Bei Angst ist die Ursache der Bedrohung verschwommen oder auch unklar, während sich die Furcht auf die Bedrohung fokussiert. Bei Angst ist die Beziehung zwischen Bedrohung und Furcht undeutlich, während es bei der Furcht eine deutliche Beziehung zur Bedrohung gibt. Die Angst dauert normalerweise länger an, während die Furcht schnell wieder abklingt, sobald die Bedrohung vorbei ist. Die Reaktionen bei Angst sind eher ein Zustand von ständiger Anspannung und Wachsamkeit (Vigilanz), während bei Furcht eine richtige Alarmreaktion ausgelöst wird.“) aus „Raus aus der Angst, rein ins Leben“ von Caroline Feilmann.

Es gibt viele davon. Es sind sich , so nehme ich an, alle Gelehrten darüber einig, dass Angst keinem Menschen gut tut. Im Gegenteil, Angst beschneidet die Lebensqualität und macht krank an Körper und Seele. Im Jahre 1974 gab es einen Film mit dem Titel „Angst essen Seele auf“. Dieser Filmtitel gibt einen Eindruck davon, wie gefährlich Angst ist. So lange ich denken kann, hatte ich mit Ängsten zu kämpfen. Als Kind hatte ich... Angst vor der Dunkelheit : Ich konnte erst schlafen, wenn ich mich überzeugt hatte, dass in meinem Schlafzimmer keine Gefahren lauerten. Trotzdem spielte mir meine Phantasie so manchen Streich. Eines späten Abends sah ich im Halbdunklen an meiner Schlafzimmertür etwas von der Klinke herunterhängen. Je länger ich es anstarrte, desto sicherer wurde ich, dass es sich dabei um ein riesiges Messer handeln musste. In Wirklichkeit war es ein langes Samtband, das in der Tür eingeklemmt war. Angst vor Unbekanntem: Alles, was ich nicht kannte, machte mich unsicher. Irgendwann, es war in den Siebzigern, sah ich auf der Straße einen Motorradfahrer an mir vorbei flitzen. Da ich vorher noch nie einen zu Gesicht bekommen hatte, hielt ich ihn für einen Verbrecher. Schließlich war sein Gesicht nicht zu erkennen. Er wollte es wohl verbergen, da er wahrscheinlich gerade ein Verbrechen begangen hatte. Als wir in der dritten Klasse auf einem Schulausflug eine Rolltreppe benutzen sollten, war ich die Letzte, die mit viel Überredung und an der Hand einer Lehrkraft zitternd den Fuß darauf setzte. An der Nordsee warfen sich alle Kinder in die Fluten, außer mir. Ich brauchte wieder jemanden, der mich an die Hand nahm und mir zeigte, dass es, dort wo wir uns befanden, nicht gefährlich war. Angst zu versagen: Wenn ich in der Schule bei einer Aufgabe dran genommen wurde, hatte ich Angst, die falsche Antwort zu geben. In den Fächern, die mir nicht so gut lagen, wie zum Beispiel die naturwissenschaftlichen Fächer, blieb ich am liebsten möglichst unsichtbar. Im Sportunterricht wurde ich bei den Mannschaftsspielen meistens als eine der Letzten gewählt, da ich natürlich meine Unsicherheit auch ausstrahlte. Beim Geräteturnen stellte ich mich gerne immer wieder nach hinten in die Warteschlange. Nicht immer half diese Taktik, und so blamierte ich mich einige Male. Natürlich mochte ich das Fach „Sport“ überhaupt nicht. Als ich den Freischwimmer machen wollte, stand ich zwanzig Minuten auf dem Einmeterbrett. Erst nachdem der Bademeister geäußert hatte, es hätte keinen Zweck mit mir, sprang ich und bekam mein Abzeichen. Angst vor Schmerzen: Es ist anzunehmen, dass kein gesunder Mensch Schmerzen mag. Verletzte ich mich jedoch, zum Beispiel durch einen Sturz, was in meiner Kindheit öfters vorkam, verkrampfte ich regelrecht, auch wenn die Verletzung gar nicht gefährlich war. Irgendwann war ich beim Kinderarzt, um eine Spritze zu bekommen. Wofür, weiß ich gar nicht mehr. Ich glaube, es war eine Blutentnahme. Voller Panik sah ich die Sprechstundenhilfe mit der „riesigen“ Spritze auf mich zu kommen und dachte: „Das kann nicht wahr sein, dass sie diese Nadel jetzt in **meinen** Arm stechen wird.“ Angst vor engen Räumen: Oft träumte ich, unter der Erde in einem engen Raum eingesperrt zu sein. Diese Träume verursachten Panik in mir. Später erfuhr ich, dass meine Geburt ohne Fruchtwasser sehr viele Stunden gedauert hatte. Von daher konnte ich mir diese Angst erklären. Angst , es nicht allen Recht machen zu können: Ich wollte ein „guter“

Mensch sein, ich wollte nett sein. Mir war es am Liebsten, wenn es allen gut ging, wenn alle zufrieden waren. Ich scheute die Konfrontation mit anderen . Wenn es doch mal Streit gab, glaubte ich mich schnell im Unrecht. Öfters nahm ich die Schuld auf mich, um keinen zu verärgern. Angst vor Kontrollverlust: Am Besten ging es mir, es mir, wenn ich mich in gewohntem Terrain bewegte. Dort hatte ich mich eingerichtet und fühlte mich einigermaßen sicher. Ich mochte Routine. Mit den Situationen, denen ich mich aussetzte, wollte ich mich vorher gerne vertraut machen, um keine böse Überraschung zu erleben. Angst vor dem Bösen: Früh ahnte ich, dass es im Leben nicht nur das Gute sondern auch das Böse gab. Ich wollte gerne „gut“ sein und keinem Menschen schaden. Also hatte ich Angst, etwas „Böses“ zu tun. Ich lernte auch irgendwann, dass es nicht nur „das Böse“ sondern auch „den Bösen“ gab. Damit wollte ich auf keinen Fall etwas zu tun haben. Leider begegnete mir „der Böse“ beim Gläserrücken, als ich eine junge Frau war. Dieses schreckliche Erlebnis, das wahre Angstattacken bei mir auslöste, benutzte Gott allerdings, um mir als Retter zu begegnen. Durch meine „Wiedergeburt“ (die bewusste Entscheidung, JESUS CHRISTUS als meinen Retter und Erlöser anzunehmen) begann der lange Weg heraus aus meinen Ängsten. Ich lernte, dass bei dem Herrn absoluter Schutz ist, wenn ich auf IHN vertraue. Der 23. Psalm wurde mein Hauspsalm und später unser Familienpsalm, mit dem auch die Kinder aus einem bösen Traum erwachen konnten. Außerdem durfte ich erfahren, dass das Proklamieren des reinen Wort Gottes Ängste vertreibt. Seitdem ich dieses anwandte, verschwand meine Angst vor der Dunkelheit völlig. Ich finde mich seitdem im Dunkeln sogar gut zurecht. Der „Böse“ versucht immer noch manchmal, mir Angst zu machen. Die Angst kommt nämlich von dem. Mit Ängsten hält der uns gefangen. Bei bedrohlichen Träumen proklamiere ich innerlich den NAMEN JESUS. Dann flieht die Angst sofort. Es funktioniert! In mir lebt nämlich JESUS, DER LÖWE VON JUDA! Ich hörte einmal im Internet eine Predigt von Maria Prean, die ich sehr schätze. Sie sprach darin vom Angsthasen, der manchmal in uns ist. Aber viel stärker ist JESUS! Er hat die Welt überwunden und alle Macht gehört IHM. ER ist immer Sieger, und wenn der Löwe brüllt, muss der Angsthase fliehen. Je länger ich mit Dem Herrn ging, und je mehr ich mich mit IHM vertraut machte, desto besser konnte ich mich mit Seiner Hilfe gegen all die Ängste wehren. Dazu hat ER uns auch viele Waffen zur Verfügung gestellt, die alle die Ängste bekämpfen. (Siehe Einführung ins Thema) Die Angst vor Schmerzen hat sich im Laufe meines Lebens auch durch die teilweise komplizierten Geburten meiner drei Kinder relativiert. Ich mag immer noch keine Schmerzen, verkrampfe allerdings nicht mehr, weil ich mich in Schmerzsituationen gleich voll unter Gottes Schutz stelle. Ich proklamiere Sein Wort zum Beispiel (Ps.23.1) *„Der Herr ist mein Hirte, mir wird **nichts** mangeln.“* So hilft mir der Herr durch jede Situation. Ängste weichen alleine dadurch, nahe am Herrn zu bleiben. Diese Erfahrung mache ich immer wieder! Unser Gott liebt uns bedingungslos. Wir mit allen unseren Fehlern und Macken, mit allem was wir falsch gemacht haben und noch machen werden, sind keine Überraschung für IHN. Versagen ist für IHN kein Problem. Fehler erkennen, bekennen, Vergebung suchen und erhalten. Nächster Versuch! Die Schule Des Heiligen Geistes hört niemals auf. Wir lernen, so lange wir leben. Schlimm wäre es nur, nicht mehr belehrbar durch IHN zu sein. Mit diesem Wissen muss ich es auch nicht mehr allen Menschen Recht machen. Mein Gott liebt mich **immer**!! Seine Maßstäbe werden zu meinen! Ich muss nicht im Mainstream mitlaufen. Mit Kritik kann ich viel besser umgehen und auf der Sachebene bleiben, ohne zu verurteilen. Seitdem ich JESUS CHRISTUS die Regie über mein Leben gegeben habe, weiß ich, dass ER bei mir ist in allen Stürmen des Lebens und mich stützt und schützt. Und ja, sie werden kommen , wie in jedem Leben. Erst viel später im Himmel, erfahre ich, wovor Der Herr mich alles bewahrt und beschützt hat. Das Leben mit IHM ist spannend! ER, Der Allmächtige, Der das Beste für mich will, hat die volle Kontrolle. Das lässt mich entspannen! **Margret**

Böse Überraschung

Lange hatten wir unserem zweiten USA Aufenthalt entgegengefiebert. Nun befanden wir uns schon über eine Woche in Florida. Wir waren gerade von einem mehrtägigen Aufenthalt auf den Keys nach Miami zurückgekehrt, wo wir schönes Wetter und viel blaues Meer genossen hatten. Eines allerdings wunderte mich! In meiner fast täglichen stillen Zeit schlug ich in der Bibel wie zufällig immer wieder dieses Wort auf: Ps.37.8 *„Lass ab vom Zorn und lass den Grimm. Entrüste dich nicht, es führt nur zum Bösen. Denn die Übeltäter werden ausgerottet, aber die auf Den Herrn hoffen, die werden das Land besitzen.“* Es ging mir ausgesprochen gut, und die Urlaubstage konnte ich wirklich genießen. Deshalb verstand ich nicht, was Der Herr mir damit sagen wollte. Ich bewahrte das Wort trotzdem in meinem Herzen und verbrachte noch eine erholsame Woche in Miami. Das Wort tauchte dauernd wieder auf. Nach insgesamt 16 Tagen in Florida waren wir wieder zu Hause. Obwohl ich auf dem Interkontinentalflug überhaupt nicht geschlafen hatte, und die Nacht darauf wegen des Jetlags auch nicht, freute ich mich auf meine Arbeit. Ich leitete seit einem halben Jahr eine Kindertagesstätte mit 100 Kindern und zwölf pädagogischen Mitarbeitern, für die ich fast täglich betete. Das neue Kitajahr hatte vor sechs Wochen begonnen, und ich freute mich auf die Herausforderungen, die wir gemeinsam als Team bewältigen würden. Als ich mein Büro betrat, erwartete mich meine Stellvertreterin bereits. Sie teilte mir mit, dass das Team beschlossen habe, mich nicht zu begrüßen, da so viel an meiner Leitung nicht ihr Gefallen finden würde. Das hätten sie auf der letzten Dienstbesprechung klar zum Ausdruck gebracht. Wirklich, die Gruppentüren waren alle geschlossen. Sie überreichte mir ein vierseitiges Schreiben in DIN A5 , wo alles aufgelistet war, was ihnen an meiner Leitung missfiel. Mir schien sich der Boden unter den Füßen auf zu tun, als ich fragte: „Und du? Wie stehst du dazu? Hältst du zu mir?“ Dies bejahte sie und schlug vor , erst mal nach Hause zu fahren, um einen klaren Kopf zu bekommen. Noch im Auto rief ich eine alte Freundin an, die in einer anderen Stadt wohnte und schilderte ihr die Situation. Wir beteten zusammen um Weisheit. Sie riet mir, mit der Sache rein professionell umzugehen. Zu Hause betete ich und schaute mir an, was ich an diesem Morgen bei der stillen Zeit in mein Gebetstagebuch geschrieben hatte und fand: Jes.33.2...*Sei unser Arm jeden Morgen ja unsere Rettung zur Zeit der Not!“22. „Denn Der Herr ist unser Richter, Der Herr unser Anführer, Der Herr unser König. <u>ER wird uns retten.</u>“ 2.Mo.17,15 „Der Herr ist mein Feldzeichen.“* Da hatte ER mich ja heute morgen schon gewarnt und mir gleich versichert, dass ER mich schützen würde. Jetzt war mir auch das immer wiederkehrende Wort aus dem Urlaub klar. Schon dort hatte Der Herr mich auf diese Situation vorbereitet. Jetzt hieß es, trotz widerstrebender Gefühle professionell zu bleiben, und mich nicht zu „entrüsten“. So betete ich um Kraft sowie Disziplin und fuhr wieder zu meinem Arbeitsplatz. Dort angekommen, besuchte ich die Erzieher in sämtlichen Gruppen. Ich fragte sie nach aktuellen Herausforderungen und bot ihnen meine Hilfe an. Mit Gottes Hilfe blieb ich rein auf der Sachebene. Keiner sollte mir anmerken, wie es in meinem Inneren aussah. In den nächsten Tagen holte ich mir Unterstützung bei anderen Leitungskolleginnen. Auch suchte ich das Gespräch mit meinem Arbeitgeber. Ihm händigte ich die Liste aus und bat um Supervision, die mir sofort genehmigt wurde. Ich wurde beruhigt und mir wurde versichert, in eine solche Situation gerieten viele neue Abteilungsleiter. Bei der nächsten Dienstbesprechung erklärte ich dem Team, wie leid es mir tue, dass es mit meinem Leitungsstil offensichtlich Probleme hätte. Ich versicherte allen meine Wertschätzung, und gab zu bedenken, dass wir die Probleme nicht hier sondern von Grund auf in einer Supervision klären würden. Deutlich entspannten sich die Gesichtszüge der Teilnehmerinnen der Dienstbesprechung. Sie versicherten mir, dass ihr Protest ja nicht gegen mich als Person gerichtet sei. So hatten wir eine Basis, gemeinsam weiter zu arbeiten. Entgegen meiner Gefühle hatte ich die ganze Zeit über für das Team weitergebetet und sie alle gesegnet. Ich wollte dem Bösen keinen Spielraum in dieser herausfordernden Situation geben. Ein kleiner

Teil von mir wollte aufgeben. Warum sollte ich mir dies antun? Ich wusste aber, dass ich noch am richtigen Platz war. Daher kämpfte ich. Nur mit Gottes Hilfe, welche ER mir täglich zusicherte, konnte ich dieses überleben. Eine lange Zeit schlief ich gar nicht oder sehr schlecht. Es folgte ein schwieriges Jahr. Bei der Supervision wurden Missverständnisse und Versäumnisse auf beiden Seiten aufgedeckt. Oft war es schwer auszuhalten. In dieser Zeit gab mir Der Herr immer wieder folgende Worte: Hes.3.8-9„*Siehe, Ich habe dein Angesicht hart gemacht genau wie ihr Angesicht und deine Stirn hart genau wie ihre Stirn; wie einen Diamanten, härter als einen Kieselstein, habe Ich deine Stirn gemacht. Fürchte sie nicht und erschrick nicht vor ihrem Angesicht.*" Ps.118.8 „Es ist viel besser, bei Dem Herrn Schutz zu suchen ‚als sich auf Menschen zu verlassen." Obwohl mein Herz gebrochen worden war, gab ich nicht auf! Nach einem Jahr Supervision, in dem wir gelernt hatten, gut miteinander zu arbeiten, versicherte mir das Team, nicht jeder habe so einen guten „Chef" wie mich. So hat sich das Ausharren und Kämpfen gelohnt und ich arbeitete noch mehrere Jahre als Kitaleitung, bis ich krank wurde und Der Herr einen anderen Platz für mich hatte.

Margret

Ein Tisch im Angesicht meiner Feinde

Ich hatte mich so auf den Wochenendtrip nach Cuxhaven gefreut. Es war mein Geburtstagsgeschenk an meinen Mann. Sorgfältig hatte ich alles vorbereitet. Schon vor einigen Monaten hatte ich über home to go ein niedliches kleines Apartment gebucht. Auf dem Foto konnte man ein gemütliches Bett, eine Sitzgarnitur und eine kleine Küche im maritimen Stil erkennen. Ich würde es meinem Schatz so richtig gemütlich machen. An den zwei Abenden würde ich ihn schick zum Essen einladen, wir würden uns die Umgebung anschauen und schöne Strandspaziergänge unternehmen. Samstag Vormittag ging es los. Wir sollten bis spätestens 15.00 Uhr den Schlüssel der Wohnung im Büro der Vermieter abgeholt haben. Da blieb uns genügend Zeit für eine gemütliche Fahrt. Da mein Ehemann fuhr, wählte er auch die Strecke aus, das war bei uns so Sitte. So ging es über die B213 nach Cloppenburg. Diese Strecke mag ich gar nicht, denn sie ist sehr stark von Lastkraftwagen frequentiert, die sich kaum überholen lassen. Dann führte uns unser Weg sehr weit über das Land und schließlich ein Stück über die Autobahn 27 bis Cuxhaven. Als wir auf unsere Ausfahrt Cuxhafen/Altenwalde zu fuhren, ruckte unser Auto plötzlich und heulte auf. „Ups, was ist denn das", dachte ich, machte mir aber keine großartigen Gedanken. Wir fuhren, aber der Motor war ausgegangen und ließ sich nicht wieder einschalten. So ließ mein Mann den Wagen ausrollen. In der Ausfahrt ging gar nichts mehr. Wir waren zum Stehen gekommen. Mein Mann stieg aus und stellte das Warndreieck vorschriftsmäßig in 200 Metern Entfernung auf. Dann meldete er sich telefonisch beim ADAC, dessen Mitglied er ist. Die würden uns abschleppen und uns einen Leihwagen besorgen. Ich setzte unterdessen auch per Handy das Vermietungsbüro darüber in Kenntnis, dass wir wesentlich später eintreffen würden. „Macht ja nix", dachte ich . „So was passiert halt. Jesus ist Sieger!" Mein Mann kam mit der Ansage, dass wir den Wagen zu unserer eigenen Sicherheit verlassen mussten. Na klasse! Es hielt ein freundlicher Autofahrer, der uns abschleppen wollte. Dieses scheiterte daran, dass weder er noch wir ein Abschleppseil dabeihatten. So warteten wir ausgerüstet mit gelben Warnwesten hinter der Leitplanke auf den Abschleppdienst. Während wir dort so standen, dachte ich: „ Das ist doch ganz schön gefährlich an diesem Ort, wenn man bedenkt, wie die Autofahrer rasen." Sorgen machte ich mir aber keine. Gott würde uns beschützen. Es war windig, es war kalt. Gott sei Dank regnete es aber trotz angekündigtem Regen laut der Wettervorhersage nicht. Nach fast einer Stunde traf der Abschleppwagen ein, lud unseren BMW auf und uns ein. Wir fuhren zur Werkstatt, wo wir noch einmal eine Stunde verbrachten, bis alles geklärt war und uns ein Taxi zur Sixt Autovermietung nach Cuxhafen brachte. Endlich konnten wir

mit dem Miet VW unseren Schlüssel abholen. Wie freuten wir uns au unser Apartment. Bis wir das richtige Apartment in einem Riesenkomplex gefunden hatten, verging noch mal eine viertel Stunde. Wir schlossen auf und – was war das ? – blickten in einen kleinen vollgestellten Raum mit einem Bett. Ich wollte die nächste Tür öffnen, in der Hoffnung dort das Schlafzimmer zu entdecken, fand aber nur ein winziges Badezimmer. Dieses war ein 1 Raumapartment. Das hatte ich ja auch wohl gemietet, aber doch nicht so klein! Und dann für 200 Euro per zwei Nächte. Ich war schrecklich enttäuscht, hielt es aber dem Herrn hin. Wir würden schon das Beste aus unserem Wochenendtrip machen. Wir waren total durchgefroren und stellten die Heizung auf fünf. Als ich das zweite Bett unten hervorzog und die Oberbetten darauf legte, stellten wir fest, dass die Oberbetten sehr dünn waren. Es sollte in der Nähe vier Restaurants geben. Also machten wir uns zu Fuß auf den Weg. Mehrere waren geschlossen, zwei waren ausgebucht. Wir wanderten also zum Auto zurück und machten uns motorisiert auf den Weg nach Cuxhafen, ca fünf Kilometer von unserem Standort Saalenburg entfernt. Dort fanden wir endlich ein Restaurant, in dem wir zu Abend essen konnten. Nachts wollte sich der Schlaf bei mir nicht einstellen. Ich hörte dauend das Geräusch des Kühlschranks und der trommelnden Regentropfen auf der Außenfensterbank. Immernoch glaubte ich daran, dass noch alles gut werden würde. Am nächsten Morgen fuhren wir zu einer Bäckerei, die auch Frühstück anbot. Beim Aussteigen zuckte ich zusammen. Direkt neben mir sauste ein Smart von hinten über die Parkplätze in eine Lücke, die der Fahrer sich wohl ausgesucht hatte. „Den hab ich nicht gesehen!“ sagte ich. Auch mein Mann war erschrocken. „Der kam ja auch total plötzlich!“ warf er ein. Nach menschlichem Ermessen hätte ich mit der Autotür eigentlich erfasst werden müssen. Der HERR hatte mich bewahrt. Beim Frühstück, wo wir den letzten Platz ergattert hatten, kamen mir dann die Tränen, als ich kurz mal alleine war. Das reichte jetzt irgendwie! Was war hier eigentlich los? Ich brachte dem Herrn die Situation, dankte für die Bewahrung und stellte uns noch mal unter Seinen Namen JESUS CHRISTUS, unter Seinen Schutz , unter Sein Blut. Nun wurde mir auch langsam klar, was hier los war. Am Tag zuvor hatte ich eine liebe Glaubensschwester aus meiner Gemeinde besucht. Sie wollte gerne mit mir für ihre Familie beten und meine Art zu beten lernen. Das hatten wir ausführlich getan mit Dank, Fürbitte, Proklamation und Kampfführung. Klar, das hatte jemandem missfallen, zu hören, dass nicht er der Sieger ist sondern nur ein Löwe ohne Zähne, der herumschleicht und schaut, wen der verschlingen kann. Der SIEGER ist immer DER LÖWE VON JUDA JESUS CHRISTUS. Also wurde ich auf die verschiedenste Art und Weise angegriffen. Aber alles hatte DER HERR mir zum Besten gereichen lassen und uns in jedem Angriff bewahrt.
Im Namen JESU gebot ich dem Feind und dessen Mächten uns loszulassen und zu verschwinden. Gleichzeitig proklamierte ich meine 100 prozentige Abhängigkeit von Gott. Wirklich, nach diesem Frühstück ist kein Missgeschick mehr passiert und wir hatten Dank der Gnade Gottes noch eine schöne, intensive gemeinsame Zeit. Sprichwörtlich hat DER HERR uns im Angesicht unserer Feinde (wobei kein Mensch unser Feind ist sondern das Szenario, welches der Teufel vorbereitet hatte) einen Tisch bereitet. Bei IHM sind wir sicher!

Etie

Ein neues Leben

Was für eine wunderbare Freude war es doch, Großmutter zu werden. Meine geliebte Tochter bekam ihr erstes Baby. Jetzt waren die neun Monate Wartezeit fast um. Es dauerte noch eine Woche bis zum errechneten Geburtstermin. Heute beim gemeinsamen Frühstück hatte ich sie noch gefragt, ob sie das Gefühl habe, dass das Baby früher kommt. „Nein, sieht nicht so aus", meinte sie. „Ich war heute noch bei der Frauenärztin, die meinte, es würde wohl nicht früher kommen." Gemeinsam freuten sich alle auf den Familienzuwachs. Von Anfang an hatten wir das Baby, die Schwangerschaft und die sich bildende kleine Familie unter den Schutz Gottes gestellt. Leider hatte meine Tochter mit der Schwangerschaft auch einen Schwangerschaftsdiabetes bekommen. Daher galt ihre Schwangerschaft als Risikoschwangerschaft. Wir vertrauten auf Gottes Schutz, waren jedoch froh, dass ein Ende der Schwangerschaft in Sicht war. Am nächsten Nachmittag, mein Mann und ich waren gerade unterwegs, um neue Winterreifen zu besorgen, meldete sich mein Schwiegersohn telefonisch. Er berichtete, dass meine Tochter sich im Krankenhaus befinde. „Was ist los?" rief ich erschrocken. Mein Schwiegersohn erzählte, sie habe schon den ganzen Tag starke Kopfschmerzen gefühlt. Eigentlich seien sie ihr gestern schon aufgefallen. Als sie der Frauenärztin davon berichtet hatte, sagte diese aber, das sei bei hochschwangeren Frauen durchaus normal. An diesem Freitag Nachmittag intensivierten sie sich aber so stark, dass meine Tochter sich bei ihrer Hebamme meldete. Sie wollte wissen, welches Schmerzmittel sie in der Schwangerschaft nehmen dürfe. Die Hebamme wies sie an, sofort ins Krankenhaus zu fahren. Gott sei Dank befolgte sie ihren Rat. In der Klinik wurde sie unter Beobachtung gestellt. Ihre Leberwerte verschlechterten sich stetig. Es ging ihr schlecht. Bevor die Leber gänzlich versagte, wurde ein Kaiserschnitt eingeleitet. Um 21.30 Uhr erblickte ein wunderschönes kleines Mädchen, namens Alissa diese Welt. Als ich sie am nächsten Tag das erste Mal sah, überflutete eine riesige Welle der Liebe für sie mein Herz. Was für ein Wunder! Der Herr hatte die Hebamme benutzt, um meine Tochter und die kleine Alissa zu retten. Wie sich herausstellte, litt meine Tochter nämlich am HELLP Syndrom. Ihr Körper hatte begonnen, sich selbst zu vergiften. Hätte sie einfach ein Schmerzmittel eingenommen, hätten sie und das Baby den nächsten Tag nicht mehr erlebt. Das Organversagen hatte ja bereits begonnen. Nur in der Klinik konnten geeignete Maßnahmen getroffen werden, die den beiden das Leben retteten. Keiner von uns hatte imVorfeld etwas von dieser schlimmsten Form der Schwangerschaftsvergiftung mitbekommen. Wir waren völlig ahnungslos. Aber unser Gott hatte die volle Kontrolle über die Situation ER hat diese, meine geliebten Menschen vor dem Tod bewahrt , die Umstände zu ihrem Schutz gefügt. Was für ein Gott!

PS.91.1-2

„Wer im Schutz des Höchsten wohnt, bleibt im Schatten des Allmächtigen.
Ich sage zum Herrn: Meine Zuflucht und meine Burg, mein Gott, ich vertraue auf IHN"

Etie

Flug über Indien

Endlich, es war wirklich soweit. Nach sehr viel Planungen und Vorbereitungen waren wir auf dem Weg nach Neuseeland. Nach einigen schlaflosen Nächten vor Beginn der Reise saß ich nun seit Stunden müde aber auch angespannt auf meinem Sitzplatz im hinteren Teil des Flugzeugs neben meinem Mann. Er ließ sich keinerlei Aufregung anmerken. Ich dagegen rutschte öfter mal hin und her und grübelte. Wie war es zu dieser Reise gekommen? Mein Plan war es sicher nicht gewesen! Niemals wäre ich auf die Idee gekommen, für mich ein solch bombastisches Reiseziel auszusuchen. Allerdings war es immer der Traum meines Mannes gewesen, Neuseeland mit eigenen Augen zu sehen um all diese wunderschönen Naturschauspiele persönlich in Augenschein zu nehmen. Allerdings erforderte so eine weite Reise auch einiges an Finanzen, weshalb er diesen Traum bis jetzt nicht weiterverfolgt hatte. Nun hatte unser ältester Sohn den Traum mitbekommen und überraschte meinen Mann eines Tages mit den Unterlagen der fertig geplanten und bezahlten Reise. Mich hatte er vorher eingeweiht, weil er unsere Reisepässe brauchte. Nachdem ich ihn nicht von seinem Vorhaben abbringen konnte, weil ich dachte, so ein großes Geschenk können wir nicht annehmen, gab ich sie ihm. So hatte er eine 19-tägige Rundtour mit dem Mietwagen quer über Nord- und Südinsel für uns erstellt. Wir würden dabei so manchen Drehort von „Herr der Ringe" erkunden und viele Naturschönheiten auf der ganzen Insel bewundern können. Alle Unterkünfte und der Mietwagen nebst Navigationssystem waren bezahlt. Sogar einen Hubschrauberrundflug über den Mount Cook hatte er gebucht. Lieber noch nicht daran denken! Beim Gedanken an die hohen Berge fiel mir meine Höhenangst ein. Außerdem war Neuseeland, so wunderbar seine Natur auch war, ein Erdbebengebiet. Das letzte war erst ein knappes Jahr her. Über hundert Menschen waren damals ums Leben gekommen. Auch gab es auf Neuseeland mehrere Vulkane, die jederzeit aktiv werden konnten.Wie viele Ängste galt es doch auf dieser Reise zu besiegen? In was für ein Abenteuer war ich „Angsthase" nur herein geraten. Ein deutliches Ruckeln der Kabine riss mich aus meinen Überlegungen. Die Anschnallzeichen leuchteten auf. Schon meldete sich der Flugkapitän per Lautsprecher. Er informierte uns über schwere Turbulenzen, die durch ein stürmisches Gewitter über Indien verursacht wurden, welches wir gerade überflogen. Wir wurden gebeten, den Flug mit geschlossenen Gurten fortzusetzen. Mein Gurt war natürlich seit Stunden nicht mehr geöffnet gewesen. Ich flog grundsätzlich mit geschlossenem Gurt. Ein verstohlener Blick aus dem Fenster zeigte mir Regen und immer wieder zuckende Blitze. Das gesamte Flugzeug ächzte und wackelte erheblich. Ich spürte Panik in meinem Inneren hochsteigen! Vielleicht würden wir abstürzen, Neuseeland nie erreichen und im Meer über Indien versinken. Ich hatte doch um Schutz gebetet! Auch mein Ehemann schien allmählich beunruhigt. Krampfhaft hielt ich mich an meinem vibrierenden Sitz fest. Ein Stein schien auf meinen Brustkorb zu drücken. Ich atmete schwer. Schließlich betete ich, legte die komplette Situation in Gottes Hand und schaute auf IHN! Ich hatte ja keinerlei Kontrolle. So ließ ich einfach alles los; meine Berechnungen, meine Befürchtungen, meine bohrenden Ängste! Schließlich durchströmte mich eine tiefe Ruhe. Der Herr zeigte mir im meinem Inneren eine Hand. Sie trug das Flugzeug! Nun war ich mir sicher, dass wir diesen Flug sicher beenden würden. Die Turbulenzen hielten noch eine Weile an, aber sie machten mir keine Angst mehr. Irgendwann landeten wir sicher in Bangkok. Von dort ging es weiter nach Taipeh, und nach einem achtstündigen Aufenthalt weiter nach Brisbane. Von dort waren es nur noch fünf Stunden bis zum Zielflughafen Auckland. Derart starke Turbulenzen wie über Indien haben wir auf keinem der folgenden Flüge mehr erlebt. Auf der ganzen Reise zeigte mir der Herr, dass ER bei mir war, und wir unter Seinem Schutz standen. Das Bild mit der tragenden Hand sah ich noch öfter. Beim Hubschrauberrundflug über den Mount Cook wunderte sich mein Mann, wie gelassen ich den Flug genießen konnte. Während jeder vermeintlichen Gefahr, dachte ich an Gottes Schutz und konnte so wirklich einige Ängste besiegen und die Reise angstfrei genießen. Wie dankbar bin ich, dass ich mich auf meinen Herrn verlassen kann! Margret

Geborgen in Seiner Hand

Irgendwie wurde ich den Eindruck nicht los, dass einige der Teilnehmer der Gesprächsgruppe Anstoß an mir nahmen. Dabei war ich doch erst seit ein paar Tagen dabei. Allerdings hatte ich, als ich von der Gesprächsleitung gefragt wurde, wie ich mit Schwierigkeiten und Problemen umgehen würde, geantwortet, wie ich mit allen Schwierigkeiten eben umgehe. Ich suche immer die Hilfe Gottes! So überlegte ich: Hatten bei meiner Antwort nicht einige der Gesprächsgruppenteilnehmer den Raum verlassen ? Ich wollte für andere Teilnehmer nicht der „Stein des Anstoßes“ sein und sie mit meinen Äußerungen ärgern. Sollte ich Rücksicht auf die Befindlichkeiten meiner Mitteilnehmer nehmen? Andererseits wollte ich auch ehrlich und authentisch antworten. Schämte ich mich doch nicht, Christin zu sein, im Gegenteil. *Röm.1,6 „Denn ich schäme mich des Evangeliums nicht, ist es doch Gottes Kraft zum Heil jedem Glaubenden, sowohl dem Juden zuerst als auch dem Griechen.“* In meinem kleinen Zimmer, meiner „Burg“ betete ich um Weisheit. Seit Längerem war ich körperlich und emotional angeschlagen. Hoffentlich würde ich bei Gegenwind nicht gleich in Tränen ausbrechen. Zwei Tage später fand wieder die Gesprächsgruppe statt. Mir war aufgefallen, dass mir ein junger Mann in diesen zwei Tagen besonders aus dem Weg gegangen war. Die Befindlichkeitsrunde begann. Ich fühlte mich plötzlich total sicher und geborgen, als ob ich in den Arm genommen würde. Als der junge Mann an der Reihe war, äußerte er ziemlich ungehalten: „ Eins will ich gleich zu Anfang sagen. Ich kann es nicht ertragen, wenn hier über Kirche gesprochen wird. Und damit bin ich nicht alleine. Kann man das also bitte unterlassen?“ Natürlich fühlte ich mich sofort angesprochen, aber irgendwie nicht persönlich angegriffen. In Gottes Hand geborgen, machte ER mir klar, dass der Angriff nicht meiner Person galt, sondern „der Kirche“. Über Kirche hatte ich übrigens überhaupt nicht gesprochen, sondern über Gott und meine Beziehung zu IHM. Ich hatte völligen Frieden. Die Gesprächskreisleiterin schaltete sich ein und insistierte: Herr ..., wenn Sie sich durch irgendwelche Äußerungen anderer Teilnehmer an getriggert fühlen, dürfen Sie jederzeit den Raum verlassen. Wir wollen jedoch, dass alle Teilnehmer ehrlich und authentisch darüber sprechen, was sie derzeit bewegt. Deshalb würden wir dies nicht ändern.“ Gestärkt durch den Schutz Gottes machte ich dem jungen Herrn... den Vorschlag, mir ein Zeichen zu geben, wenn ich für sein Empfinden zu viel über Gott rede. Damit konnte er gut leben. In den nächsten Wochen beteiligte ich mich immer an den gerade behandelten Themen und bot biblische Lösungen an. Nicht ein Mal verließ wegen meiner Äußerung noch jemand den Gesprächskreis. Auch die Kommunikation mit dem jungen Mann, der mich übrigens an meinen jüngeren Sohn erinnerte, wurde immer besser. An meinem Entlassungstag saßen wir beide in einem der Wohnzimmer und warteten auf unsere Papiere. Als ich meine in Empfang genommen hatte und mich von allen verabschiedete, nahm ich auch ihn in den Arm und sagte ihm: „ Lieber..., ich wünsche Dir das Allerbeste! Und ich werde übrigens für dich beten!“ „Ja tu das ruhig“, antwortete er mir „finde ich gut! Und dir auch alles Gute.“ Nun weiß ich nicht, ob ich diesen jungen Menschen je wiedersehen werde. Aber eins weiß ich: Die Gebete für ihn sind keinesfalls umsonst. Denn unser Herr erhört Gebet! Später las ich in einer Whatts App Nachricht einer Teilnehmerin, dass dem Gesprächskreis meine Beiträge fehlten. Die Leiterin hatte angemerkt, meine Beiträge hätten noch mal eine ganz andere Sicht auf die Dinge gezeigt, die sei jetzt nicht mehr da.

Margret

Hundegeschichte

Super, dass das geklappt hatte. Wir hatten wirklich einen Termin gefunden, an dem wir alle Zeit für ein Treffen hatten. Nun war ich mit dem Auto auf dem Weg zu einer Freundin, die ich auf einen zweitägigen Trip zu einer anderen Freundin in eine andere Stadt mitnehmen wollte. Endlich hatte ich einen Parkplatz in ihrer Straße gefunden, auch wenn ich bis zu ihrer Adresse noch einige Meter zu Fuß laufen musste. Die Zeit drängte schon etwas, deshalb lief ich entschlossenen Schrittes auf das Haus meiner Freundin zu. So merkte ich erst gar nicht, wie ein mittelgroßer Hund aus einer Einfahrt geschossen kam und zielstrebig auf mich zu kam. Bald stand er vor mir und kläffte mich an. Nein, das war kein freundliches Begrüßungskläffen. Er fletschte die Zähne und begann, mich aggressiv anzuknurren. Einigermaßen ratlos überlegte ich, was nun zu tun war. Bloß keine Angst zeigen, dann hielt er mich wahrscheinlich für leichte Beute. Also rief ich so entschlossen ich nur konnte: „Ab!" und „aus!" Der Hund ließ sich davon nicht beeindrucken und kam mir bedrohlich knurrend und kläffend näher. „Willst du wohl verschwinden, du Köter" versuchte ich es erneut. Mit Nichts konnte ich ihn dazu bewegen, mich in Ruhe meinen Weg fortsetzen zu lassen.
Sollte ich wirklich an diesem wunderschönen, heißen Sommertag von diesem schrecklichen, aggressiven Hund ins bloße Bein gebissen werden? Wegen der Hitze trug ich einen kürzeren Rock. „Hilf mir, Herr" schrie ich verzweifelt. Der Hund knurrte bedrohlich. Plötzlich hörte ich mich selber ruhig aber bestimmt zu dem Hund sagen: „Im Namen Jesu verschwindest du jetzt sofort!" Verdutzt hielt er sofort inne, sah mich kurz irgendwie fragend an und verschwand auf die andere Straßenseite. Ich konnte es kaum fassen, die Gefahr war vorbei. Solche Kraft liegt im Nennen des Namen Jesu. Selbst die Tiere gehorchen Ihm. Selber erstaunt von dem Erlebten, klingelte ich endlich an der Haustür meiner Freundin. Die Fahrt konnte ohne Hundebisse fortgesetzt werden, und ich hatte wieder eine schöne Geschichte über Gottes Schutz selbst in den banalsten Situationen zu erzählen. Margret

Finger weg

Nach einer Feier hatte ich ein Taxi gerufen, das uns nach Hause bringen sollte.
Ich ging schon mal nach draußen, während mein Mann drinnen noch eine Rechnung bezahlte. Als ich rauskam, stand schon ein Taxi der Firma, die ich angerufen hatte, da. So öffnete ich die Tür und sprach mit dem Fahrer. Der war eigentlich für ein anderes Paar gekommen, hatte es im Saal jedoch nicht gefunden. Da er jetzt ein bisschen unschlüssig dastand, kam ihm meine Anfrage sehr recht. Wir vereinbarten, dass er uns mitnehmen würde, und das Taxi, welches ich gerufen hatte, das andere Paar noch mal suchen sollte. Leider ließ mein Mann auf sich warten, und ich hielt die Beifahrertür offen. Das wurde dem Fahrer wohl zu viel, plötzlich langte er rüber und zog von innen die Tür zu. Die drei mittleren Finger meiner linken Hand steckten noch drin. Ich durchlebte eine kleine Panik und dachte, „wenn die man nicht gleich ab sind! "Alles ging sehr schnell. Ich weiß noch, dass ich rief „das tut weh" und kurz überlegte, wie die Hand bei geschlossener Tür da drin stecken konnte. Dann öffnete ich mit der anderen Hand schnell von außen die Tür und zog die Finger heraus. Der Taxifahrer hatte überhaupt nichts mitbekommen. Die drei Finger hatten Druckstellen und schmerzten, sonst war gar nichts passiert. Mittlerweile kam mein Mann und wir wurden zum Glück nach Hause gefahren. Während der ganzen Fahrt staunte ich über die Bewahrung und pries in Gedanken den Herrn. Zu Hause hab ich es auch meinem Mann erzählt. Am nächsten Morgen schmerzte gar nichts mehr. Nicht einmal die Druckstellen waren noch zu sehen. Rational ist die Bewahrung meiner Finger nicht zu erklären. Bei geschlossener Tür hätten sie mindestens eine dicke Quetschung haben müssen, wenn nicht einen Bruch! Aber ich weiß, Wem ich diese Bewahrung zu verdanken habe. Meinem Gott, Der sogar dann Seine Kinder bewahrt, wenn sie vor Schreck gar nicht zum Beten gekommen sind! Preis sei Seinem herrlichen Namen!
Margret

Versicherungsschaden.

Auf dem Weg nach Hause spürte ich noch immer die Anspannung. Ich kam gerade von einer Probe für die große Karfreitagsgala. Dieses Jahr würde dort unter weiteren anderen auch mein Bekehrungszeugnis von der Theatergruppe aufgeführt werden. Danach würde ich auf der Bühne vor Hunderten Leuten erzählen, wie es danach mit meinem Leben weitergegangen ist. Meine Gedanken waren bei der Probeaufführung. Wie gut es der Theatergruppe gelungen war, die gespenstische Atmosphäre beim Gläserrücken darzustellen. Der Zuschauer wurde durch die eindringliche Darstellung der Schauspieler unaufhörlich in den Bann gezogen.
Ich hatte immer noch Herzklopfen in Erinnerung daran, was mir damals passiert war und wie Der Herr das zu Seiner Ehre und meiner Rettung umgedreht hat. Zu Hause angekommen konnte ich meine Gedanken zur Seite schieben. Auch hier gab es viel zu erledigen. Eine große Party anlässlich unseres zwölfeinhalb jährigem Ehejubiläums und des fünfzigsten Geburtstag meines Ehemannes sollte am Samstag Abend in einer Partyhütte stattfinden. Schon morgen, also Freitag würden unsere beiden Söhne samt Anhang aus der Ferne bei uns zum Übernachten eintreffen. Ich freute mich sehr darauf, dass für die Party die gesamte Familie mal wieder versammelt war, denn das war sehr selten. Nachts schlief ich wie gewohnt unruhig. Dabei gab es gar keinen Grund für meine Unruhe. Wir hatten beide am Freitag Urlaub genommen, um genügend Zeit für die Partyvorbereitungen zu haben. Im Halbschlaf wunderte ich mich über den prasselnden Regen, der ans Fenster zu klatschen schien, und dass ich in dieser Nacht gar nicht ins Bad musste, wie sonst eigentlich jede Nacht. Die innere Uhr funktionierte bei meinem Mann so gut, dass er sich um fünf Uhr fünfundvierzig aus dem Bett schälte und in Richtung Badezimmer verschwand. Plötzlich war ein Schreckensschrei zu hören, der auch mich augenblicklich aus dem Bett springen ließ. Ich rannte in Richtung Badezimmer und fand mich sofort hinter der Schlafzimmertür in einer Wasserlache wieder. Mein Ehemann stand im Badezimmer, hatte inzwischen den Wasserhahn meines Waschbeckens zugedreht und sah mich vorwurfsvoll an. Was war passiert? Hatte ich gestern Abend vergessen, den Hahn zu zudrehen ? Ungläubig besah ich mir das Malheur. Ich erinnerte mich daran, dass mein Mann mir mehrmals gesagt hatte, das Säckchen mit den Pflegeprodukten, das auf der Mauer über dem Waschbecken stand, sei zu groß für diese und stehe in Gefahr, ins Waschbecken zu fallen. Dadurch könnte womöglich die Keramik beschädigt werden. Ich erinnerte mich genauso daran, wie ich mit rollenden Augen gedacht hatte „lass ihn man unken..." So hatte er wieder einmal Recht behalten. Dieses Alles war meine Schuld! Die Keramik war nicht beschädigt worden, es war viel schlimmer. Das Säckchen mit den Cremetiegeln war augenscheinlich, weil es zu nah am Rand der Mauer stand, in die Tiefe gezogen worden, hatte dabei beim Herunterfallen durch sein Gewicht den Hebel des Wasserhahnes umgedreht, wodurch das Wasser zu fließen begann. Das Säckchen fiel genau auf den Abfluss, der sich dadurch auch schloss und verstopfte durch sein Volumen auch den Überlauf. Diese ganze Abfolge der Missgeschicke war doch wirklich höchst ungewöhnlich. Das war doch nicht zu glauben. Wie dem auch sei: Es war meine Schuld, ich musste den Schaden irgendwie beheben. So folgte ich dem Wasser in den Flur, an der Wand nach unten, die Treppe hinunter, im ganzen Flur unten, im Gästebad unten. Genau vor dem Wohnzimmer, in das wir einige Jahre zuvor teures Parkett verlegen lassen hatten, hatte es gestoppt. Auch war merkwürdigerweise nichts ins Schlafzimmer gelaufen, welches mit einem schönen Korkboden ausgelegt war. Das Gästezimmer mit seinem alten Teppichboden war allerdings am Rand der Tür genau wie der gesamte Flur oben, ebenfalls noch mit dem alten Teppichboden ausgelegt, pitschnass. Ich bewaffnete mich mit einem Eimer sowie einem Kehrblech und verbrachte die nächste Stunde damit, alles Wasser, das ich erwischen konnte, zu beseitigen. Dabei fiel mir gar nicht auf, dass ich mit nackten Füßen im Schlafanzug arbeitete. Als ich es bemerkte, war es mir egal, ich wollte mich irgendwie für meine Schuld bestrafen. Um acht Uhr morgens rief ich sofort bei unserem Versicherungsmakler an,

berichtete ihm von den Vorfällen und fragte, ob diesen Schaden die Hausratversicherung übernehmen würde. „Wahrscheinlich nicht!“ meinte dieser. „ Laut deiner Beschreibung ist das ja kein klassischer Wasserschaden sondern eher durch deine Fahrlässigkeit entstanden. Aber ich versuche es,“ versprach er. Was für ein Dilemma! Wenn ich die ganzen Renovierungskosten allein bezahlen müsste, würde es eng werden. Endlich begab ich mich ins Gebet und suchte den Herrn. Ich tat Buße für meine Unbelehrbarkeit und legte IHM die ganze verzweifelte Situation hin. Wie konnte so etwas Verrücktes nur passiert sein ? Es dauerte eine Weile, bis ich mir selbst vergeben konnte. Durch meine Unbelehrbarkeit würde jetzt eine Menge Arbeit und Kosten auf uns zukommen. Mir wurde noch einmal die ganze Absurdität der Geschehnisse deutlich. Das war doch kein normales Missgeschick! Der Herr zeigte mir den Zusammenhang mit meinem Zeugnis auf der Karfreitagsgala. Da wollte mir wohl jemand schaden! Ich proklamierte JESU CHRISTI Sieg in dieser Situation, und dass ER mein Schutz ist. Mir kam Psalm 91. 9-11 in den Sinn. Da heißt es: *„Denn du hast gesagt: „Der Herr ist meine Zuflucht! du hast Den Höchsten zu deiner Wohnung gesetzt; so begegnet dir kein Unglück und keine Plage naht deinem Zelt. Denn ER bietet Seine Engel für dich auf, dich zu bewahren auf allen deinen Wegen.“* Nun könnte jemand fragen: „ Wo war denn der Schutz? Das Unglück ist doch passiert.“ Nun, wenn ich die ganze Sache in Ruhe betrachtete, konnte ich Seinen Schutz durchaus deutlich sehen. Das Wasser war nur dorthin gelaufen, wo wir im nächsten Jahr sowieso renovieren wollten. Merkwürdigerweise stoppte es exakt vor dem Schlafzimmer und dem Wohnzimmer, wo wir bereits gute Fußböden hatten verlegen lassen. Verdorben durch das Wasser waren „nur“ diejenigen Teile, die sowieso für die nächste Renovierung vorgesehen waren. Ich dankte Dem Herrn für Seinen Schutz! Nun blieb nur noch die Frage, ob die Versicherung die Kosten für die Trocknung und Renovierung bezahlen würde. Auch da gab Der Herr mir Frieden. Nach vier Tagen meldete sich unser Versicherungsmakler und bestätigte die Kostenübernahme der Versicherung. Was für ein Gott! Auf Ihn kann ich mich immer verlassen. Er hat beschützt und versorgt, obwohl das ganze Dilemma meine Schuld war.

Etie

Kaffee oder Tee?

Seit Wochen befand ich mich in der Reha in Egenhausen. Nachmittags freuten wir uns immer auf ein schönes Heißgetränk. Gleich war es 15 Uhr. Ab da gab es nämlich kostenfreie Benutzung der Luxuskaffeemaschine in der Cafeteria. Ich wartete in der Menschenschlange und überlegte, ob ich mir Kaffee oder Tee ziehen würde. Als ich an die Reihe kam, war meine Wahl auf Tee gefallen. Am Besten, ich stellte gleich meinen Teebecher unter die Ausgabe. Ich wählte und drückte den Knopf. Zischend floss das kochende Wasser in meinen Becher. Es floss und floss. Oh nein, das würde gleich über den Rand laufen und eine Riesen Sauerei veranstalten. Ohne weiter nachzudenken, streckte ich meine Hand aus und zog den Becher weg. Dabei floss das kochende Wasser nun natürlich mir über die Hand. Meine Güte, tat das weh! Bevor ich mir über die Konsequenzen klar wurde, merkte ich, wie Gottwin, der Mann, der hinter mir gestanden hatte, ohne Aufhebens meine Hand nahm und seine Hände darüber verschloss. Einen kurzen Moment verharrten wir schweigend so. Er betete wohl kurz still. Ich war viel zu verdutzt, um einen klaren Gedanken zu fassen. Schließlich ließ er meine Hand los. Ich konnte es nicht fassen. Da war gar nichts. Sie war nicht rot, sie schmerzte nicht! Wo war der brüllende Schmerz geblieben? Staunend und dankbar nahm ich zur Kenntnis, dass ich soeben vom Herrn durch Gottwin geheilt worden war. Ich bedankte mich auch bei Gottwin und suchte mir einen Platz, an dem ich meinen Tee trinken konnte – als sei nichts gewesen! Wie wunderbar ist es, ganz praktisch Gottes Schutz und Versorgung zu erleben!

Margret

Einführung zum Thema Gott versorgt Seine Kinder

Genauso gerne, wie unser Gott Seine Kinder schützt, versorgt ER uns auch. Seine Fürsorge gilt sogar allen Menschen.
Mt.5.45 *„...Denn ER (Der Vater im Himmel) lässt Seine Sonne aufgehen über Böse und Gute und lässt regnen über Gerechte und Ungerechte"*
Jak.1.17 *„Jede gute Gabe und jedes vollkommene Geschenk kommt von oben herab, von dem Vater der Lichter, bei Dem keine Veränderung* ist, *noch eines Wechsels Schatten."*
Offb.21.6 *„Ich will dem Durstigen geben von der Quelle des lebendigen Wassers umsonst."*
Unser Gott liebt es zu segnen, zu versorgen. In den genannten Bibelstellen geht es um die Versorgung der Grundbedürfnisse über gute Gaben bis hin zum lebendigem Wasser, welches unerlässlich für unser geistliches Wachstum ist. ER möchte sich wirklich um alle Belange unseres Lebens kümmern zu Seiner Zeit, manches Mal heißt es auch hier ausharren und vertrauen. Gottes Hilfe kommt nicht immer früh aber nie zu spät. (Joyce Meyer)
Wie oft habe ich selber schon Seine Versorgung erfahren.Als ich letztens in einer fröhlichen Runde erzählt habe, wie genial mich Der Herr besonders in meiner Krankheitszeit in allen Bereichen versorgt hat, sagte ein lieber Mensch neben mir: „Das klappt ja wohl nicht immer!" Darauf konnte ich nicht sofort antworten, habe mich aber später genauer mit dem Thema beschäftigt. Wenn Der Herr es liebt, zu segnen, warum scheint Sein Segen dann nicht bei Allen anzukommen ? Tatsache ist, Gott liebt **alle** Menschen, aber da ER unveränderlich heilig ist, kann Er nicht jegliches Verhalten segnen. Handeln wir aus falschen Motiven wie Stolz, Unvergebenheit, Selbstsucht, Selbstgerechtigkeit oder Geldliebe, wird diese Haltung sicher nicht vom Herrn gesegnet.
Jak.4.6 *„Gott widersteht den Hochmütigen, den Demütigen aber gibt Er Gnade."*
Mt.6.15 *„ wenn ihr aber den Menschen nicht vergebt, so wird euer Vater eure Vergehungen auch nicht vergeben."*
Mt.5.7 *„Glückselig die Barmherzigen, denn ihnen wird Barmherzigkeit widerfahren."*
Lk.16.15 *„Und ER sprach zu ihnen: Ihr seid es, die sich selbst rechtfertigen vor den Menschen, Gott aber kennt eure Herzen; denn was unter den Menschen hoch ist, ist ein Gräuel vor Gott."*
Gott möchte uns auch finanziell segnen, aber wir sollen das Geld nicht mehr lieben als IHN.
Mt.6.24 *„Niemand kann zwei Herren dienen; denn entweder wird er den einen hassen und den anderen lieben, oder er wird einem anhängen und den anderen verachten. Ihr könnt nicht Gott dienen und dem Mammon."*
Die Bibel sagt uns sehr klar, wie Sein finanzieller Segen fließt.
Maleachi. 3.10-12 *„Bringt den ganzen Zehnten in das Vorratshaus, damit Nahrung in meinem Haus ist! Und prüft Mich doch darin, spricht Der Herr der Heerscharen, ob Ich euch nicht die Fenster des Himmels öffnen und euch Segen ausgießen werde bis zum Übermaß! Und Ich werde um euretwillen den Fresser bedrohen, damit er euch die Frucht des Erdbodens nicht verdirbt und damit euch der Weinstock auf dem Feld nicht fruchtleer bleibt, spricht Der Herr der Heerscharen. Und alle Nationen werden euch glücklich preisen, denn ihr werdet ein Land des Wohlgefallens sein, spricht Der Herr der Heerscharen."*
Es heißt ja, Geldliebe ist der Anfang allen Übels. Nicht das Geld, es wird halt zum Leben im Alltag benötigt, aber die Liebe zum Geld macht gierig, geizig, skrupellos und blind für Gottes Willen.. Wenn wir dem Besitz in unserem Leben keinen übermäßigen Wert einräumen, ihn auch in Seinem Reich einsetzen und Gott darüber Herr sein darf, segnet Er uns auch gerne finanziell. Eine andere Art, sich selber von der Versorgung Gottes abzuschneiden, ist Gott nicht zu glauben und mit unserer eigenen Zunge etwas Negatives zu bekennen, wie beispielsweise: bei mir wird sich nie etwas ändern, das gilt nicht für mich, ich bin ein hoffnungsloser Fall, mir passiert immer so was, für mich gibt es kein Glück, ich bin halt ein Pechvogel ... Das, was wir aussprechen, gilt. Die Psychologie nennt das eine sich selbst

erfüllende Prophetie. Das gilt auch und besonders in der unsichtbaren Welt! Die Bibel hat dazu einiges zu sagen und misst dem eine große Bedeutung zu.
Spr.18.21
„Tod und Leben sind in der Gewalt der Zunge, und wer sie liebt, wird ihre Frucht essen."
Mt.15.11
„Nicht, was in den Mund hineingeht, verunreinigt den Menschen, sondern was aus dem Mund herausgeht, das verunreinigt den Menschen."
Spr.14.23
„Bei jeder Mühe ist Gewinn, aber bloßes Gerede führt nur zum Mangel."
Ps.39.2
„Ich sprach: Ich will auf meine Wege Acht haben, dass ich nicht sündige mit meiner Zunge..."
Ps.141.3
„Bestelle, Herr eine Wache für meinen Mund! Wache über die Tür meiner Lippen!"
Spr.13.3
„Wer seinen Mund behütet, bewahrt sein Leben; wer seine Lippen aufreißt, dem (droht)Verderben.
Jak.3.5 – 6
„So ist auch die Zunge ein kleines Glied und rühmt sich großer Dinge. Siehe, welch kleines Feuer, welch einen großen Wald zündet es an! Auch die Zunge ist ein Feuer; als die Welt der Ungerechtigkeit erweist sich die Zunge unter unseren Gliedern, (als diejenige), die den ganzen Leib befleckt und den Lauf des Daseins entzündet und von der Hölle entzündet wird."
Gefahr erkannt, Gefahr gebannt! Erkennen wir eines dieser vielen Segenshindernisse in unserem Leben, gehen wir damit am Besten sofort zum Vater und bekennen es. ER vergibt gerne und reinigt uns davon. Erkennen wir nichts, und uns fehlt Seine Versorgung, bitten wir IHN um Weisheit, den Mangel zu erkennen. Auch die gibt ER gerne. Dann fließt Sein Segensstrom zu Seiner Zeit. Hauptsache, Er steht in unserem Leben an erster Stelle. Denn der Segen fließt in Seiner Gegenwart!
Ps.37.4
„und habe deine Lust am Herrn, so wird Er dir geben, was dein Herz begehrt."
Mt6.33
„Trachtet aber zuerst nach dem Reich Gottes und nach Seiner Gerechtigkeit. Und dies alles wird euch hinzugefügt werden."

Ängste überwinden – der Herr lässt alles zum Guten mitwirken für die, die ihn lieben

Jahrelang habe ich mit der Angst gekämpft, selbst Kinder zu bekommen. Als Kind fühlte ich mich in meinem Elternhaus nicht immer besonders wohl oder geborgen. Mein Vater konnte sehr aggressiv sein, meine Mutter war sehr dominant. Das hat mich total verunsichert. Als Teenager und junge Erwachsene hatte ich eigentlich nie mit Kindern zu tun gehabt. Ich wusste aber eins: wenn ich selbst Kinder bekommen würde, dann wollte ich sie unbedingt auf eine andere Weise erziehen, als meine Eltern mich großgezogen hatten. Aber wie bloß? Ich hatte wirklich keine Ahnung! Sobald das Thema ‚Kinder' in meinen Gedanken kam, gab es sofort allerhand negative Argumente wie ‚das kann ich nicht', ‚ich weiß nicht wie', ‚das werde ich niemals hinbekommen', ‚ich bin nicht stark genug', und so weiter und so weiter. Diese krampfhafte Gedanken waren so überwältigend, dass ich mir dachte, es wäre besser, wenn ich niemals ein Kind bekommen würde, niemals, niemals... Das war einerseits mein Entschluss. Aber es gab auch eine andere Seite. So war ich zum Beispiel schon als Teenager davon überzeugt, dass ich mein eigenes Kind nie abtreiben könnte. Woher diese Überzeugung wohl kam...? Und als ich ein bisschen älter war und Gedichte geschrieben habe, da hab ich meinem ungeborenen Kind ein Gedicht gewidmet. Also irgendwo tief in mir drin, gut versteckt, gab es doch den Wunsch, sogar eine Sehnsucht, selbst ein Kind zu bekommen. Als ich geheiratet habe, herrschten die negativen Gedanken über Kinder bekommen, Geburt und Erziehung weiterhin vor. Mit meinem Mann sprach ich nur ausnahmsweise und nicht besonders ausführlich darüber und mit Anderen schon gar nicht. So blieben meine Ängste für mein Umfeld ein gut verstecktes Geheimnis. Aber... Gott hat sie gesehen... Und eines Tages habe ich doch ganz kurz meine Angst vor einer der Ältesten unserer Gemeinde erwähnt. Sie meinte dann: Wenn du soviel Angst davor hast, wollen wir dann nicht mal darüber reden? Und so hatte ich kurz danach zum ersten Mal ein ganz ausführliches Gespräch darüber mit zwei Ältesten der Gemeinde und meinem Mann. Sie erklärten mir, dass meine Ängste bestimmt nicht von Gott stammten, da Er mich doch selbst als Frau geschaffen hat, mit der körperlichen Möglichkeit, Kinder zu bekommen. Und dass ich nicht positiv über dieses Thema denken konnte, weil meine Gedankenwelt gefangen war, nicht von Gott, sondern von seinem Feind... Am Ende des Gesprächs haben sie mit mir gebetet, u.a. für Freiheit, für schöne, positive Gedanken und Vorstellungen im Bereich ‚Kinder bekommen'. Als mein Mann und ich dann zurück nach Hause fuhren, habe ich sofort bemerkt, dass sich etwas verändert hatte. Meine Gedanken waren frei! Jetzt konnte ich mir endlich vorstellen, wie schön es wäre, selbst ein Kind zu haben, das mir und meinem Mann ähnlich sah. Wie schön es wäre, wenn mein Kind ‚Mama' zu mir sagen würde. Wie schön es wäre, meinen Mann mit unserem Kind spielen zu sehen. Mir kam auch der folgende Bibelvers in den Sinn: *„Vertraue auf den Herrn mit deinem ganzen Herzen und stütze dich nicht auf deinen Verstand.*" (Sprüche 3,5).Und ich wusste sofort: mein ‚Verstand', das waren all meine Ängste und negative Gedanken. All meine Zweifel, all mein Grübeln. Und nichts davon stammte von Gott. Die Freude aber und die Freiheit in meinen Gedanken, die wollte ich unbedingt festhalten, denn ich spürte und wusste, dass Gott mir die gab. So brach eine neue Zeit für mich an. Ich danke Gott noch immer dafür, dass Er meine Gedanken befreit hat; und dass Er mir und meinem Mann nach diesem befreienden Gespräch und Gebet sogar zwei wunderbare Söhne anvertraut hat! Beide Schwangerschaften verliefen sehr gut, wofür ich dankbar bin. Die Geburten waren schwer, aber Gott hat mir Kraft gegeben. Und ich werde nicht behaupten, dass Erziehung eine Sache ist, die ich so ganz nebenbei mache. Ganz im Gegenteil. Ich muss den Herrn öfters um Weisheit bitten, weil ich nicht weiter weiß. Aber ich bin fest davon überzeugt, dass Gott mich nicht umsonst von meinen Ängsten befreit hat, damit diese zwei Jungs geboren werden konnten.Dazu kommt außerdem noch, dass ich jetzt Frauen, die wegen ihrer Schwangerschaft verunsichert oder ängstlich sind, helfen darf, ihre Gedanken zu ordnen.

Gerade weil ich weiß, wie es ist, so viele Ängste zu haben, kann ich mich gut in ihre Gefühle einleben. Und auch, wenn es nun manchmal schwierige Umstände gibt, werde ich weiterhin darauf vertrauen, dass der Herr mir hilft, dass Er mir und meinem Mann Lösungen für unsere Probleme zeigen wird und nicht zuletzt: dass Er einen Weg und einen Plan für unsere Söhne hat. Ohne Gottes Hilfe hätte es die Beiden ja gar nicht gegeben…Und es ist der allmächtige Gott, der mich und meine Familie liebt und kennt und der verheißen hat: , Denn ich kenne ja die Gedanken, die ich über euch denke, spricht der Herr, Gedanken des Friedens und nicht zum Unheil, um euch Zukunft und Hoffnung zu gewähren.' (Jeremia 29,11). Ich freue mich riesig darüber, zu sehen, wie Gott viele negative Sachen in meinem Leben zum Guten gewendet hat und bin gespannt, was Er in Zukunft noch mehr machen wird. Preist den Herrn! Er kennt und liebt uns, Er befreit, gibt Kraft und zeigt uns den Weg!

Edith

Zufall gibt es nicht!

Es war kurz vor Weihnachten 2018. Ich hatte für ca. 11 Stunden pro Woche einen Job im Home Office, der mir viel Stress bereitete. Der Job passte eigentlich gar nicht zu mir, ich fühlte mich einfach fehl am Platz. Ich wollte irgendwie durchhalten, um Geld für meine Familie zu verdienen. Es war aber jeden Tag ein gewaltiger Kampf für mich, meine Stunden für die Firma zu machen. Eines Tages saß ich in meinem Büro am Computer und fühlte mich völlig überfordert, hilflos und verzweifelt. Ich war so gestresst, dass ich zu Gott schrie: ‚Gott, hilf mir doch bitte, HILF MIR!' Dann konnte ich nur noch weinen. Aber plötzlich wurde mir bewusst, dass ich ein komisches Geräusch hörte. Mein Arbeitszimmer grenzt an die Terrasse und als ich durch die großen Fenster und die Glastür schaute, sah ich draußen einen großen, wunderschönen Vogel mit blau-grün schimmernden Federn, der langsam und königlich über die Terrasse schritt. Es berührte mich zutiefst, denn ich war (und bin noch immer) davon überzeugt, dass dieser Vogel nicht ‚zufällig' auf meiner Terrasse herumlief. Zufall gibt es nicht! Es war, als ob Gott auf meinem Hilfeschrei antwortete und zu mir sagte: ‚Schau doch mal, ich schicke dir diesen Vogel, damit du dich über ihn freuen kannst. Es gibt mehr im Leben als nur Arbeit. Ich höre deine Gebete und kümmere mich um dich!' Ich bin rausgegangen und habe den Vogel fotografiert, damit ich mir die Bilder später noch mal ansehen konnte. Es stellte sich heraus, dass der Vogel einfach ein Fasan war, den kannte ich bisher aber nur mit braunen und nicht mit blau-grünen Federn. Nachdem ich mir draußen eine Weile den Vogel angesehen hatte, bin ich wieder reingegangen und habe weitergearbeitet. Doch dann war ich ganz entspannt und habe Gott gedankt, dass er so schnell auf mein Gebet geantwortet und mir Ruhe und Frieden gegeben hat. Einige Tage später war es Sonntagmorgen. Ich war im Badezimmer und habe mich auf den Gottesdienst vorbereitet, wo wir Weihnachten feiern wollten. Während ich mir die Haare kämmte, habe ich laut Gottes Lob gesungen und ihm gedankt, dass er Jesus in die Welt gesandt hat, damit er uns mit dem Vater versöhnen konnte. Ich war so glücklich und habe mich so darüber gefreut, dass Gott, unser Vater, vom Anfang dieser Welt uns als Menschen geliebt hat und eine Lösung gefunden hat, damit wir nicht für alle Zeit von ihm getrennt bleiben sollten, sondern die Möglichkeit haben, eine Beziehung mit ihm zu erleben. Während meines Gebetes und Kämmens hörte ich plötzlich erschreckt, wie jemand an das Fenster des Badezimmers klopfte. Die Gardine vor dem Fenster war zu und als ich sie zur Seite schob, schaute ich direkt in die Augen des blau-grünen Fasans…. Er blickte mich eine Weile fest an, drehte sich dann um und schritt majestätisch davon. Es war ein sehr bewegender Moment und ich war zutiefst berührt. Es war nämlich als ob Gott durch diesen Vogel zu mir sagte: ‚Ich habe wohl gehört, dass du Lieder für mich singst. Ich habe wohl gesehen, wie du dich über mich freust. Ich freue mich auch über dich!'

Es war so eine tiefe Bestätigung für mich, dass Gott mich sieht, dass er mich liebt und mit mir verbunden ist. Dass er mir Mut und Kraft schenken will, wenn ich am Boden bin. Dass er sich freut, wenn ich mich freue. Das er mein Herz sieht und sich dem anschließt, was in dem Moment für mich wichtig ist. Ich fühlte mich in diesem Moment so sehr von meinem Herrn geliebt, es war einfach wunderbar und ich habe eine überwältigende Freude empfunden. Wie schön, dass Gott nicht nur Menschen, sondern sogar auch Tiere benutzt, um uns zu helfen und zu ermutigen! Nach diesem Tag habe ich den Vogel nie wieder gesehen…

Edith

Ein bisschen schummeln

Heute war wieder einer dieser hektischen Tage. Gefühlte tausend Kleinigkeiten hatte ich an diesem Vormittag schon erledigt. Erschöpft ließ ich mich auf meinen Bürostuhl fallen. Nachdem ich auf meinem Schreibtisch ein wenig für Ordnung gesorgt hatte, schaute ich zur Seite aus dem großen Bürofenster und betrachtete den Verkehr auf der Hauptstraße, die von hier aus gut zu sehen war. „Schönes Wetter ist heute auch nicht gerade“, dachte ich, als ich die Haustürglocke vernahm. Seufzend erhob ich mich, um den Besucher hinein zu bitten. Während ich die Tür öffnete, realisierte ich nervös geworden, wer da vor mir stand. „Guten Tag, Firma Koelmann. Ich bin gekommen, um die Elektronik der Haustür neu einzustellen. Da hatten Sie doch funktionelle Schwierigkeiten,“ meinte der Servicemitarbeiter freundlich. „Guten Tag“ antwortete ich. „Das tut mir leid, die sind gestern von einer anderen Firma, die wegen diverser weiterer Probleme hier war, mit behoben worden. Die Tür funktioniert wieder. Jetzt sind Sie umsonst gekommen. Ehrlich gesagt, habe ich vergessen, Ihnen abzusagen. In dem ganzen Trubel bin ich so darüber weggekommen.“ „Tja, die Anfahrt muss ich Ihnen natürlich berechnen, das ist Ihnen klar, oder ?“ gab der Servicetechniker zu bedenken. „Das ist mir natürlich klar“ antwortete ich und ärgerte mich über mich selbst. „ Warten Sie!“ überlegte der Servicetechniker „ Ich bin doch nächste Woche sowieso hier wegen anderer elektronischer Arbeiten. Da deklariere ich die Anfahrtskosten einfach um und füge sie der nächsten Rechnung hinzu. Ein bisschen schummeln ist doch wohl erlaubt! So bekommen Sie keinen Ärger mit ihrer Dienststelle!“ Ich bedankte mich für seine Freundlichkeit. Aber es dauerte keine zehn Sekunden, bis ich den Vorschlag ablehnte. Eine Umdeklarierung der Anfahrtskosten war eine Lüge! Als Christ kam für mich eine bewusste Lüge nicht infrage. Ich wusste, dass bewusst zu lügen kein von Gott gesegnetes Verhalten war. Auch wollte ich nicht ungehorsam sein und meinen Herrn nicht betrüben. Lieber trug ich selbst die Konsequenzen, für den „Mist“, den ich gebaut hatte. Da musste ich wohl „in den sauren Apfel beißen!“ „ Schreiben Sie ruhig eine gesonderte Rechnung über die Anfahrtskosten. Ich hab es verbockt und werde es privat bezahlen,“ teilte ich ihm also mit. „Wie Sie wünschen“, antwortete er erstaunt und verabschiedete sich. Wieder im Büro, beschloss ich, sofort telefonisch meinen direkten Vorgesetzten zu kontaktieren, damit er über die Vorkommnisse im Bilde war. Ich entschuldigte mich bei ihm für mein Versäumnis und erklärte, die anfallende Rechnung natürlich selbst zu begleichen. „Ihre Ehrlichkeit ehrt Sie“ antwortete er. „Allerdings machen wir alle Fehler. Die Rechnung übernimmt die Dienststelle, das brauchen Sie nicht zu bezahlen.“ Mir fiel ein kleiner Stein vom Herzen. Diese Reaktion war durchaus nicht selbstverständlich! Nun hatte ich meinen Frieden und keinerlei Schaden. Wie wunderbar hat mich mein Herr auch dort versorgt.!

Margret

Ein Platz für Alissa

Unser Enkelkind hat so viel Freude und Sonnenschein in unser Leben gebracht. Von Anfang an wurde sie mit der ganzen Aufmerksamkeit und Liebe ihrer Eltern sowie ihrer beider Großeltern überschüttet. Sie hatte sich die ersten 1,9 Jahre ihres Lebens unter unser aller Obhut prächtig entwickelt. Trotzdem merkten wir, dass Ihr etwas in ihrem Leben fehlte. Jedes Mal, wenn wir auf dem Spielplatz, beim Kinderturnen oder beim Schwimmen waren, wollte sie gerne mit anderen Kindern spielen und äußerte das auch. Jedoch bereitete es ihr einige Schwierigkeiten, mit ihnen in Kontakt zu treten. Meiner Tochter wurde klar: Selbst, wenn das Betreuungsproblem durch die Großeltern gelöst werden konnte, fehlte Alissa der soziale Kontakt zu anderen Kindern. So machte meine Tochter sich auf die Suche nach einem Betreuungsplatz für Alissa in einer Krippe, Kita oder Tagesmuttergruppe. Ihre Suche war leider nicht von Erfolg gekrönt, da in unserer Stadt in diesem Jahr 400 Betreuungsplätze fehlten. Ich dachte angestrengt nach, wie ich ihr helfen konnte. Ich hatte doch über 10 Jahre in einer Kita, davon 5 Jahre als Leitung gearbeitet. Ich kannte sowohl die Träger als auch die Leitungen doch fast alle . Irgendjemand musste uns doch helfen können. Ich kontaktierte meine frühere Leitungskollegin beim DRK. Sie konnte mir auch nicht weiterhelfen. Das Platzvergabesystem hatte sich auch geändert und lag nun in den Händen der Stadtverwaltung. Auch der Pastor der Gemeinde, zu der die Kita in der Nähe von Alissas Adresse gehört, konnte nicht helfen, obwohl er der direkte Nachbar meiner Tochter war. Wieder einmal musste meine Tochter Alissa direkt von einer Kita wegziehen, die sie besichtigt hatten. Alissa weinte „ Alissa mit Kindern spielen, so gerne!“ Meine Tochter konnte sie nur vertrösten. Als sie es mir erzählte, meinte ich, wir sollten darüber beten. Auch mit Alissa betete ich: „Lieber Jesus, hilf, dass Alissa einen Kitaplatz bekommt und mit den Kindern spielen kann, Dankeschön!“In der nächsten Zeit bemerkte ich etwas in meinen Gefühlen, das mich wirklich erschreckte. Wenn ich Eltern mit Kindern auf dem Weg zur Kita traf, die an unserer Straße liegt, empfand ich so etwas wie Neid. Was war das denn ? Neid hatte doch nie zu meinen Problemen gehört. Mich ärgerte auch, dass meine ganzen alten Verbindungen uns bei der Platzsuche nicht hatten helfen können. Erschrocken über mich selbst, bat ich den Herrn um Vergebung. Ich erklärte meinen Bankrott darin, ließ die ganze Sache los und legte sie allein dem Herrn in die Hände. Einige Tage später erzählte meine Tochter mir von ihren neuerlichen Bemühungen. Nach einigen Niederlagen bekam sie eines morgens den Anruf einer Kitaleitung einer ihrer Wunschkitas. Tatsächlich hatte Alissa dort einen Platz bekommen, einfach so ohne weitere Bemühungen. Die Kita liegt ländlich ganz in der Nähe meines Wohnortes und auf dem Arbeitsweg meines Schwiegersohnes. Ich konnte es kaum fassen. So kurze Zeit nach unserem Gebet und trotz meiner Neidgefühle hat der Herr unser Gebet erhört. Welche Gnade schenkt er Seinen so unvollkommenen Kindern, sobald wir auf IHN vertrauen.

Margret

Familie

Vor vielen Jahren besuchte ich mit meinen drei kleinen Kindern eine alte freie Gemeinde. Nach ungefähr einem Jahr stand die ohnehin kleine Gemeinde vor der Spaltung. Es gab drei Strömungen. Da war das bestehende gesetzliche, dann eine Strömung, die sehr auf die Erfahrungen des HEILIGEN GEISTES fixiert war, und eine Gruppe von jungen Missionaren aus Süd Afrika. Sie hatten längere Zeit in der alten Gemeinde mitgearbeitet. Aber irgendwann stellten sie fest, dass sie den Auftrag, den Der Herr ihnen für Deutschland gegeben hatte, dort nicht ausführen konnten. Also beten sie und bekamen folgendes Wort: Mt.9.17 *„Auch füllt man nicht neuen Wein in alte Schläuche; sonst zerreißen die Schläuche, und der Wein wird verschüttet, und die Schläuche verderben; sondern man füllt neuen Wein in neue Schläuche, und beide bleiben zusammen erhalten.*" Ich war damals noch ziemlich unerfahren, spürte, jedoch, dass für mich und meine Kinder auch eine neue Zeit anbrechen würde, aber welcher Gruppe sollte ich mich anschließen ? In der Gruppe, die besonders auf Den HEILIGEN GEIST fixiert war, befand sich eine ältere Frau, die seitdem wir in diese Stadt gezogen waren, wie eine geistliche Mutter für mich gewesen war. Oft hatte ich sie besucht. Sie hatte mir viel über das Wort Gottes beigebracht und mir so manchen guten Rat für meine Ehe gegeben. Durch sie war ich auch in die freie Gemeinde gekommen. Als die jungen Missionare in die Gemeinde kamen, spürte ich frischen Wind. Sie und ihre Familien waren mit großer Leidenschaft bei der Arbeit für Den Herrn. Wir waren ungefähr im gleichen Alter und ich freute mich sehr darüber, sie kennen zu lernen. Da ich nicht wusste, wo nun mein Platz war, betete ich inständig zum Herrn, ER möge mir zeigen, wo ER mich hin haben wollte. Es bildeten sich also zwei neue winzig kleine Gemeinden. Ich besuchte beide und wartete auf einen Wink vom Herrn. Den bekam ich, als ich die jungen Missionare auf ihrem gemieteten Bauernhof besuchte, wo die ersten Gottesdienste mit unter zehn Leuten stattfanden. Mitten im Gottesdienst hörte ich im Inneren deutlich: „Das ist deine Familie:" Also blieb ich und wurde eines der, wenn ich mich nicht irre, ersten zehn Mitglieder. Das war vor nahezu dreiundzwanzig Jahren. Seitdem ist eine Menge Zeit vergangen, und wir haben vieles miteinander erlebt. Irgendwann ging es vom Bauernhof in eine gemietete Halle. Dort blieben wir für ein paar Jahre. Die Gemeinde wuchs schnell, und schließlich konnte sie durch viel Gebet und einige Wunder ein großes Gebäude mitten in der Stadt erwerben, später das Haus daneben. Nach zwanzig Jahren zählte unsere Gemeinde mehr als zweihundert Mitglieder aller Altersklassen und vieler, vieler Nationen. Die Teams, in denen sich die einzelnen Christen ins Reich Gottes investieren können, wurden immer mehr. Meistens dient man in mehreren Teams. Im Laufe der Jahre war ich im Frauenteam, im Indienteam, im Begrüßungsteam, im Lobpreisteam, im Putzteam, im Versorgungsteam, gründete den Büchertisch, den Vorläufer des heutigen Bücherladens, leitete zwei Jahre die gesamte Kinderarbeit sowie eine Kleingruppe davon, im Gebetsteam und natürlich im Hauskreis. An wie vielen Umzügen habe ich im Laufe der Jahre mitgeholfen! Mittlerweile gibt es bei uns einen Livestream am Sonntag, ein wunderbares Lobpreisteam mit vielen Talenten, das schon zwei eigene Lobpreis CDs veröffentlicht hat, eine große Gruppe Royal Rangers, die sich auf einem riesigen , gemieteten Gelände außerhalb der Stadt treffen, einen Alpha Kurs, eine Online Bibelschule, ein Begrüßungscafé und eine Website. Unsere Ältesten predigen in vielen Gemeinden auf der ganzen Erde. Wir unterstützen ein großes Werk in Indien, mit insgesamt ich glaube 37 Patenkindern, und eine Gemeinde in Uganda. Es gab schwere Zeiten und gute Zeiten. Viele Menschen sind gekommen und geblieben.Einige sind wieder gegangen. Was mich an meiner Gemeinde wirklich fasziniert ist , dass es echte Liebe untereinander gibt. Wir haben so viele verschiedene Charaktere, so viele kreative Köpfe aus allen möglichen Berufssparten. Natürlich gibt es auch viele Ideen. Aber das letzte Wort hat immer Der Herr. Sein Wille wird in Gebet und Fasten gesucht. Auch ich bin in diesen dreiundzwanzig Jahren durch einige Tiefen gegangen, bekam aber immer die Hilfe, die ich brauchte. So versorgt unser Herr uns durch die Gemeinde. Das Wort „Familie“ passt. Wie in einer Familie wird jedes Mitglied versorgt und in schweren Zeiten getragen, so wie jeder es zulässt. Für jegliches Handeln ist das Wort Gottes die Grundlage. Die Geschichte von unserer Gemeinde hat unser Pastor in seinem eigenen Buch erzählt. Sie ist ziemlich spannend.

Die Gemeindevision

„ Wir wollen eine biblische Gemeinde bauen, bestehend aus Menschen, die...Gott leidenschaftlich lieben, einander als Familie treu sind, ihre Mitmenschen bis an das Ende der Welt mit Jesu Liebe erreichen wollen.“ Zu dieser Familie gehöre ich sehr gerne!

Margret

Lobpreis der Nationen

Ein schönes Beispiel, wie unser Herr uns versorgt, erlebte ich am letzten Sonntag in der Gemeinde. Wir sind eine deutsche Gemeinde aber genauso international. Unsere Mitglieder kommen aus Deutschland, den Niederlanden, Polen, Russland, Südafrika, Mexiko, bestimmt habe ich bei dieser Aufzählung noch einige Nationen vergessen. Auf jeden Fall können wir interkulturell eine Menge voneinander lernen. Wir genießen alle diese Vielfalt und sind dort mit einem außergewöhnlich guten Lobpreisteam gesegnet. Egal, wo auch immer ich an anderen Orten einen Gottesdienst besucht habe, habe ich unseren Lobpreis vermisst. Unser Lobpreisteam hat schon zwei CDs aufgenommen, schreibt auch eigene Lieder zur Ehre Gottes. Mehrere Nationen sind darin vertreten. Entweder singen wir die Lieder auf Englisch oder Deutsch. Die Texte können wir über den Beamer mitverfolgen.Wie oft wurde ich schon im Lobpreis besonders angerührt und gesegnet. Am letzten Sonntag hatte unsere Gemeinde Besuch aus Mexiko. Das heißt, die Familie einer unserer Gemeindedamen war aus Mexiko zu Besuch. Ein Neffe hatte wohl das Lobpreisteam gefragt, ob er mit ihm zusammen ein spanisches Lied vortragen dürfe. Er durfte! So hörten wir, wie eine mexikanische Gemeinde Lobpreis zelebriert. Es war eine tolle Bereicherung. Allein der Rhythmus war schon anders, als wir ihn kennen. Durch die spanische Sprache klang der Text sehr melodisch. Der vortragende junge Mann hatte auch eine sehr schöne volle Stimme. Wir konnten die deutsche Übersetzung über den Beamer sehen. Das Lied handelte davon, den Heiligen Geist einzuladen und beschrieb, wie der Himmel offen steht und die Engel auf einer Leiter auf und ab steigen. Nach kurzer Zeit sangen viele von uns den Refrain auf spanisch mit. Auch unsere Band fügte sich absolut harmonisch in die Melodie ein. Ich wunderte mich während des Singens noch, wie das so schnell klappen konnte! Da bekam ich den Eindruck vom Herrn: „ Das ist ein kleiner Vorgeschmack auf den Lobpreis im Himmel, wo alle Nationen trotz ihrer Unterschiede in friedvoller Eintracht und absolut harmonisch miteinander Dem Herrn ihr Lob darbringen.“ Ich fühlte mich so gesegnet durch dieses spanische Lied. Unser Herr versorgt Seine Kinder nicht nur, mit dem, was sie brauchen, sondern auch mit Schönheit. ER ist der Erfinder der Schönheit und Kreativität. All die schönen Dinge haben ihren Platz im Leben eines Gotteskindes genauso wie das, was wir zum Leben brauchen. Danke wunderbarer Herr!

Margret

Reise durch den Nebelwald

Bis vor zwei ein halb Jahren, habe ich geglaubt, ich würde bis zu meiner Rente eine Kindertagesstätte leiten. Die Arbeit machte mir trotz vieler Schwierigkeiten Freude. Ich hatte wirklich die Empfindung, dass ich dort Gutes für den Herrn bewirken könnte, dass ich mich endgültig an dem Platz befand, den ER für mich hatte. Wie viele Gebetserhörungen hatte ich dort erlebt. An jedem Arbeitstag hatte ich mir die Kraft dafür beim Herrn schenken lassen. Ich wäre nie auf den Gedanken gekommen, aufzugeben, selbst meine jahrelange Schlaflosigkeit konnte daran nichts ändern. Ich war der festen Überzeugung, mit der Hilfe des Herrn alle Herausforderungen zu bewältigen, die sich mir stellten. Bis ich irgendwann bei der Arbeit zusammenbrach und die Tränen nicht mehr aufhören wollten zu fließen. Ich wurde mitten aus dem Arbeitsleben gerissen, kam von Einhundert abrupt auf Null. In der ersten Zeit meiner Krankschreibung dachte ich nur daran, wie ich möglichst schnell wieder an die Arbeit käme. Sie war doch mein Projekt. Woche um Woche sogar Monate vergingen, ohne dass bei mir eine Besserung eintrat. Ich hatte keine Kraft, konnte mich auf nichts konzentrieren, vergaß vieles, wollte am liebsten allein sein und musste einige Medikamente einnehmen. Gleich zu Anfang hatte Der Herr mir im Herzen die Gewissheit gegeben, dass ER bei mir war. Vor meinem Zusammenbruch hatte ich im Gebet mehrmals folgendes Wort erhalten, dessen Bedeutung für mich mir erst später klar wurde: *Jes.66,13 „Ich will euch trösten, wie eine Mutter ihre Kinder tröstet."* So warf ich all meine Verzweiflung auf IHN. Das tat mir sehr gut, denn auf mich oder irgendeine meiner früheren Fähigkeiten konnte ich mich überhaupt nicht mehr verlassen. Ich hatte das Empfinden, völlig demontiert worden zu sein. Meine Konzentration reichte weder für lange Gebete noch für längere Bibel-lese. Ich konnte mich IHM nur so hinhalten, wie ich jetzt war, bat um Reinigung und Heiligung. Auch betete ich wieder öfters im Geist und gab dem Herrn die Erlaubnis, mich so umzugestalten, wie ER mich haben wollte. Ich schien alles verloren zu haben! Wie sollte es mit mir weitergehen? Würde ich nie wieder ans Arbeiten kommen? War meine Ausbildung und all die zahlreichen Weiterbildungen umsonst gewesen? Waren meine Pläne für die Zukunft nicht die Gleichen wie diejenigen, die der Herr für mich hatte? Was wollte ER? Für mich hatte eine Reise ins Ungewisse begonnen. Sie führte mich durch einen dunkelgrauen Nebelwald. Ich konnte nichts sehen. Und ich konnte nicht behaupten, dass mir diese Vorstellung gefiel. Dennoch begab ich mich ganz in Seine Hand und lebte einfach Tag für Tag, Woche für Woche, Monat für Monat und lernte, komplett auf Seine Versorgung und Weisung zu vertrauen. Auch lernte ich langsam, meine Vergangenheit und die Verletzungen darin, völlig IHM zu übergeben und loszulassen. So erfuhr ich langsam und Stück für Stück Heilung und Wiederherstellung. Nach sechs Wochen war ich ins Krankengeld gekommen, die Wiedereingliederung nach einem halben Jahr wurde abgebrochen. Nach anderthalb Jahren wurde ich ausgesteuert. Von da an war das Arbeitsamt für mich zuständig. Es waren einige Kämpfe auszufechten, für die mir vollkommen die Kraft fehlte. Überall fand und las ich das Wort: *„Lass dir an Meiner Gnade genügen, denn Meine Kraft ist in den Schwachen mächtig:" 2.Kor.12,19* Genau so war es: Egal, welches Gutachten von wem erstellt wurde, wo ich vorsprechen musste, wo es etwas zu beantragen gab. Irgendwie hatte ich überall Gunst bei den Menschen. Ich hatte mir angewöhnt, nicht um Versorgung zu bitten, sondern Seine Versorgung zu proklamieren! Jedem, der es hören wollte, und bestimmt auch einigen, die es nicht hören wollten, erzählte ich: „Mein Gott hat alles unter Kontrolle! ER wird mich immer prächtig versorgen, so prächtig, dass ich abgeben kann! Welchen Topf ER dafür anzapft, ist egal. Wenn es nicht Rente ist, dann was anderes. ER ist allmächtig!" Diesen Spruch hörten Therapeuten, Ärzte und Patienten, wo immer ich auch war. Auch die Ätzte in der Rehabilitationsklinik, die meine Arbeitsfähigkeit feststellen sollten, bekamen ihn zu hören. In meinem Arztbericht wurde mir eine bis zu dreistündige Arbeitsfähigkeit bescheinigt, mit Ausnahme von allem, was ich je gearbeitet hatte. So war nach der Reha wieder das Arbeitsamt für mich zuständig. Anders, als bei Mitpatienten, gab es bei mir dort keinerlei Schwierigkeiten. Entgegen dem Gutachten der Ärzte in meiner Reha hatte ich die volle Erwerbsminderungsrente beantragt. Sie wurde mir tatsächlich erst einmal für drei Jahre bewilligt. Der Herr kämpft wirklich all meine Kämpfe! Und danach? Danach wird ER mich weiter durch den Nebelwald führen!

Margret

Das kann ich nicht!

Ich war zum zweiten Mal mit einer lieben Freundin auf der Frauenkonferenz in Bad Gandersheim. Zusammen mit fünfhundert anderen Frauen hatten wir lehrreiche Workshops besucht, von mehreren Dozentinnen großen Input zu äußerst interessanten Frauenthemen erhalten und wunderbaren Lobpreis genossen. Es ist wirklich ein beeindruckendes Erlebnis, fünfhundert Frauen gleichzeitig dem Herrn Loblieder singen zu hören. Gedanklich bereitete ich mich schon auf den Heimweg vor, doch ein Thema stand noch aus. Eine Referentin aus dem Leitungsteam würde über Prophetie sprechen. „Ein sehr interessantes Thema", fand ich und lauschte gespannt den Worten der Referentin, die alles, was sie sagte, mit den passenden Bibelstellen untermauerte." Ja, es gibt auch heute noch Menschen, welche vom Herrn die Gabe der Prophetie erhalten, um den Menschen zu dienen. " hörte ich und stimmte voll zu. „Auch wenn es dafür eine besondere Berufung gibt, sollte sich doch jeder Christ nach einem prophetischen Wort für andere ausstrecken. Das üben wir jetzt mal praktisch. Jeder tut sich mit seiner rechten Sitznachbarin zusammen. Nach einer kurzen Zeit des Ausstrecken im Gebet, gibt jeder ein Wort vom Herrn für den anderen weiter, " meinte die Referentin. Schon ging das Gemurmel im Saal los. Ich spürte Panik in meinem Inneren hochsteigen. So etwas hatte ich noch nie gewagt! Ich würde mich fürchterlich blamieren! Ich schaute mich um, aber keiner verließ den Saal. Alle wandten sich ihrer Nachbarin zu , so tat ich es ihnen gleich. Auch in den Augen meiner Sitznachbarin nahm ich Skepsis wahr. Wir waren jedoch gehorsam und begaben uns ins Gebet. Innerlich beunruhigt bat ich den Herrn um ein Wort für diese Frau. Aber das einzige, was mir immer wieder in den Sinn kam, war „ Der Herr ist mein Hirte, mir wird nichts mangeln!" „ Oh nein, Herr, das bin ich selber, das ist ja unser Familienpsalm!", betete ich. Nichts anderes kam in meine Gedanken. Die vereinbarte Zeit war vorbei. Nun sollte ich der anderen Frau mein Wort mitteilen. Ich wollte mich bei ihr entschuldigen, ihr sagen, dass mir wohl nichts gegeben wurde. „ Das einzige, was dauernd und immer wieder in meinem Kopf hochkam, war: „*Der Herr* ist mein Hirte, mir wird *nichts* mangeln", aber das ist mein Familienpsalm, an den denke ich ganz oft" , erklärte ich ihr achselzuckend. „Damit kannst Du bestimmt nichts anfangen!" „ Oh doch", sagte sie und lächelte. Dann erzählte sie mir ihre Geschichte. Sie kam aus einer sehr lebhaften freien Gemeinde, in der sie alles gefunden hatte, was sie für ihr geistliches Leben und Wachstum brauchte. Irgendwann hatte sie den Mann kennen gelernt, mit dem sie ihr weiteres Leben verbringen wollte. In zwei Monaten würde sie ihn heiraten und in eine fünfhundert Kilometer entfernte Stadt ziehen. Ihre Angst war nun, in seiner reformierten Gemeinde nicht genügend geistliche Nahrung zu bekommen. So passte der erste Satz des dreiundzwanzigsten Psalms wunderbar auf ihre Situation. Denn „zufällig" hatte ich die Betonung der einzelnen Wörter in dem Satz genau für sie passend ausgesprochen. So sagte ihr der Herr durch mich, dass ER sie auch in ihrer neuen Heimat versorgen würde. Ich war sehr erstaunt und einigermaßen sprachlos. ER hatte mein Gebet doch erhört und dieser Frau durch mich, die völlig verunsichert an die Sache herangegangen war, ein Wort der Ermutigung geschenkt. „Wow!" wie großartig ist unser Herr.

Margret

Schichtwechsel

Meine Tochter sollte am nächsten Tag mit ihrer Familie in den Urlaub nach Kreta fliegen. Alle freuten sich, nur ich hatte so ein merkwürdiges Empfinden, dass ich mehr beten solle.
Das tat ich dann am nächsten Tag auch und machte mich mittags auf den Weg ins Fitnessstudio. Plötzlich klingelte mein Handy auf dem Beifahrersitz. Glücklicherweise war ich noch in unserem Wohngebiet unterwegs, so dass ich anhalten und ran gehen konnte.
Es war meine Tochter. „Mama“ weinte sie „ absoluter Notfall, die lassen mich nicht mitfliegen!“ Auf mein Nachfragen erzählte sie, dass die Dame am Check in ihren Mutterpass sehen wollte, ansonsten dürfe sie nicht mitfliegen. Für lange Erklärungen war keine Zeit. „Was kann ich tun ?“ fragte ich beunruhigt. „ Bitte fahr zu meiner Frauenärztin, hole den Mutterpass und bring ihn mir nach Düsseldorf“ kam ihre Bitte prompt. „Wann muss er denn da sein ? fragte ich. „Um 14.00 Uhr spätestens“ war die Antwort. „ Liebe Tochter“ gab ich zu bedenken, „es ist 12.45 Uhr. Von hier nach Düsseldorf brauch ich fast 1,5 Stunden, wenn nichts dazwischen kommt. Vorher muss ich noch quer durch die Stadt, um an den Mutterpass zu kommen. Das kann ich nicht schaffen.“ Panik machte sich in mir breit, kannte ich doch meine Neigung zur Hektik und Unbedachtheit in solchen Situationen. Ich würde natürlich trotzdem fahren, um irgendetwas für mein Kind zu tun, es wenigstens versuchen. Sie hatte jedoch eine bessere Idee, bevor ich mich Kamikaze mäßig auf eine für mich unerfüllbare Mission begab.“ Mama, hol Du den Mutterpass, ich rufe den an, der es als einziger schaffen könnte. Vielleicht kann er von der Arbeit weg und fährt für uns nach Düsseldorf.“ Ich machte mich auf den Weg quer durch die Stadt zur Frauenärztin, von da wieder durch die Stadt zur Firma. Mir kam die Frage, warum meine Tochter am Schalter überhaupt von ihrer Schwangerschaft erzählt hatte. Es war doch von außen noch gar nichts zu sehen. Außerdem merkte ich, wie unruhig ich wurde, mein Fahrstil war leicht aggressiv und alles andere als vorsichtig. Ein Gebet zum Herrn lenkte mich ein wenig ab. „ Herr, willst Du nicht, dass unsere Lieben heute nach Kreta fliegen ? Wenn das so ist, akzeptieren wir das und finden eine andere Lösung. Ich lege alles in Deine Hand! “ Kurz vor 13.00 Uhr übergab ich den Mutterpass an unseren Schnellfahrer. „Soll ich mitkommen“ hatte ich noch gefragt. „Besser nicht! Entweder es klappt, oder es klappt nicht“ war seine Antwort dann preschte er los. Da ich im Moment nichts weiter tun konnte, machte ich mich doch noch auf ins Fitnessstudio, das ganz in der Nähe lag. Dort angekommen, betete ich um Schutz, denn ich kannte seine Fahrweise. Dann legte ich die ganze Angelegenheit noch mal in Gottes Hand und konzentrierte mich auf mein Training. Mitten drin, drängte mich plötzlich ein Gedanke, für das Flughafenpersonal und um Gunst bei den Menschen zu beten, was ich natürlich sofort tat. Nachdem ich das Training beendet hatte, fand ich eine Whatts App Nachricht von meinem Schwiegersohn auf meinem Handy. Sie lautete: „ es war Schichtwechsel, sie lassen uns mitfliegen, er weiß bescheid.“ Wow! Was war das denn nun ? Noch eine andere Lösung. Darauf wäre ja keiner gekommen. Überglücklich bedankte ich mich beim Herrn für Sein Eingreifen. Abends telefonierte ich dann mit meiner Tochter, und sie erklärte mir die Zusammenhänge. Beim check in am Vormittag machte die Dame dort die beiden darauf aufmerksam, dass das Gepäck auf diesem Flug kostenpflichtig sei. Mein Schwiegersohn hielt ihr darauf hin sein Handy hin, welches eine Mail vom Anbieter enthielt, die versicherte, dass das Gepäck bei bis Ende April gebuchten Flügen kostenlos sei. Dieses war bei ihnen der Fall. Offensichtlich verärgert über den Widerspruch bat die Dame das Gepäck trotzdem vollständig in den Frachtraum verstauen zu dürfen, da das Flugzeug sehr voll werden würde. „ Brauchen Sie noch etwas daraus?“ fragte sie meine Tochter. „Höchstens die Bescheinigung über die Insulinmitnahme“ antwortete meine Tochter.“ „ Wieso, sind sie Diabetikerin, dann zeigen Sie bitte Ihren Behindertenpass“ insistierte die Dame. „ Nein“, antwortete meine Tochter, „ das ist nur eine Schwangerschaftsdiabetes.“ „ Aha! Wo ist dann Ihr Mutterpass ?“ verlangte die Dame. „ Den Mutterpass bekommt man erst, wenn die ersten Herztöne zu hören sind“ klärte

meine Tochter auf. „ Tut mir leid“, drohte die Dame. „ wenn Sie schwanger sind, muss ich auf die Vorlage des Mutterpasses bestehen, ansonsten dürfen Sie nicht mitfliegen.“ Alles Bitten um Verständnis half nicht, sie wollte keine Ausnahme machen, so seien nun mal die Richtlinien. In ihrer Verzweiflung versuchte mein Schwiegersohn einen späteren Flug zu bekommen, damit genügend Zeit blieb, den Mutterpass zu besorgen, denn auch eine Kopie oder ein geschicktes Foto von dem noch zu erstellenden Pass wurde rigoros abgelehnt. Es gab keinen mehr für diesen Tag, und neu bezahlt werden musste der auch. So hatte meine Tochter mich angerufen und um Hilfe gebeten. Immerhin hatte ihre Frauenärztin auf ihre telefonische Bitte einen verfrühten Mutterpass ausgestellt, der bei meiner Ankunft schon mit den besten Wünschen des Praxisteams auf mich wartete. Mein Mann erzählte mir , als er wieder zu Hause war, er hätte es bis auf vier Minuten geschafft. Selbst das hätte aber nicht ausgereicht, da die Familie um 14.00 spätestens durch das Boarding gehen musste. So waren all unsere menschlichen Anstrengungen zum Scheitern verurteilt, denn Der Herr hatte die so genial wie einfache Lösung des Problems! Schichtwechsel! Irgendwann mittags war eine andere Dame auf meine verzweifelte Tochter zugekommen, fragte sie nach ihrem Namen und entschuldigte sich für ihre Kollegin, die ihre Schicht scheinbar beendet hatte und verschwunden war. Die neu zuständige Dame hatte bereits mit ihrem obersten Vorgesetzten telefoniert, und sich Rückendeckung geholt, die Familie auch ohne Mutterpass mitfliegen zu lassen. So fand dieser aufregende Aufenthalt am Düsseldorfer Flughafen doch noch sein glückliches Ende dank des Eingreifens unseres Gottes, Der das Herz der neuen Dame berührt hatte. „Das ist ein Wunder!“ hatte mein Schwiegersohn festgestellt. „Ja“ antwortete darauf meine Tochter“ du weißt ja, wer es gewirkt hat.“ **Etie**

Leben heißt Veränderung

In der letzten Zeit machte mir meine Arbeit mehr und mehr zu schaffen. Ich war geistlich und körperlich völlig am Ende. Als Lösung für diesen Zustand fiel mir nur eine Lösung ein. Ich musste die Frührente beantragen! Der Herr hatte aber eine andere Lösung für mich. Ich sollte nicht völlig aufhören zu arbeiten, und die damit verbundenen sozialen Kontakte verlieren, sondern anders. ER gab mir Gunst bei meinem Arbeitgeber. Es wurde ein anderes Arbeitsmodell erstellt, in dem ich vier Stunden täglich arbeiten konnte statt die Stundenzahl auf nur ein paar Tage zu verteilen. So habe ich keinerlei finanzielle Verluste und habe immer noch genug Kraft und die Zeit, in Seinem Reich durch mein Zeugnis mit zu arbeiten. Gottes Eingreifen war ganz real. Er benutzte den Arbeitgeber und nahm mir damit die Last und den Druck, eine Lösung zu finden. Gott ist so gut. Als ich müde und erschöpft war, kam die Lösung in Seiner Gnade von Ihm. ER will nicht, dass wir überfordert sind und über unsere Kraft hinausgehen. Seine Lösung habe ich überhaupt nicht gesehen. Ich bin IHM dafür so dankbar. So habe ich wieder einmal gelernt, dass Gott oft erst dann einschreitet, wenn ich aufgebe! Mein Gebet ist, dass ich eher lerne, zu IHM zu gehen und mich nicht auf meine Ideen und meine eigene Kraft zu verlassen, sondern Seinen Lösungen sofort zu folgen! HEILIGER GEIST ich bitte Dich: Erinnere DU mich, wenn ich wieder in meinen alten Trott falle. Ich danke Dir für Deine Hilfe und Treue. Bei Dir bin ich sicher. Bei Dir ist das Leben leicht und schön. Denn...***DU** Herr bist mein Hirte, deshalb habe ich keinen Mangel. **DU** weidest mich auf grünen Auen und führst mich zu frischen Wassern. **DU** erquickst meine Seele und führst mich auf rechter Straße,um **DEINES** Namens willen. Und ob ich schon wanderte im finsteren Tal, fürchte ich kein Unheil, denn **DU** bist bei mir. **DEIN** Stecken und Stab trösten mich. **DU** bereitest vor mir einen Tisch im Angesicht meiner Feinde. **DU** salbst mein Haupt mit Öl und schenkst mir voll ein. Gutes und Barmherzigkeit werden mir folgen mein Leben lang. Und ich werde in **DEINEM** Hause sein in Ewigkeit* (Ps.23)

Gerlinde

Schönheit statt Asche

Jetzt war ich schon fast 3 Wochen krankgeschrieben. Manchmal wachte ich morgens um viertel vor sechs auf und wollte aus dem Bett springen. „ Viertel vor sechs, Zeit sich für die Arbeit fertig zu machen!“ dachte ich dann, bis ich realisierte, dass ich ja gar nicht mehr arbeitete sondern krankgeschrieben war. Meine Verwirrung war noch sehr groß. Zwischen Vergesslichkeit ‚Schlappheit und Schlaflosigkeit wusste ich oft gar nicht, wie mir geschah. Heute jedoch hatte es einen echten Lichtblick gegeben. Meine Freundin , die auch eine unserer Ältesten ist, war heute Vormittag bei mir. Nachdem wir zusammen gefrühstückt hatten, begannen wir eine tolle Gebetszeit. Meine Freundin hatte sich im Vorfeld auf diese Zeit geistlich vorbereitet und einige Worte vom Herrn bekommen. Wir beteten, aber meine Gebete schienen nur bis zur Decke zu gehen. Ich spürte heftigen Widerstand und Angriffe in meinen Gedanken. Irgendwie war in mir alles grau. So hielt ich inne, nachdem ich die Gedanken als Angriff entlarvt hatte, und stellte meine komplette Gedankenwelt unter den Gehorsam JESU CHRISTI. Wir proklamierten das Wort Gottes in die unsichtbare Welt. Endlich konnte ich merken, wie Gebete in mir hoch strömten. Beim gemeinsamen Ausbeten spürte ich deutlich die Gegenwart Gottes und es wurde hell in mir. Ich wusste plötzlich: Egal, wie die Realität aussieht, egal, wie es scheint. JESUS CHRISTUS ist Sieger! Kein ehrlich gemeintes Gebet ist verloren, sondern Gott sammelt sie. ER wird mich durch jeden Tag hindurch tragen. Es wird mir an nichts fehlen! Nachdem meine Freundin gegangen war, legte ich mich in meine geliebte Hängematte auf der Terrasse. Die trüben Gedanken, die mich morgens gequält hatten, waren komplett verschwunden. Ich schaukelte im warmen Licht der Mittagssonne hin und her und fühlte mich total geliebt und geborgen. Mein Blick fiel auf die blühenden farbenprächtigen Blumen. Der Rosenbusch, der Mohn, und der Schnittlauch schienen in diesem Augenblick nur für mich allein zu blühen. Durch das Schaukeln fielen die Sonnenstrahlen von Blume zu Blume und tauchten sie abwechselnd in strahlendes Licht.
Ich kam mir vor wie eine Königstochter. Und das bin ich durch die Gnade Gottes, Der inmitten der Asche von Krankheit eine Zeit der reinen, verschwenderischen Schönheit geben kann, einzig und allein, damit es mir dadurch gut geht. Was für ein fürsorglicher Gott!
Jer.31.3
„Ja, mit ewiger Liebe habe Ich dich geliebt, darum habe Ich dir Meine Güte bewahrt.“

Margret

Vaters Trost

Vor 5 Jahren habe ich zum Glauben gefunden. Unser Vater hat mich frei gemacht von all den Ketten, die der Feind in meiner dunklen Vergangenheit um mich geschmiedet hatte. Doch in der letzten Zeit werde ich ich immer wieder von Krankheit befallen. Geht die eine, kommt eine andere. Es ist alles dabei. In dieser Zeit bin ich manchmal schon traurig, dass das nicht aufhört. Und ich spreche und bete zu Gott, und auch andere beten für mich. Dann geht es und wird besser. Doch kurze Zeit später kommt wieder was neues. Wir hatten jetzt ein Wochenende vom Alphakurs und 3 Tage vorher wurde ich mal wieder richtig krank, so dass ich zu Hause im Bett bleiben musste. Ich war so traurig und habe mit dem Vater gesprochen, weil ich einfach nicht verstehen konnte, warum es immer so ist. Und Gott zeigte mir etwas Wunderschönes. Er zeigte mir wie es früher war. Wie dunkel alles um mich herum war. Und wie hell es jetzt um mich herum ist. Früher hatte ich kein Selbstbewusstsein und fühlte mich wie Abschaum der Gesellschaft. Doch jetzt ist es anders. Ich werde geliebt und Gott schenkte mir eine Familie. Früher liebte mich keiner, ich war alleine und keinen interessierte es, was mit mir war. Aber Gott gab mir Brüder und Schwestern. Ich bin nicht mehr alleine. Man ist für mich da und ich werde geliebt meiner Selbst wegen. Ich, Susanne werde geliebt, so wie ich bin. Man sorgt sich um mich wie in einer richtigen Familie. Und wenn ich frage, ob einer mich in seine Gebete einschließen kann, dann wird direkt für mich, Susanne gebetet. Ich weiß nicht, warum ich immer wieder krank werde. Aber eins weiß ich, ohne Gott wäre es ums 100000 fache schlimmer. Er trägt mich und tröstet mich. Und Er schenkte mir durch die Gemeinde, die Er mir gegeben hat ,eine riesige Familie. Ich bin nicht mehr allein. Und ich hab den besten Vater der Welt, Gott !und Er liebt mich, mit all meinen Fehlern und Zweifeln.!!!!

Susanne

Zu alt?

Fünf ein halb Jahre hatte ich im Außendienst einer großen Kosmetikfirma gearbeitet.Seit Längerem war mir klar, dass dies nicht bis zur Rente mein Platz war. Oft hatte ich den Herrn um Weisheit gebeten, wann ich die Firma verlassen konnte. In diesem Monat hatte ich das Okay im Herzen. Ich durfte aus dem Hamsterrad aussteigen. So unterschrieb ich nach vier Wochen Krankschreibung einen Aufhebungsvertrag. Die Personalabteilung meiner Firma machte noch einmal deutlich, dass es ja mein Wunsch sei, die Firma zu verlassen. Sie hätten mich gerne behalten. Dies zu hören tat gut, ich wusste jedoch, dass meine Zeit dort einfach vorbei war und wollte nur noch einen sauberen Schlussstrich ziehen. So wurde ich mit sofortiger Wirkung freigestellt, bekam aber mein Gehalt noch für zwei Monate. Auch den Firmenwagen durfte ich noch so lange behalten. Natürlich meldete ich mich bei der Agentur für Arbeit. Ich berichtete meiner Fallmanagerin von meinem Traum, wieder in meinem erlernten Beruf zu arbeiten, als Erzieherin. Sie jedoch machte mir da keine Hoffnungen. „Tja Frau..., Sie sind über vierzig. Seit fast zwanzig Jahren haben Sie nicht mehr in ihrem erlernten Beruf gearbeitet. Dass Sie da noch einmal Fuß fassen, sehe ich nicht! Aus diesem Grund fordere ich Sie auf, drei Bewerbungen in der Woche im kaufmännischen Bereich, wo Sie als Letztes gearbeitet haben, zu schreiben. Und dokumentieren Sie mir dieses bitte!“ Kurz stutzte ich. Dann antwortete ich ihr: „Tja schauen wir mal, was Gott für Pläne für mich hat. Ich bin Christ!“ Damit verabschiedete ich mich und ging. In der nächsten Zeit fertigte ich brav Bewerbungen für den kaufmännischen Bereich. Parallel suchte ich mir aber auch die Adressen aller Kindertageseinrichtungen in meiner Stadt plus Umgebung heraus. Entweder fragte ich telefonisch, ob Bedarf an Erziehern bestand, oder ich bewarb mich schriftlich. Anfang des nächsten Jahres, ich war erst seit einem Monat arbeitslos, hatte ich eine Nachricht auf meinem Anrufbeantworter, als ich eines Vormittags vom Walken kam. Die Leitung einer Kindertagesstätte des DRK bat um Rückruf, damit ein Termin für ein Vorstellungsgespräch vereinbart werden könne. Wie gerne kam ich dieser Bitte nach. Das Vorstellungsgespräch hatte ich gänzlich in Gottes Hände gelegt. So ging ich einigermaßen gelassen zu diesem Termin. Etwas vermessen war mein Wunsch nach zwanzig Jahren einfach so in meinen erlernten Beruf zurück zu kehren ja wohl. Warum sollten sie ausgerechnet mich nehmen, so alt und aus der Übung, wie ich war? Der HERR versorgte auch hier. Ich bekam tatsächlich den Job. Diese Kindertagesstätte wurde für über zehn Jahre mein berufliches Zu Hause. Ich liebte die Arbeit mit den Kindern und war sehr froh, dem kaufmännischen Bereich entkommen zu sein.

Margret

Einführung zum Thema Gott erhört Gebet

Viele Menschen kennen Gebet mit gefalteten Händen als aufgesagten festen Text. Es ist jedoch viel mehr. Wenn wir wissen, dass Gott uns liebt und sehnsüchtig auf uns wartet, um mit uns innige Gemeinschaft zu pflegen, dann ist jegliche Kommunikation mit IHM Gebet. Deshalb ist es sehr wertvoll, wenn wir uns Zeit nehmen, nur um IHM die Ehre zu geben, um anzuerkennen, wer ER ist ; auf Seine Stimme zu hören, IHN näher kennen zu lernen.
Damit wächst auch unsere Liebe zu IHM. Wie wertvoll ist es, wenn wir den Segensspender suchen und nicht nur Seinen Segen! ER ist aller Ehre wert! Es gibt viele Arten von Gebet. Da wäre zum Beispiel...Tischgebet, Gebet ohne Worte (in Gedanken), Gebet alleine im „stillen Kämmerlein", GruppengebetGemeindegebet, Kampfgebet, Fürbittegebet, Sprachengebet, Anhaltendes Gebet, Dankgebet, Proklamation.
Unser Gott erhört sehr gerne unser Gebet. Er kennt uns und weiß, was wir brauchen.
Mt.6.32 – 33 *„...euer himmlischer Vater weiß, dass ihr dies benötigt. Trachtet aber zuerst nach dem Reich Gottes und nach Seiner Gerechtigkeit! Und dies alles wird euch hinzugefügt werden."*
Eph.3.20 *„Dem aber, Der über alle Maßen hinaus zu tun vermag, über die Maßen mehr, als wir erbitten oder erdenken, gemäß der Kraft, die in uns wirkt."*
Manchmal antwortet Gott erst später auf unser Gebet, manchmal auch viel später. Da heißt es, zu vertrauen und dran zu bleiben. Die Bibel nennt das „ausharren".
Hebr.10.30 *„Denn Ausharren habt ihr nötig, damit ihr, nachdem ihr den Willen Gottes getan habt, die Verheißung davontragt."*
Jesus selbst hat Seinen Jüngern gesagt, wie wir beten sollen.
Lk.11.1 –4 *„Wenn ihr betet, so sprecht:Vater, geheiligt werde Dein Name, Dein Reich komme, Dein Wille geschehe. Unser nötiges Brot gib uns täglich; Und vergib uns unsere Sünden, denn auch wir selbst vergeben jedem, der uns schuldig ist. Und führe uns nicht in Versuchung, sondern errette uns von dem Bösen."* Wenn Jesus den Jüngern erklärt, wie sie beten sollen, impliziert uns das , dass es auch möglich ist, falsch zu beten. Im oben aufgeschriebenen „Vater Unser" beginnt das Gebet mit Lobpreis. Wir beginnen ein Gebet also damit, IHM Lobpreis zu geben. Damit erkennen wir Seine Stellung als unser **GOTT** und unsere Stellung als Seine **KINDER** an.
Ps.100.4 *„Zieht ein in Seine Tore mit Dank, in Seine Vorhöfe mit Lobgesang! Preist Ihn, dankt Seinem Namen."*
Indem wir Ihm danken, für all die Segnungen, die ER uns schon gegeben hat, ehren wir Ihn und erkennen an, was Er tut. Außerdem helfen Dank und Lobpreis gegen trübe Gedanken. Der Herr weiß, was wir benötigen, jedoch sollten wir unser Anliegen genau ausformulieren.
Mt.7.7 –8 *„ Bittet, und es wird euch gegeben werden, sucht, und ihr werdet finden; klopft an, und es wird euch geöffnet werden! Denn jeder Bittende empfängt, und der Suchende findet, und dem Anklopfenden wird geöffnet werden."*
Wir sollten im **Namen Jesu** beten. Denn nur in Seinem Namen haben wir jederzeit freien Zugang zu Gottes Thron.
Joh.16.24 *„Bis jetzt habt ihr nichts gebeten in Meinem Namen. Bittet, und ihr werdet empfangen, damit eure Freude völlig sei!"*
Wichtig ist, dass wir **im Glauben** bitten. Die Bibel ist da ganz deutlich. Haben wir keinen Glauben oder wenig, dürfen wir auch dafür bitten, wie der Mann im neuen Testament, der sagte: „Herr ich glaube, hilf meinem Unglauben."
Jak.1.5 –7 *„Wenn aber jemand von euch Weisheit mangelt, so bitte er Gott, Der allen willig gibt und keine Vorwürfe macht, und sie wird ihm gegeben werden. Er bitte aber im Glauben, ohne irgend zu zweifeln; denn der ... Zweifler denke nicht, dass er etwas von Dem Herrn empfangen werde."*

Hebr.11.16 „*Ohne Glauben aber ist es unmöglich, IHM wohlzugefallen; denn wer Gott naht, muss glauben, dass ER ist und denen, die IHN suchen, ein Belohner sein wird.*“
Wir sollten nicht einfach um irgend etwas wie zum Beispiel „den roten Mercedes“ bitten. Es sollte schon **dem Willen Des Vaters** entsprechen.
1.Joh.5.14 „*Und dies ist die Zuversicht, die wir zu IHM haben, dass Er uns hört, wenn wir etwas nach Seinem Willen bitten.*“
Tragen wir unbereute Sünde oder Unvergebenheit im Herzen, erhört Gott unser Gebet nicht. Das steht so lange zwischen IHM und uns, bis es bekannt und von IHM vergeben wurde.
Jes.59.1 – 2 „*Siehe , die Hand des Herrn ist nicht zu kurz, um zu retten, und Sein Ohr nicht zu schwer, um zu hören.; sondern eure Vergehen sind es...und eure Sünden haben Sein Angesicht vor euch verhüllt, dass Er nicht hört.*“
Mt.11.25 „*Und wenn ihr steht und betet, so vergebt, wenn ihr etwas gegen jemand habt, damit auch euer Vater, Der in den Himmeln ist, euch eure Übertretungen vergebe.*“
Wir sollten vor dem Beten unsere Motive überprüfen und nicht aus Selbstsucht, Zorn, Stolz oder anderen schlechten Herzenshaltungen beten.
Jak.4.3 „*Ihr bittet und empfangt nichts, weil ihr übel bittet, um es in euren Lüsten zu vergeuden.*“
Mt.6.5 „*Und wenn ihr betet, sollt ihr nicht sein wie die Heuchler; denn sie lieben es...zu beten, damit sie von den Menschen gesehen werden. Wahrlich Ich sage euch, sie haben ihren Lohn dahin.*“
Wenn wir beten, sollen wir nicht mit vielen Worten beten , sondern unser Anliegen kurz und präzise vortragen. Gott ist weder taub noch langsam im Verstehen.
Mt.6.7 –8 „*Wenn ihr aber betet, sollt ihr nicht plappern wie die von den Nationen; denn sie meinen, dass sie um ihres vielen Redens willen erhört werden. Seid nun ihnen nicht gleich! Denn euer Vater weiß, was ihr benötigt, ehe ihr Ihn bittet.*“
Die Bibel sagt uns, dass JESUS CHRISTUS selbst für uns bittet.
Heb.7.25 „*Daher kann Er auch die völlig erretten, die sich durch Ihn Gott nahen, weil Er immer lebt, um sich für sie zu verwenden.*“
Auch Der Heilige Geist bittet für uns.
Röm.8.26 – 27 „*Ebenso nimmt auch Der Geist sich unserer Schwachheit an; denn wir wissen nicht, was wir bitten sollen, wie es sich gebührt, aber Der Geist selbst verwendet Sich für uns in unaussprechlichen Seufzern. Der aber die Herzen erforscht, weiß, was der Sinn Des Geistes ist, denn Er verwendet sich für Heilige Gott gemäß.*“
(Quelle: Themenkonkordanz, Christliche Verlagsgesellschaft, Dillenburg)

Das war knapp

Während meiner Ausbildung zur Ergotherapeutin fuhr ich täglich nach Rheine. Eines frühen Morgens in der noch dunklen Jahreszeit befand ich mich mit meinem kleinen roten Fiat auf der Strasse zwischen Wietmarschen und Lohne.Es war eine kurze Autoschlange hinter einem langsamen Autofahrer entstanden. Problemlos begann ein Wagen nach dem anderen auf der geraden Strecke zu überholen. Ich sah, wie ein Auto nach dem anderen ausscherte und war nun selbst an der Reihe. So setzte ich den Blinker und wollte gerade den langsam fahrenden Wagen beginnen zu überholen. Plötzlich spürte eich eine Art Magenschmerz mit einem seltsamen Angstgefühl. Sofort stoppte ich den Überholvorgang und blieb hinter dem voraus fahrenden Fahrzeug. Nach einigen Metern sehr kurze Zeit später kam aus der linken Nebenstraße ein Autofahrer geschossen. Dieses Auto fuhr ohne Licht. Hätte der Herr mich nicht gewarnt, wäre ich bei dem Überholvorgang mit dem ohne Licht fahrenden Auto zusammengekracht. So schützt ER seine Kinder auch in nicht vorhersehbaren Gefahren. “Denn ER hat seinen Engeln befohlen, dass sie dich behüten bei Tag und Nacht.”.sagt die Bibel Iris

Jesus mein Licht

Nachdem ich endlich entschieden hatte Gott anzuerkennen und Jesus zu folgen, wollte ich mich taufen lassen.Ich hatte keine Ahnung von nichts, aber da sich Jesus taufen ließ,wollte ich das auch tun. Das Ganze sollte in Mannheim in der Gemeine der" Volksmission der entschiedenen Christen" geschehen. Nach der Wassertaufe war es möglich, der Gemeinde ein kurzes Zeugnis zu geben, warum man sich taufen ließ. Ich entstieg also überglücklich dem Wasser, zog mich schnell um und trat mit einem weiteren Täufling vor das Mikrophon. Das Mädchen neben mir wollte garnichts sagen und auch ich hatte keine Ahnung wie ich mich ausdrücken sollte. Ein Satz ist mir für immer im Gedächtnis geblieben. In" SEINEM LICHTsehen wir Das LICHT". Der Prediger sagte mir später, dass dieser Satz in der Bibel stehen würde. Davon hatte ich keine Ahnung, aber er erschien mir als gelernte Fotografin mehr als logisch, weil erst im Licht Deutlichkeit und Farbe entsteht!
“Ich bin das Licht der Welt,wer an mich glaubt soll nicht mehr im Dunkeln herumsuchen.” So steht es in der Bibel. Iris

Eine Heilung

Nachdem meine Tochter Esther geboren war, entdeckte ich als junge unerfahrene Mutter, dass die Falten in dem kleinen Schenkel unterhalb des Hinterteils nicht parallel waren und die Beinchen unterschiedlich lang waren. Mein Mann, Allgemeinarzt in Heidelberg, stellte fest, dass die Kleine wohl in ein Gipsbett kommen müsste. Erschüttert und weinend rief ich Gott um Hilfe an. Plötzlich hatte ich im Herzen die sichere Gewissheit, daß ER heilen würde. Ich fragte noch, wie lange ER wohl dazu brauchen würde und versprach, ab jetzt eine Woche lang die Beinchen beim Wickeln nicht mehr zu kontrollieren. Nach einer Woche waren beide Beine gleich lang und ich zweifelte an meinem Verstand. So fuhr ich nach Heidelberg ins Ärztehaus. Hier hatte ich eine Zeit lang gearbeitet und war mit einem Röntgenologen befreundet. Er hörte sich meine abenteuerliche Geschichte sehr kritisch an und röntgte dann widerwillig die Kleine. Später lief er an der durchscheinenden Scheibe, auf der das Röntgenbild duchstrahlt wurde, hin und her. Schließlich sagte er: "Wenn ich die Geschichte nicht gehört hätte, hätte ich nichts gefunden. Aber so sehe ich neue Knorbelsubstanz in der Hüftpfanne." Das Röntgenbild durfte ich mit nach Hause nehmen!!!Was für ein Sieg!!! “Ich bin der Herr dein Arzt,” sagt die Bibel
Iris

Noch eine Heilung.

" ER hat geredet" Bei der Geburt unserer ersten Tochter hatte ich sehr viel Blut verloren. Ich war dünn und schwach und mein Blutdruck "im Keller". So bekam ich etliche Medikamente. Doch ich glaubte fest, dass Christus mich heilen könnte. Verunsichert durch meinen Mann den Arzt wusste ich nicht, wie ich den Spagat zwischen Glauben und medizinischem Realismus hinbekommen sollte. Also packte ich alle Medikamente in eine Tüte, stieg auf einen Stuhl,um sie auf dem Kuchenschrank für alle Fälle zu deponieren. Da hörte ich laut und deutlich folgende Worte: "Ist das dein Glauben?" Fast wäre ich vom Stuhl gefallen, aber ich ließ die Medikamente dort oben verfallen, obwohl es mir nicht soforf besser ging. Das war noch ein langer Weg, und ich erhielt viel Kritik. Keineswegs empfehle ich diese Handlungsweise weiter. Es war auch das einzige Mal bis jetzt, dass ich SEINE Stimme akustisch hörte. Wenn ihr nur Glauben hättet....fragt Jesus!

Iris

Noch eine Heilung "Rettung aus grossen Schmerzen"

Ab ca.1985 bis etwa 1995 hatte ich sehr schmerzhafte Kopfschmerzattacken. Es war ein diagnostizierter Clusterkopfschmerz, der mich ca. einmal im Monat für mindestens eine Woche aus der Bahn warf. Meine 3 Kinder waren lieb und rücksichtsvoll und ich sehr tapfer. Dennoch war es jedesmal mit Fieber-, Auge-,Kiefer, und Schulterschmerz sowie Gewichtsverlußt verbunden. In Aachen bekam ich unter anderem Sauerstoff, und man erwog sogar eine Operation. Die Kinder waren aus dem Haus und begannen ihr Studium, bezw. gründeten Familien. So zogen wir in die GrafschaftBentheim. Ich ging in eine neue Freie Gemeinde und lernte eine alte Dame kennen, die ich sehr schätzte. Sie hatte 3 erwachsene Töchter, von denen sie oft sprach, die ich aber nie kennenlernte. In dieser Zeit kam zum Clusterkopfschmerz der Spannungskopfschmerz dazu. Dabei wird der Kopf wie durch ein Stahlband langsam zerdrückt. Ich hatte Gott immer gefragt, was wohl falsch liegt in meinem Leben und nach jeder Attacke fest geglaubt, dass es die Letzte sei. Doch nun war ich mehr als zermürbt. Da die Kinder so gut wie versorgt waren und mein Mann ein erwachsener Mensch ist, betete ich etwa so. "Wenn Du mir jetzt nicht hilfst, kann ich nicht garantieren, nicht selbst Hand an mich zu legen, denn ich kann nicht mehr!" Am nächsten Tag erhielt ich folgenden Anruf. Es war die alte Dame aus Veldhausen. Eine ihrer Töchter sei zu einer Glaubenskonferenz gefahren und dort sei eine Prophetie ausgesprochen worden. Sie beziehe sich auf "eine Iris, die frei und wieder hergestellt werden soll." Ich solle nun prüfen, ob das Gesagte für mich sei. Ich versprach das zu tun und staunte nur. Am nächsten Tag rief eine andere Frau aus Lingen an, die ebenfalls hörte, dass man wieder nach einer Frau namens Iris fahndete, die aber zwischen all den Frauen in der Konferenz nicht zu finden war. Sehr gut erinnere ich mich, wie ich den Höhrer zurück auf das Telefon legte und sagte: "SO SEI ES" Das ist keinesfalls meine Alltagssprache, so wie heute kein Telefon mehr eine Wählscheibe hat. Von diesem Tag an hatte ich nie wieder diese grausamen Kopfschmerzen !!!! Die besagte erwachsene Tochter der alten Freundin lernte ich später in Nordhorn in der Christen Gemeinde kennen. Die zweite Dame aus Lingen gehört heute mit ihrem Mann zu unseren besten Freunden. Ich bin tief berührt über Gottes Wege und SEINE Handlungen an SEINEN Menschenkindern. ER ist eben der Einzigartige! ER hat den Durchblick und kennt die Seinen!

Iris

Fahrt im Zwielicht

Einige Jahre haben wir unsere Kinder bei uns und können sie ein Stück behüten. Je älter sie aber werden, heißt es für uns – loslassen. Erst kommen sie in den Kindergarten, wo sie viel Zeit ohne unseren Einfluss verbringen. Später ist es dann für lange Zeit die Schule und selbst geschlossene Freundschaften, die unsere Kinder auf vielerlei Weise prägen. Jahr für Jahr entlassen wir die Kinder ein Stück weiter in ihr eigenes selbstbestimmtes Leben. Immer wieder und immer weiter lassen wir sie los und hoffen, ihnen gute Wurzeln mitgegeben zu haben. Irgendwann haben sie einen Beruf erlernt und dann kommt bald der Tag, an dem sie ihr Zuhause verlassen, um ein komplett selbstständiges eigenverantwortliches Leben zu führen. Dann verändert sich im besten Fall das Verhältnis vom Erziehenden zum Kind in ein reifes Verhältnis, das von Freundschaft und gegenseitiger Achtung geprägt ist. Wir als Eltern akzeptieren die Erwachsenen, die aus unseren Kindern geworden sind. Was sich aber nie ändert, ist der Wunsch der Eltern, dass es ihren Kindern gut geht. Wie viele Mütter habe auch ich zu jeder Zeit für den Schutz meiner Kinder gebetet. Meine eigene Mutter hat erst jedes ihrer vier Kinder gesegnet, bevor es das Haus verließ. Das ist eine sehr schöne Erinnerung an meine eigene Kindheit. Dazu fällt mir ein Erlebnis ein, das mir meine Tochter vor einigen Jahren abends am Telefon erzählte. Zu dieser Zeit arbeitete sie als Friseurin in einem Ort, der von unserem gemeinsamen Wohnort mit dem Auto eine Stunde entfernt liegt. Ihr Weg führte sie eine weite Strecke über Landstraßen. Besonders im Frühjahr und im Herbst gab es dort auch regen landwirtschaftlichen Verkehr. Das bedeutete für alle Verkehrsteilnehmer, besonders auf einen umsichtigen Fahrstil zu achten. An besagtem Tag war es morgens noch lange nicht hell, als sie von zu Hause losfuhr. Außerdem behinderte leichter Nebel ihre Sicht. Dieser verdichtete sich immer mehr. Das hieß für sie, dass sie ihr gewohntes Tempo nicht beibehalten konnte. So geriet sie bald in Zeitnot. Natürlich wollte sie nicht unpünktlich zur Arbeit erscheinen. Einige Kilometer vor ihrem Zielort lichtete sich der Nebel etwas und sie konnte das Tempo beschleunigen. Nun bemerkte sie einen großen Traktor mit riesigen Scheren an dessen Seiten vor sich auf der Fahrbahn. Der musste doch irgendwann zu überholen sein, die Zeit drückte. Meine Tochter wartete auf den geeigneten Augenblick, scherte aus, beschleunigte und setzte zum Überholen an. Völlig ohne Vorwarnung und ohne den Blinker links gesetzt zu haben, bog der Traktorfahrer plötzlich nach links ab. Meine Tochter bremste, mit allem was ging, befand sich aber schon zu nah an dem abbiegenden Traktor. Gleich würde es krachen, und ihr Fahrzeug würde von den riesigen Scheren aufgerissen werden! Schreck, Adrenalinstoß, Schrei in der Not! Das Nächste, woran sie sich erinnerte, war: Ihr Wagen stand! Er war haargenau vor den bedrohlichen Scheren des Traktors zum Stehen gekommen. Es fehlten nur Zentimeter. Zu erklären war dieses nach menschlichem Ermessen nicht. Bei ihrem Tempo hätte es zum Zusammenstoß kommen müssen. Ist es aber nicht. Der Herr hatte eingegriffen und das Fahrzeug zum Stehen gebracht! So ist unser Gott. ER erhört Gebet und beschützt Seine Kinder! Preis sei IHM! ER ist mit Seinem Schutz bei unseren Familien, wenn wir nicht einmal von der Gefahr wissen. Wie dankbar und gelassen macht mich das!

Margret

Gespräch am Arbeitsplatz

Seit elf Jahren arbeite ich in meiner jetzigen Firma. Meine Arbeit dort am Fließband ist ziemlich anstrengend. Meine eigentliche Motivation dort zu arbeiten, ist den Menschen in dieser Firma das Evangelium zu bringen. Meistens ist es zu laut, zu hektisch, oder wir stehen zu weit auseinander , so dass ich nicht jeden Tag Gelegenheit bekomme, darüber zu sprechen. Der Betrieb hat mehrere hundert Mitarbeiter. Viele davon kenne ich nicht persönlich oder mit Namen, sondern nur vom Sehen. Oftmals bin ich müde und erschöpft. Aber dann sage ich mir immer wieder, dass ich nicht ohne Grund hier bin. Gott kann das gebrauchen! So bat ich Den Herrn um eine Ermutigung und um eine Gelegenheit, mit einer Person zu sprechen, deren Herz ER schon vorbereitet hatte. Eines Tages wurde ich an einen Platz eingeteilt, wo ich mit einer Mitarbeiterin einer Leihfirma zusammen arbeiten musste. Es war eine junge Frau Anfang dreißig. Sie erzählte mir aus ihrem Leben. In unserer Firma hatte sie einen netten Kollegen kennen gelernt, mit dem sie eine Beziehung angefangen hatte. Leider hatte auch er nur einen befristeten Vertrag über eine Leiharbeitsfirma. Die beiden wohnten zusammen und wollten sich gerne ein gemeinsames Haus kaufen. Doch ihre finanzielle Lage ließ dies nicht zu. Vor dieser Beziehung war sie mit einem Mann zusammen gewesen, der sie finanziell ausnutzte und kein Interesse an einer festen Beziehung geschweige denn einer Familie zeigte. Er hatte ihr überhaupt nicht gut getan. Ich hörte ihr zu und bat Den Herrn um Weisheit und Führung. Dann sagte ich zu ihr: „Weißt Du eigentlich, dass Gott uns liebt , dass wir Ihn um alles bitten dürfen, und dass Er Gebet erhört? Bitte Ihn doch um einen neuen Arbeitsplatz." „Ja," antwortete sie, „aber wenn ich um etwas bitten dürfte, wäre das etwas anderes." Still bat ich Den Herrn um Offenbarung aus ihrem Herzen, was sie sich wünscht. Ich bekam den Gedanken „ein Kind". So fragte ich sie: „Du wünschst dir ein Baby, nicht wahr?" Tränen traten in ihre Augen. So nahm ich sie in den Arm und bot ihr Gebet an. Sie stimmte zu, hatte aber Bedenken wegen ihres Alters und der finanziellen Situation. Darauf machte ich sie auf die Geschichte von Sarah aufmerksam, die noch mit neunzig Jahren ein eigenes Kind von Gott geschenkt bekam. Ich ermutigte sie mit Gottes Allmacht, die alles kann und auch versorgt. Nach diesem Gespräch begann ich jeden Dienstag für sie zu beten. Als Zeichen meines Glaubens fing ich an, eine Babydecke zu häkeln. Die war noch nicht halb fertig, da hörte ich von anderen Kollegen, dass die besagte Frau von der Arbeit freigestellt sei, da sie schwanger ist. Außerdem hatte ihr Partner bei unserer Firma einen festen Arbeitsvertrag bekommen. Wie begeistert war ich über diese Nachricht! Ich bat um ihre Adresse und schrieb ihr einen Brief. Darin fragte ich sie, ob sie sich noch an unser Gespräch erinnern könne und wünschte ihr weiterhin alles Gute. Bald erhielt ich ihren Antwortbrief. Sie teilte mir darin mit, dass dies das Erste war, welches ihr in den Sinn gekommen sei, als sie von ihrer Schwangerschaft erfuhr. Dafür lobe und danke sie Gott!

„Oh Gott, Dir sei Ehre, Der Großes getan.
Du liebtest die Menschen, nahmst Sünder Dich an.
Dein Sohn hat Sein Leben zum Opfer geweiht.
Der Himmel steht offen zur ewigen Freud!"

Gerlinde

Kleines Gebet – Große Wirkung

Seit fast drei Jahren arbeite ich jetzt schon nicht mehr aufgrund einer langwierigen Erkrankung. Mittlerweile bin ich erst einmal für drei Jahre voll auf Rente. Während der ganzen Zeit fühlte ich mich immer von Gott getragen. Nun wollte ich gerne einen Schlussstrich unter mein Arbeitsverhältnis ziehen, damit ich mit diesem längeren Lebensabschnitt vollkommen abschließen kann. Ich habe mir in der ganzen Zeit wirklich keine Sorgen gemacht, weil mein Herr mich immer prächtig versorgt hat. Ich habe immer nur das getan, was getan werden musste, (Papierkram, Fristen einhalten) und mich weiter nicht darum gekümmert. In Gottes Händen liegt es am Besten! Nun haben mir aber immer alle, die sich mit so etwas auskennen, abgeraten selbst zu kündigen. Mein Arbeitgeber bestand aber darauf. So wollte mein Anwalt Klage einreichen, weil mir der angesammelte Urlaub verloren geht, wenn das Arbeitsverhältnis nicht beendet wird. Gerne tat ich das nicht, weil ich immer am Liebsten mit allen in Harmonie lebe. Natürlich hat mein Anwalt Recht, wenn er sagt, die ganze Sache sei hier nur auf dem Sachauge zu sehen. Dafür habe ich ihn ja. Selber wäre ich gar nicht kompetent und fähig, mit meinem Arbeitgeber, für den ich immer gerne gearbeitet habe, in Konfrontation zu gehen. So hatte ich vor ein paar Wochen eine E Mail im Fach mit dem Entwurf der Klageschrift. Ich segnete sie ab, segnete den Anwalt und meinen Arbeitgeber und legte das Ganze erneut in Gottes Hand. Vor einigen Tagen bekam ich die Ladung zum Gericht im nächsten Monat, wo der Fall verhandelt werden sollte. Gott sei Dank brauchte ich nicht selber erscheinen. Das würde mein Anwalt regeln. Au weia, jetzt würde es ernst werden. Eigentlich wollte ich mich gar nicht mit solchen Dingen beschäftigen. Unsere Gemeinde fastete gerade in dieser Woche und es gab schon genug wichtige Gebetsanliegen. So wandte ich mich in dieser Sache kurz an Den Herrn und bat nur: „ Herr DU weißt, was hier gerecht ist. Ich lege es noch mal ganz bewusst in DEINE Hand und bitte Dich nur inständig DEIN Wille geschehe!“ Dann verdrängte ich den Termin und konzentrierte mich lieber auf die Fastenwochen Gebetsanliegen. Zwei Tage später hatte ich wieder eine E Mail im Postfach. Der Arbeitgeber akzeptierte das Ende des Arbeitsvertrages und kündigte an, die noch fälligen Urlaubsansprüche zu überweisen. Wir möchten die Klage doch bitte zurückziehen. Da hatte ich die prompte Antwort auf mein kurzes Gebet. Gott hatte meine Kämpfe gekämpft und in die Situation eingegriffen. Lob, Preis und Ehre sei IHM!

2.Mose.14

„ Der Herr selbst wird für euch kämpfen, wartet ihr nur ruhig ab!“

Name bekannt

Lena

Nach meiner für mich plötzlichen Krankschreibung und der Diagnose „Burnout" stellte ich auf Anraten meines Arztes einen Eilantrag auf eine Rehabilitation. Zu meinem großen Erstaunen wurde dieser sofort bewilligt. In meiner Gemeinde hatte ich von einer christlichen Einrichtung im Schwarzwald gehört, von der alle begeistert waren. Als ich auf die Homepage von „de ignis" ging und dort mit einem Psalm empfangen wurde, wuchs der Wunsch in mir, dort meine Reha verbringen zu dürfen. Leider war es gar nicht so einfach, dort einen Platz zu bekommen. Auch war es nicht selbstverständlich, dass die Rentenversicherung mich genau dort hinschickt, wie meine Hausärztin bemerkte. Ich schrieb meinen Wunsch auf den Antrag, betete, legte mein Anliegen in Gottes Hand und wartete. Nach ca zwei Monaten kam der Brief mit der Info, wo die Rentenversicherung mich hinschicken würde. Aufgeregt riss ich ihn auf und las „de ignis" in Egenhausen. Mir fiel ein Stein vom Herzen. Freude und Zuversicht erfüllten mich. Ein kleiner Wehrmutstropfen bestand darin, dass ich kein Einzelzimmer bekam. Ich würde das Zimmer mit einer anderen Frau teilen. „Hoffentlich ist die Dame nett und wir zwei halten es miteinander aus", überlegte ich mit meiner Tochter." „ Ach Mama, und wenn sie nicht nett ist, bittest Du die Ärzte um ein anderes Zimmer" meinte meine Tochter. „Das werde ich höchstwahrscheinlich nicht tun" murmelte ich. „Wenn Du das nicht tust, rufe ich da an", insistierte meine Tochter. Sie wollte mich beschützen. Mehrere Leute beteten mit mir, dass meine Mitbewohnerin und ich kompatibel sein würden. So ließ ich alles auf mich zukommen.
Ende September war es soweit. Mein Mann brachte mich in den Schwarzwald und das Abenteuer konnte beginnen. Als ich mein Zimmer zu Gesicht bekam, war ich erst einmal enttäuscht. Es war ziemlich klein. Wo sollte ich nur mein ganzes Gepäck lassen? Im Badezimmer konnte man sich kaum drehen. Hier würde ich also mit einer Frau, die ich nicht kannte, sechs Wochen meines Lebens verbringen. Mit einigen trüben Gedanken legte ich mich auf das Bett und ruhte mich aus. Irgendwann beschloss ich, das Beste aus der ganzen Sache zu machen. Ich dankte Gott für die Zeit hier, auch für das Zimmer und proklamierte laut, dass auch diese winzige Kammer uns zum Besten gereichen würde. Als ich mir die Bereiche, die meine Mitbewohnerin, die schon zwei Tage länger hier war, näher anschaute, bemerkte ich auf einem Regal über dem Schreibtisch eine Bibel. Ich spürte Erleichterung. Eine Christin war sie schon mal. Das würde das gegenseitige Verständnis enorm erleichtern. Irgendwann öffnete sich die Tür und ich stand meiner neuen Mitbewohnerin direkt gegenüber. Lächelnd begrüßte sie mich mit fränkischem Dialekt. Lena eine dreiundzwanzigjährige Erzieherin aus Nordbayern, die genauso leidenschaftlich gerne Christin war, wie ich. Beim näheren Kennen lernen entdeckten wir sehr viele Gemeinsamkeiten. Wir teilten sogar die gleichen Zipperlein. Vom Aussehen her hätten wir Mutter und Tochter sein können. Ich erfuhr, dass auch sie für eine passende Mitbewohnerin gebetet hatte. Unser Herr hat echt Humor!! Passender ging es ja gar nicht. Bald schloss ich sie ins Herz. Wir verstanden einander wunderbar. Viele Dinge unternahmen wir gemeinsam, ließen einander aber auch die nötige Zeit für sich allein. So war das enge Zusammenwohnen nicht nur erträglich, sondern ein Segen für uns beide. Oft beteten wir miteinander, die Zeit verging wie im Flug. In Egenhausen sind alle Mitarbeiter Christen, und das merkt man. Ich habe dort in sechs Wochen durch alle, die mir dort begegneten, seien es Patienten oder Angestellte, so viel von Gottes Liebe erfahren, wie ich es mir nur wünschen konnte.

Sogar das Essen war immer besonders liebevoll und kunstvoll zubereitet. Überall war Gottes Liebe und Fürsorge deutlich zu spüren. Am Ende der Kur erfuhren wir, dass unser Zimmer eines der kleinsten Doppelzimmer in der ganzen Einrichtung war. Klar, ein Einzelzimmer wäre schön gewesen, aber auch in diesem Punkt hatte der Herr uns die Situation zum Besten dienen lassen. So eine enge Gemeinschaft hätten wir im Einzelzimmer nicht erleben können. Durch Gottes Gnade durften wir trotz unserer Schwachheit einander und auch anderen Patienten zum Segen sein. Mit einigen Patienten, besonders aber mit Lena stehe ich noch heute in Kontakt. Der Herr hat mir in dieser Zeit deutlich gezeigt, wie wundervoll Seine Versorgung ist, und dass ER uns für andere Menschen zum Segen benutzen kann, unabhängig davon, wie es uns geht. Eph3 20-21 *„Dem, Der überschwänglich tun kann, über alles hinaus, was wir bitten oder verstehen nach der Kraft, die in uns wirkt, DEM sei Ehre in der Gemeinde und in Christus Jesus zu aller Zeit."* Margret

Füreinander einstehen

Zum Morgengebet an jedem Dienstag um halb Zehn kamen meistens nur wenig Leute. Klar, die meisten arbeiteten oder hatten anderweitige Verpflichtungen. Heute morgen waren nur vier Frauen anwesend. Wir hatten über Whatts App von der Gemeindeleitung mehrere Themen mit Herausforderungen, denen sich die Gemeinde zur Zeit stellen musste, bekommen. Schon oft hatten wir in der Gebetsgruppe tolle Gebetserhörungen erhalten. Vor ein paar Jahren bekam jemand in der Gemeinde den Eindruck beim Gebet, dass Der Herr diese Gemeinde durch Gebet baut. Tatsächlich ist sie in den zweiundzwanzig Jahren ihres Bestehens kontinuierlich gewachsen. Egal, was wir brauchten, Wachstum, ein neues Gebäude, Finanzen, Weisheit, Schutz. Irgendwann nach einer Zeit des Gebetes, manchmal auch des Fastens bekamen wir es, scheinbar von irgendwo her. Uns war bewusst, wie mächtig die Waffe des Gebetes ist, und wir hatten schon einige Wunder erlebt. So richteten wir uns nach dem, was JESUS selbst gesagt hat: MT.18,18-19 *„Wenn ihr etwas auf der Erde bindet, wird es im Himmel gebunden sein, und wenn ihr etwas auf der Erde löst, wird es im Himmel gelöst sein. Wiederum sage ICH euch: Wenn zwei von euch auf der Erde übereinkommen, irgendeine Sache zu erbitten, so wird sie ihnen werden von Meinem Vater, Der in den Himmeln ist. Denn wo zwei oder drei versammelt sind **in Meinem Namen**, da bin **ICH** in ihrer Mitte."* Als wir Den Herrn gesucht und alle Themen durchgebetet hatten, schaute ich kurz auf mein Handy. Wie schnell die Zeit verflogen war. Beten ist wirklich überhaupt nicht langweilig! Da gab es in der Fürbittegebetsgruppe eine neue Nachricht. Dieses Mal kam sie von einem Bruder, der sich für ein Seminar in einem anderen Bundesland aufhielt. Er hatte aber an uns gedacht und bat uns für ein Mitglied seines Hauskreises, das sich an ihn um Gebetsunterstützung gewandt hatte. Eine Familie aus den Niederlanden hatte eine Tochter mit Drogenproblemen. Sie war aus ihrer Therapieeinrichtung verschwunden. Keiner kannte ihren Aufenthaltsort. Die Eltern waren verständlicherweise sehr beunruhigt. Keiner von uns kannte diese Familie. Doch wir wussten, hier gab es große Not und wir haben einen allmächtigen Gott, Der gerne hilft. Obwohl die Zeit schon vorangeschritten war, trugen wir dieses wichtige Anliegen dem Herrn im Gebet auf. Jeder betete einen Aspekt dazu. Anschließend dankten wir dem Herrn für Sein Eingreifen und beendeten das Gebetstreffen. Ungefähr drei Stunden später schaute ich mal wieder routinemäßig auf mein Handy. In der Fürbittegebetsgruppe war eine neue Nachricht eingetroffen. Sie kam erneut von dem abwesenden Bruder. Er berichtete, dass er soeben die freudige Nachricht von der niederländischen Familie erhalten habe, dass die Tochter freiwillig und wohlbehalten nach Hause zurückgekehrt sei. Sie wolle sich der Therapie erneut stellen. Gott sei Dank und alle Ehre für Sein schnelles Eingreifen und das Geschenk der Technik, die uns eine so schnelle Kommunikation erlaubt. Margret

Matheo

Vor einiger Zeit wohnte mein jüngerer Sohn ein paar Jahre in Berlin. Gerade dorthin hatte ich ihn nicht gerne ziehen lassen, aber er war erwachsen und traf seine eigenen Entscheidungen. So hatte es für mich mal wieder „loslassen“ geheißen. Da er kaum telefonisch erreichbar war, wusste ich oft längere Zeit nicht, ob es ihm gut ging. Wie gewohnt legte ich ihn ganz in Gottes Hand, war er doch wiedergeborener Christ. Nahezu jeden Tag bat ich für seinen Schutz und Bewahrung vor den Gefahren und Verführungen der Großstadt. Ich bin sicher, dass ich lange nicht alles weiß, was meine Kinder so mitgemacht haben. Wahrscheinlich ist das auch besser so. Irgendwann gelang es mir, meinen Sohn ans Telefon zu bekommen. Er erzählte mir, dass in seine WG ein junger Mann aus der Schweiz eingezogen war, der für ein Jahr in Berlin eine Sprachenschule besuchte. Die beiden hatten sich angefreundet und so erzählte mein Sohn ihm zum Ende von Matheos Aufenthalt in Berlin schließlich von Jesus, und was ER für ihn getan hatte. Tatsächlich nahm Matheo Jesus als seinen Erlöser und Herrn an. Er kam aus einem gänzlich atheistischen Hintergrund und dahin kehrte er auch in ein paar Wochen zurück. Ich machte mir darüber Gedanken. Wer würde in der Schweiz für ihn da sein, wer würde seine Fragen beantworten, wer für ihn beten? Ich nahm Matheo in mein tägliches Gebet mit auf. Damals gab es in unserer Gemeinde eine Frauengruppe, die für die Anliegen und den Schutz Jugendlicher und junger Erwachsener eintrat. Auch dorthin nahm ich „Matheo“ mit und wir beteten intensiv für ihn, ohne ihn zu kennen. Das taten wir sehr gerne, hatten wir doch schon oft Gebetserhörungen erfahren dürfen. Jahre später fragte ich meinen Sohn bei einem Besuch, ob er etwas von Matheo gehört habe. „Ja“ sagte er begeistert, “das ist echt erstaunlich! Wir sind immer in Kontakt geblieben. Manchmal besucht er mich. Als Matheo damals wieder in die Schweiz kam, begegnete er überall Christen. An die hielt er sich. So wuchs er im Glauben und arbeitet heute sogar in einer christlichen Organisation.“
Voller Freude über die Macht des Gebetes erzähle ich diese Geschichte immer wieder gerne. So eine kleine Geste hat ein junges Leben zu Gott hin beeinflusst. Heute bringt Matheo andere junge Menschen zu Jesus, die dann ihrerseits wieder Frucht bringen. Ich glaube fest daran, dass kein ehrlich gemeintes Gebet verloren ist. Irgendwann, vielleicht erst im Himmel, werden wir erfahren, was unsere Gebete alles bewirkt haben. Ich freu mich drauf, der Herr ist treu!

Margret

Der Herr dein Arzt

Vor einiger Zeit durften wir wieder ein schönes Beispiel für Gottes Treue erleben.
Mein erwachsener Sohn Matthias hatte bei der Arbeit einen kleinen Unfall, bei dem er sich einen Finger so heftig gequetscht hatte, dass er sich in Ärztliche Behandlung begeben musste. Dort wurde der Finger desinfiziert und versorgt. Mehrmals musste die verletzte Stelle gespült werden. Trotz aller Bemühungen verfärbte sich die gesamte Fingerkuppe schwarz.
Der Arzt setzte meinen Sohn davon in Kenntnis, dass der Finger wohl bis zum ersten Knochenglied amputiert werden müsse, da keine Behandlung anschlage. Ansonsten werde der ganze Finger absterben. Ein Termin für die Operation wurde zeitnah angesetzt. Das erzählte Matthias mir in einem Gespräch. Er schien sich damit abgefunden zu haben. Das galt jedoch nicht für mich. Ich sagte ihm: „Das nehme ich so nicht hin. Jesus sagt in der Bibel, dass kein Haar von unserem Kopf fällt, ohne dass ER es sieht. Und ER ist Der Herr unser Arzt! Ich werde ab morgen verstärkt beten und fasten, um Gottes Willen in der Sache zu finden.“
Drei Tage später war der Finger geheilt; normale Farbe, kein bisschen mehr schwarz und gut durchblutet. Die Amputation konnte abgesagt werden. Mein Sohn arbeitete wieder und ich dankte meinem Herrn, Der Seine Treue einmal mehr bewiesen hatte.

Gerlinde

Plausch unter Nachbarn

Schön fand ich es, dass in unsere Straße in den letzten 1,5 Jahren gleich vier junge Familien mit Kindern gezogen waren. Durch die jungen Leute im Alter unserer Kinder sowie deren Nachwuchs kam wirklich „Leben" in unsere Straße. Ich liebe es, auf der Straße, zum Glück eine Spielstraße, glückliches Kinderlachen und Geschnatter zu hören. Eine Familie kannte ich schon lange. Die Frau ist die älteste Freundin meiner Tochter. Auch die anderen drei Familien waren uns durch kurze Gespräche über den Gartenzaun und eine Kennlern-Party, zu dem wir als einzige ältere „Semester" eingeladen waren, schon etwas vertrauter geworden. Heute Abend hatten wir uns alle in der Hofauffahrt einer Familie getroffen, um den letzten Samstag im Sommer mit einem gemeinsamen Grillen ausklingen zu lassen. Die Männer standen alle mit einem Getränk am Grill und gaben gute Ratschläge, nach welcher Garzeit das Fleisch am saftigsten, welches Bier am süffigsten und welcher Fußballverein der Erfolgreichste sei. Die Kinder spielten auf der Straße mit ihren Bobby-Cars und Dreirädern. Sie hatten sichtlich Spaß dabei. Ich setzte mich zu den Mamas an den langen Tisch der Bierzeltgarnitur und lauschte ihren Gesprächen. Natürlich ging es zuerst um die Bedürfnisse der Kinder: was sie gerne essen und was nicht; wann sie „trocken" geworden waren; was sie gerne spielen und mit wem; ihre Schlafgewohnheiten tags und nachts sowie natürlich die fehlenden Kitaplätze. Bei allen Themen konnte ich meinen Beitrag leisten, da ich selber drei Kinder großgezogen und zehn Jahre in einer Kindertagesstätte gearbeitet habe. Irgendwann bemerkte eine der jungen Mütter, wie angenehm es sei, in dieser Straße zu wohnen. Im Allgemeinen käme sie mit allen Bewohnern dieser Straße gut aus. Diejenigen, mit denen sie keinen persönlichen Kontakt pflege, grüßten jedenfalls mehr oder weniger freundlich, wenn man sich begegne. Alle - außer einer Dame! „ich weiß, wen Du meinst" bestätigten die anderen „die ältere stets geschminkte Dame, die etwas weiter hinten die Straße herunter wohnt. Die grüßt wohl keinen.!" „Ja, die ist richtig arrogant, die hält sich wohl für was Besseres" ereiferte sich eine Nachbarin. „ Aber wie die mit ihrem Mann umgeht, geht gar nicht! Der wird von ihr oft so laut angeschrieen, dass ich es bis in meinen Garten höre. Der hat nicht viel zu sagen bei der." Ich wusste natürlich auch sofort, wer gemeint war und verspürte nicht übel Lust, in die Schimpftiraden meiner Nachbarinnen einzufallen, hatte ich doch auch so meine Erfahrungen gemacht, wenn ich unzählige Male freundlich gegrüßt hatte, jedoch von besagter Dame einfach ignoriert worden war. Bevor ich jedoch auch noch meine schlechten Erfahrungen mit der Dame zum Ausdruck bringen konnte, vernahm ich in meinem Inneren die sanfte Stimme des HL. Geistes: "Nein!" Der Herr erinnerte mich an Psalm1, in dem es heißt, dass wir nicht im Kreis der Spötter sitzen sollen. Ein winzig kleiner Teil von mir dachte noch „schade", denn irgendwie macht es ja sogar Spaß, sich mit anderen über das Fehlverhalten eines Menschen zu echauffieren. Dann fühlen wir uns ja viel besser, weil wir verhalten uns nicht so schlecht, wir sind ja nett – oder? Mir wurde bewusst, dass es völlig falsch war, mit meinen Nachbarinnen in die gleiche Kerbe zu schlagen. „Jeder kehre vor seiner eigenen Tür!" hatte meine Mutter in solchen Fällen immer gesagt. Wie recht sie hat. Wir wissen ja gar nicht die Hintergründe, warum sich jemand nicht angemessen verhält und sollten deshalb auch nicht verurteilen. Wenn wir schlecht über jemanden reden, vergiftet das die Atmosphäre. Wie oft hatte ich gebetet „Herr stelle eine Wache an meine Zunge" denn mit unserer Zunge können wir viel Unheil stiften. Deshalb sagte ich nichts dazu. Stattdessen nahm ich mir vor, für die unfreundliche Dame zu beten. Gesagt, getan. Jedes Mal, wenn ich sie traf, und sie wieder nicht zurückgrüßte, lächelte ich und betete für sie. „ Herr Du kennst diese Frau und weißt, was sie zu ihrem unfreundlichen Verhalten veranlasst. Ich segne sie in Deinem Namen und bitte Dich um Hilfe für sie". Ich muss wirklich sagen, es dauerte gar nicht so lange, bis ich beim Vorbeifahren merkte, dass sich bei der Frau etwas geändert hatte. Irgendwann lächelte sie mich an, wenn wir einander begegneten, und bald grüßte sie auch zurück. So durfte ich an einer völlig banal scheinenden Kleinigkeit lernen, welche Auswirkungen es hat, auf das zu hören und zu tun, was der Herr uns gebietet *Margret*

Nach London

Meinen ältesten Sohn hatte es schon früh in die Welt hinausgezogen. Nach dem Abitur zog er es vor, in den Niederlanden zu studieren. Sein Praktikumsjahr, welches das Studium des Tourismus abschloss, wollte er auf keinen fall in Deutschland verbringen. Nein, er suchte sich einen Platz in Miami. Dort verbrachte er ein Jahr, danach zog es ihn nach einer vierwöchigen Backpackingtour quer durch Asien nach Peru. In Lima, einer der gefährlichsten Städte der Welt, verbrachte er ein halbes Jahr, bis er dort für sich keine Perspektive mehr sah. Nur der Herr weiß, wie oft ER meinen Sohn auf seinen vielen Reisen bewahrt hat. Mir blieb, ihn immer wieder in Gottes Hände zu legen und mich auf SEINEN Schutz zu verlassen. Bald wechselte mein Sohn nach Amsterdam in die Wirtschaft, wo er sehr erfolgreich war. Allerdings erlebte er dort viel schlechtes Wetter und zu wenig Sonne, die ihm immer mehr fehlte. Also kündigte er nach drei Jahren und wohnte für zwei Monate bei uns in Nordwestdeutschland. Darüber freuten wir uns, denn nun hatten wir endlich mal Zeit füreinander. Er erzählte viel von seinen Reisen und was er in den verschiedenen Ländern erlebt hatte. Es gab schöne Familienzeit auch mit seiner Schwester. Besonders mochten wir es, gemeinsam zu essen und dabei zu reden. Mein Sohn begleitete meinen Mann sogar zum Holzfällen, obwohl er das gar nicht mochte. Insgesamt waren es angenehme zwei Monate, in denen mein Sohn sich in aller Ruhe über Headhunter, die fast täglich bei uns anriefen, neue Arbeit suchen konnte. Wo würde ihn sein Weg dieses Mal hinführen ? Als Mutter machte ich mir wie wahrscheinlich die meisten Mütter so meine Gedanken, legte aber alles in Gottes Hand. Die Wahl fiel auf London. An dem Tag, wo mein Sohn für das Vorstellungsgespräch nach London flog, quälte ihn ein Infekt. Den beachtete er einfach nicht, hatte ein gutes Gespräch und bekam den Job. Nun war er schon einige Zeit dort und lebte sich relativ schnell ein. Was würde er in seiner Freizeit machen, fragte ich mich. Mit welchen Leuten würde er sie verbringen, oder wäre er oft allein in dieser Millionenstadt? Mein großer Wunsch für meinen Sohn war es, dass er mit Christen in Berührung kommen würde, die ihm Gottes Liebe näher bringen könnten. Ich hatte in einer christlichen Gruppe auf Facebook gelesen, dass es eine gute Idee wäre, für seine Kinder um Erntehelfer zu beten. Leider ist die eigene Mutter dafür oft nicht geeignet. So legte ich meinen Sohn ganz in Gottes Hand und bat darum, dass er Christen kennen lernen möge. Für mich betete ich, dass auch ich irgendwo ein Erntehelfer sein dürfe. Beim nächsten Anruf, einige Wochen später berichtete mir mein Sohn tatsächlich folgendes: Am Wochenende schlenderte er abends auf seiner Erkundungstour durch die verschiedenen Stadtteile irgendwo durch die Straßen. Er war auf der Suche nach einem Restaurant mit internationaler Küche, da er gerne neue Gerichte ausprobierte. Plötzlich wurde er von einem jungen Mann auf Spanisch angesprochen. Der fragte ihn, ob er Lust habe, andere jungen Leute kennen zu lernen und einen lateinamerikanischen Abend mit ihnen zu verbringen. Es stellte sich heraus, dass mein Sohn in einem Viertel gelandet war, in dem sehr viele Lateinamerikaner lebten. Für diesen Menschenschlag hatte er sowieso viel Sympathien, weil sie oft offen und freundlich sind. Durch seinen Aufenthalt in Miami und Lima sprach er etwas Spanisch und konnte sich gut verständigen. Froh über die Abwechslung machte er mit dem jungen Mann einen Termin ab und ließ sich die genaue Adresse geben. An besagtem Abend ging er wirklich hin und lernte viele junge Leute kennen. Es gab gutes lateinamerikanisches Essen und unterhaltsame Gespräche. Bald stellte sich heraus, dass er in einer kolumbianischen freien Christengemeinde gelandet war. Dort fand er Gemeinschaft und hörte von der Liebe Gottes zu allen Menschen. Ist es nicht erstaunlich, wie exakt der Herr mein Gebet beantwortet hat? Normalerweise hat mein Sohn nicht so viel Interesse an christlichen Gesprächen. Der Herr hat ihn genau die Menschen finden lassen, für die er offen war. In einer Millionenstadt landet er zufällig in einem Viertel, wo viele Lateinamerikanische Christen wohnen. Zufälligläuft ihm ein kolumbianischer Christ über den Weg und spricht ausgerechnet ihn an. Es gibt keine Zufälle! Der Herr erhört Gebet!! **Margret**

Schwesternhelfer

Da wir alle an verschiedenen Orten leben, sehen wir drei Schwestern uns fast nur an Feiertagen. Damit wir unseren guten Kontakt miteinander nicht verlieren, machen wir seit einigen Jahren jedes Jahr eine kleine Auszeit zu dritt. Dort können wir dann über Themen sprechen, die über Smalltalk hinausgehen. Diese kurze Zeit ist immer sehr umkämpft. Es ist unheimlich schwierig, einen Termin zu finden, an dem wir alle drei für drei Tage von zu Hause weg können. Im letzten Jahr scheiterte der Termin an mir, weil meine Rehabilitationsmaßnahme verlängert wurde. Im Herbst setzen wir uns dann zusammen und fanden für dieses Jahr nach langer Suche einen passenden Termin. Leider wurde dieser Anfang des Jahres verkürzt, weil sich bei einer von uns ein nicht ab zu sagender Familientermin dazwischengeschoben hatte. Wir würden erst abends losfahren, hatten dann den einen Tag mit Hotelübernachtung in einer wunderschönen Therme, und am darauffolgenden Tag ging es auch schon morgens zurück. Letzte Woche war es dann so weit. Da wir erst im Dunkeln losfahren konnten, und die Erholungszeit ziemlich kurz war, sah ich etwas dagegen an. Nachmittags hatte ich noch ein Frauentreffen, welches ich aber extra früher verließ, damit ich zu Hause wäre, wenn meine Schwester kommt. Zu Hause angekommen, fand ich eine Nachricht auf meinem Handy, dass es später werden würde. „Umsonst früher gegangen" dachte ich. Eine Stunde später klingelte meine Schwester dann an meiner Tür. Sie hatte einen schrecklich turbulenten Tag gehabt. Sie kam aus der Dienstbesprechung nicht heraus, hatte dann noch ihre Tasche vergessen, was sie aber erst auf der Autobahn bemerkt hatte und so noch mal umkehren musste. So war die Stunde schnell vergangen.Bei meiner anderen Schwester angekommen, verzögerte sich unsere Weiterfahrt dort auch noch mal um circa zwanzig Minuten. Endlich ging es weiter. Zum Glück brauchte ich nicht fahren. Allerdings merkte die andere Schwester, dass sie aus Versehen einen Schlüssel mitgenommen hatte, den ihr Mann am nächsten Tag gebrauchen würde. Das fing ja heiter an. Ich bat still um Gottes Schutz und legte die ganze Fahrt in Seine Hände! Trotz Regen, Dunkelheit und unbekannter Strecke kamen wir gut durch und erreichten erstaunlich schnell unser fast zweihundert Kilometer entferntes Zielhotel. Dort konnte man auch noch um fast halb zehn Uhr abends einchecken. Zum Essen gehen war es zu spät, so ließen wir den Abend bei einem Glas Sekt und Knabberzeug ausklingen. Den nächsten Tag verbrachten wir gesamt in der Therme, wo wir es uns so richtig gut gehen ließen. In den Ruhepausen unterhielten wir uns. Irgendwann, wir schwammen gerade in einem Innenpool, meinte meine ältere Schwester etwas genervt: „Mann, nie muss ich so viel über Gott sprechen, als wenn ich mit Euch zusammen bin.! Gibt es keine anderen Themen?" „Tja, schönes Wetter heute!" antwortete ich. „Wovon das Herz voll ist, läuft der Mund über. Alles, was ich erlebe, erlebe ich mit Gott. Deshalb kommt ER auch in so gut wie allen meinen Erzählungen vor. Aber ich achte mal darauf, wenn es dich nervt." Ich schätze, ich gelte bei meiner Verwandtschaft als etwas verrückt, wie ich meinen Glauben an Gott lebe. Irgendwann bekam meine jüngere Schwester Migräne. Ich wollte schon fragen, ob ich für sie beten solle, unterließ es dann aber – aus Feigheit? Gott sei Dank wirkten ihre Tabletten. Abends aßen wir noch eine Kleinigkeit im Restaurant. Dazu gab es kalte Getränke. Nach dem ganzen Saunieren verspürte ich großen Durst. Als mein alkoholfreies Weizenbier dann endlich vor mir stand, stürzte ich es auf einen Schlag hinunter. Das war keine gute Idee, denn ich bekam Bauchschmerzen. Die ignorierte ich erst mal und dachte, „ wird schon wieder werden.". Vor dem Schlafengehen entwickelten sich meine Bauchschmerzen so rasend, dass ich glaubte, platzen zu müssen. Ich konnte weder stehen noch gehen, also legte ich mich ins Bett und betete still: „Herr hilf mir! In Deinen Striemen bin ich geheilt." Vor Schmerzen konnte ich keinen klaren Gedanken mehr fassen. Der Druckschmerz wurde etwas erträglicher. Nun fragte meine ältere Schwester, mit der ich das Zimmer teilte, besorgt: „Was hilft dir, Lefax?" „Hilft nicht" murmelte ich. Sie nannte noch einige Mittel, die mir der Erfahrung nach nie halfen. „Wie ist es mit Iberogast?“ erkundigte sie sich. „ Kann sein, hab ich aber nicht mit,“ war mein Kommentar. „Aber ich!“ verkündete sie und kramte es auch schon hervor. Erfreut bedankte ich mich bei meiner fürsorglichen Schwester. Tatsächlich half das Iberogast immer mehr, so dass ich die Nacht schmerzfrei schlafen konnte. Meine Schwester freute sich wie ein Schneekönig, dass sie mir helfen konnte. Ich war unheimlich dankbar, hatte ich doch nicht einen Gedanken daran verschwendet, dass so etwas auf diesem Ausflug passieren könnte, und hatte außerhalb meines täglichen Magenschutzes keine Magenmedikamente mitgenommen. So hat Der Herr sich um alle Belange unseres Schwesternausfluges gekümmert. Trotz Eile und Verzögerungen kamen wir pünktlich im Hotel an. Am nächsten Tag setzte sich die Migräne meiner jüngeren Schwester nicht fest, das ist nicht selbstverständlich! Und meine Bauchkrämpfe nahm Der Herr weg durch Gebet, und in dem Er mir Hilfe durch meine ältere Schwester zukommen ließ. Das wiederum machte ihr große Freude. Unser Gott ist so treu – in kleinen Nöten wie in großen!

Etie

Versorgung im Sturm

Unser Haus ist schon etwas älter. Aber wir haben es geerbt und fühlen uns sehr wohl darin. Außerdem hat es einen wunderschönen, großen Garten. Wir sind sehr dankbar für unser schönes Zuhause. Vor einigen Jahren bemerkten wir, dass das Dach unseres Anbaus undicht war. Das Wasser lief am Schornstein die Wand, wo unsere Stromverteilung angebracht ist, bei Regen hinunter, so dass sie pitschnass war. Außerdem benötigten wir auch ein anderes Auto, da unser jetziges ständig zur Reparatur musste. So baten wir Den Herrn um diese Dinge, weil unsere finanzielle Situation deren Anschaffung unmöglich machte. Gott sagt ja in Seinem Wort: „Bittet, und ihr werdet empfangen“ und „ihr habt nicht, worum ihr nicht bittet.“
Einige Tage nach unserem Gebet fegte ein Tornado über unseren Wohnort Emlichheim. Während die Häuser links und rechts neben uns beschädigt wurden, ergriff Der Herr die Gelegenheit, unser Dach zu richten! Es wurde auf seltsame Weise vom Sturm angehoben und optisch etwas verdreht wieder aufgelegt! Seitdem ist es zwar schief, aber bis auf den heutigen Tag absolut dicht. Zu dem Sturm kam noch ein Hagelschauer, der die Blechdächer unserer Garagen verbeulte. Diese Beulen sind allerdings nur von innen zu sehen. Unsere Versicherung schickte einen Gutachter zur Beurteilung des Schadens. Er bewilligte uns ohne Probleme einen größeren Betrag, über den wir frei verfügen konnten.So hatten wir plötzlich das Geld für ein anderes Auto und keine Reparaturkosten für unser Dach. Wie genial unser Gott die verschiedensten Situationen uns zum Schutz und Versorgung gebrauchen kann!
Gelobt sei unser Gott!

Gerlinde

Sieg für das Leben

Seit einigen Jahren haben wir in der Gemeinde eine Whatts App Gruppe, in der viele Mitglieder auch für private Anliegen beten, wenn sie in der Gruppe geäußert werden. Die Gruppe heißt „Bitte um Gebet“. Zur Zeit hat sie dreiundzwanzig Teilnehmer. Kurze Zeit nach ihrer Gründung gab es mehr und mehr Gebetsanfragen für Mütter mit ihren ungeborenen Babys. Das liegt daran, dass zwei der Gruppenteilnehmerinnen ehrenamtlich bei „abtreibung.de“ arbeiten. Beide sind Vollblutmütter und lieben Kinder. Beide haben aber auch ein besonderes Herz für die werdenden Mütter mit ihren Nöten. Diese Gruppe hat sich gegründet als Alternative zu „Pro Familia“. Während bei „Pro Familia“die Frauen sehr oft auf eine Abtreibung hin beraten werden, zeigt „abtreibung.de“ den Frauen auch alle Hilfen auf, die möglich sind, wenn sie sich für das Kind entscheiden. Die Wertschätzung für die Mütter bleibt bestehen, wie auch immer ihre Entscheidung ausfällt. Auch ist die Gruppe selbst bestens mit Ärzten und Behörden vernetzt und kann oft helfen. Meistens wissen die Frauen gar nicht, welche Risiken sie mit einem Schwangerschaftsabbruch für sich selbst eingehen. Sehr viele Frauen leiden ihr Leben lang unter Traurigkeit, Verlust und weiterem.So bekommen wir oft Gebetsanliegen für Frauen mit ihren ungeborenen Kindern, die wir gar nicht kennen. Das ist nicht schlimm, denn Gott sieht, kennt und liebt sie alle. ER möchte nicht, dass Mutter oder Kind leidet. In den letzten Monaten beteten wir vor allem für zwei Frauen irgendwo in Deutschland, welche die Möglichkeit einer Abtreibung in Erwägung zogen, sich aber nicht sicher waren. Sie litten beide unter schwierigen Lebenssituationen. Ihre Umstände sprachen in ihren Augen gegen ein Kind, und sie fühlten sich hilflos, schwach und machtlos. Auch die Menschen in ihrer Umgebung setzten sie unter Druck. Teilweise verweigerten auch irgendwelche Behörden den Müttern ihre Hilfe. So vergingen die Tage und die Wochen. Wir beteten alle weiter für die beiden, unabhängig von den äußeren Umständen. Der Abtreibungstermin stand fest und rückte näher. Unsere Helferinnen verbrachten Stunde um Stunde, manchmal die halbe Nacht, um die Mütter zu ermutigen und ihnen emotional beizustehen. Dann erhielten wir durch die Helferinnen erst von einer , dann auch von der anderen die Nachricht, dass sie sich in letzter Sekunde für ihr Baby entschieden hatten. Nun freuten sie sich sogar auf die Kinder. Was für eine Gebetserhörung! Die gesamte Gruppe freute sich wie die Schneekönige mit den Müttern und den Helferinnen . Wieder dürfen zwei unglaublich wertvolle kleine Menschen leben. Den gleichfalls unglaublich wertvollen Müttern wird geholfen. Ich bin so dankbar, dass wir in dieser Whatts App Gruppe die Möglichkeit haben, völlig fremden Menschen in ihren Nöten bei zu stehen und im Gebet für sie einzustehen. Gebet wirkt!
PS: Laut Daten der Weltgesundheitsorganisation werden jedes Jahr weltweit zwischen 40 und 56 Millionen Abtreibungen durchgeführt! So viele Leben, die nicht gelebt werden dürfen! So viel Leid! Ps.139. 13 – 16 *„Denn DU bildetest meine Nieren. DU wobst mich in meiner Mutter Leib.Ich preise Dich darüber, dass ich auf eine erstaunliche ausgezeichnete Weise gemacht bin. Wunderbar sind Deine Werke, und meine Seele erkennt es sehr wohl.Nicht verborgen war mein Gebein vor Dir, als ich gemacht wurde im Verborgenen, gewoben in den Tiefen der Erde. Meine Urform sahen Deine Augen. Und in Dein Buch waren sie alle eingeschrieben, die Tage, die gebildet wurden, als noch keiner von ihnen da war.“*

Margret

Sieg

Wie viele Jahre hatte ich für diesen Mann schon gebetet. Obwohl wir seit neun Jahren kein Ehepaar mehr waren, hatte ich nie damit aufgehört. Insgesamt waren wir zwanzig Jahre zusammen gewesen, siebzehn davon als Ehepaar. Diese Ehe hatte uns drei wunderbare Kinder beschert, aber leider hatte sie nicht gehalten. Ich dachte: „Wer wird sonst für ihn beten, damit er irgendwann doch noch Jesus Christus in sein Leben hineinlässt und Seine Rettung annimmt." So lange ich ihn kannte, war er einer der stolzesten Menschen gewesen, die mir je über den Weg gelaufen waren. Als eine Verständigung zwischen uns nicht mehr möglich war, zog ich nach sehr langem Zögern und viel Gebet die Konsequenz und fing noch ein Mal ganz von vorne an. Das erste Jahr nach unserer Trennung war hart. Aber irgendwann fanden wir hauptsächlich auch zum Wohle der Kinder, einen guten Weg, wie wir ohne große Konflikte miteinander umgehen konnten. Nach ein paar Jahren waren wir so etwas wie alte Bekannte geworden. Jeder akzeptierte das Leben des anderen. Wir standen einander wohlwollend gegenüber. Nun war er krank geworden, sehr krank! Er hatte einen großen Hirntumor, der auch durch eine Operation nicht entfernt werden konnte. Unsere Kinder litten unsäglich. Der Älteste lebte aufgrund eines Praktikums für ein Jahr in Miami. Er war extra nach der Diagnose für kurze Zeit nach Hause gekommen, um nach der Operation Zeit mit seinem Vater verbringen zu können. Nach ein paar Tagen musste er jedoch an seinen Arbeitsplatz zurückkehren. Sein Vater beruhigte ihn, es sei alles gut, er sei auf dem Wege der Besserung. Die Verzweiflung meiner Tochter und meines jüngsten Sohnes wuchs, schließlich betreuten sie ihren Vater Tag für Tag. Ich versuchte, sie so gut ich konnte, zu unterstützen. Eines Abends besuchte ich meinen Exehemann. Unser jüngster Sohn lebte die letzten Jahre bei ihm. Unser Pastor, der meinen Ex durch mich kannte, war auch gerade da gewesen, um ihn zu ermutigen und vielleicht ein tieferes Gespräch mit ihm führen zu können. Als ich eintraf, war er gerade gegangen. Mein jüngster Sohn saß neben seinem Vater und beschwor ihn: „Papa du musst JESUS annehmen!" „Vielleicht ja auch nicht," sinnierte sein Vater. „Vielleicht werde ich ja auch wieder gesund" Das war so typisch für ihn! Na ja , war es also noch nicht soweit. Wir würden weiter beten! Eine Woche später meldete sich meine Tochter, dass ihr Papa nach einem Schlaganfall im Krankenhaus läge. Auch dort besuchte ich ihn. Er freute sich, mich zu sehen. Mein Sohn und ich durften sogar für ihn beten! Als ich mich verabschiedete, fragte er: „Kommst du morgen wieder ?" „Ja", meinte ich, „ich komme auf jeden Fall wieder. Wenn nicht morgen, dann übermorgen!" Am nächsten Abend erreichte mich ein Anruf meines Sohnes. Sein Vater hatte einen zweiten Schlaganfall erlitten. Da dieser nun im Wachkoma lag, war er auf die Palliativstation verlegt worden. Ich konnte es einfach nicht glauben und rief zum Herrn: „ Herr, so lange habe ich für diesen Mann gebetet. So viele Menschen haben für ihn gebetet. Warum darf ich nicht mehr sehen, dass er zu DIR gefunden hat?" „Das ist Gnade!" Dieser Gedanke kam sofort in mein Herz. Noch verstand ich das nicht ganz. Ich würde nicht aufhören zu beten, so lange dieser Mann noch lebte. Aufgeben war nie eine Option! Ich wusste: Mein Gott ist allmächtig und tut Wunder! ER kann ihn immer noch retten. Spr.15,29 „ *Gott ist denen fern, die nichts von IHM wissen wollen; aber ER hört auf das Gebet derer, die IHN lieben."* So startete ich im Wohnzimmer vor dem Ofen eine Gebetsoffensive. Ich betete und proklamierte alles, was mir in den Sinn kam. Auf den Knien tat ich stellvertretend Buße für seinen Stolz und für alle Fehler, die wir bei den Kindern gemacht hatten (ohne zu wissen, ob das überhaupt möglich war). Inständig bat ich meinen Herrn, ihm doch im Koma zu begegnen. Irgendwann, ich stand mittlerweile wieder vor dem Ofen, spürte ich, dass das Gebet beendet war. Frieden kehrte in mein Herz ein. Mein Ehemann bekam davon nichts mit. Er befand sich zu dieser Zeit im Außendienst. Am nächsten Morgen nahm ich mir Urlaub, damit mein ältester Sohn vom Flughafen in Düsseldorf abgeholt werden konnte.Vorher jedoch fuhr ich noch mal in die Klinik. Nichts wollte ich unversucht lassen. Bewaffnet mit einem Cd Player voller Lobpreismusik betrat ich das Sterbezimmer. Mir war klar, dass der Tod nur noch eine Frage der Zeit war. Ich trat an sein Bett , begrüßte ihn und beschwor ihn eindringlich: „ Du weißt, dass du mir vertrauen kannst! Bitte übergib **jetzt** dein Leben an JESUS.“ Dann betete ich über ihn den dreiundzwanzigsten Psalm und stellte Lobpreismusik an. Schließlich wurde es Zeit, mit meiner Tochter zum Flughafen zu fahren. Als sie den Abend zuvor ihren Bruder benachrichtigt hatte, buchte dieser sofort den nächst möglichen Flug nach Hause. Er ließ einen Kumpel ihm das Wiedereinreisevisum bringen und machte sich sofort auf den Weg zum Flughafen von Miami. Eigentlich war die Zeit bis zum Abflug der gewünschten Maschine zu knapp, aber er rutschte überall gerade noch so durch! Dort angekommen, betrat er als Letzter das Flugzeug. Wie wunderbar unser Gott auch diesen überstürzt gebuchten Flug versorgt hatte. Noch am selben Abend musste ich mit meinem Auto in die Werkstatt fahren. Es verweigerte jeglichen Dienst Ich schaffte es gerade noch so eben dorthin. Irgendwas an der Auspuffanlage war defekt. Es wunderte mich, dass der Defekt erst aufgetreten war, nachdem das Auto die drei Stunden nach Düsseldorf und zurück ohne Fehler gefahren war. Auch hier hatte Der Herr versorgt! In den nächsten Tagen verbrachten die Kinder so gut wie jede Minute am Bett ihres todkranken Vaters. Auch die Familie meines Exmannes besuchte ihn täglich. So hielt ich mich zurück. Er war gut versorgt und ich hatte ja schließlich auch einen Ehemann. Dieser war bewundernswert mit der ganzen Situation umgegangen! Er mischte sich nicht ein und ließ mir die Zeit und den Raum, den ich brauchte. Auch für ihn waren diese insgesamt sieben Wochen eine schwere Zeit, in der er sehr zurückstand. Wie dankbar bin ich dafür, dass er mir auf diese Weise seine Liebe und Vertrauen erwies. Diese schwere Zeit hat uns nicht voneinander entfernt, sondern gereichte unserer Ehe durch die Rücksichtnahme meines Ehemannes zum Besten. Vier Tage später, also den Sonntag nachdem wir meinen Ältesten vom Flughafen abgeholt hatten, befand ich mich im Gottesdienst im Lobpreis. Viele Dankeslieder wurden gesungen. Ich konnte sie mit ganzem Herzen mitsingen, hatte ich doch die ganze Situation in die Hände Gottes gelegt. Gegen Ende des Lobpreises hörte ich im Inneren mehrmals das Wort „Sieg!“. Weil der Gottesdienst relativ früh beendet war, fuhr ich, einem Impuls folgend noch mal in die Klinik. Dort traf ich im Gemeinschaftsraum am Anfang des Flure auf fast die gesamte Familie meines Exmannes, die ich seit vielen Jahren nicht mehr gesprochen hatte. Wir konnten einander ohne Ressentiments in den Arm nehmen und den Schmerz teilen. In dieser Situation heilte der Herr die zerbrochene Beziehungen zwischen uns. Als ich in das Sterbezimmer ging, wusste ich irgendwie, dass die Zeit gekommen war, in der es Abschied nehmen hieß. Das tat ich, hielt ihn voller Vertrauen noch einmal dem Herrn hin und machte mich dann auf den Heimweg. Abends so gegen einundzwanzig Uhr meldete sich meine Tochter telefonisch und bat um Gebet. „Es dauert nicht mehr lange“, sagte sie traurig. Ich bat eine Freundin per Whatts App Nachricht , mit zu beten und zog mich in ein ruhiges Zimmer zurück. Dort betete ich für einen Übergang in Frieden ohne Schmerzen. Eine dreiviertel Stunde später erreichte mich wieder per Anruf die Todesnachricht. Damit die Kinder in diesem Moment nicht alleine waren, fuhr ich in die Klinik. Im Rahmen der Zimmertür blieb ich stehen. Er sah friedlich aus, irgendwie jung. Die Kinder berichteten, dass er einfach irgendwann aufgehört hatte zu atmen. Später erzählte mir meine Tochter, die Krankenschwestern hätten sich über „die schöne Musik“ gefreut. Immer, wenn diese lief, sei er ruhig geworden, konnte sich entspannen. In unserer Ehe hatte er Lobpreismusik nicht ertragen können. Wenn er den Raum betat, musste sie ausgestellt werden, weil sie ihn zum Zittern brachte. In seinen letzten Tagen hat ihn die Lobpreismusik beruhigt und entspannt. Dies und das Wort „Sieg“ gab mir die Antwort auf meine Frage, ob er in seiner allerletzten Lebenszeit noch zum Herrn gefunden hat. Einen Monat, bevor er fünfzig Jahre alt geworden wäre, ist er gestorben. Doch nun hat er ewiges Leben bei Gott, weil er JESU CHRISTI Opfer doch noch für sein Leben angenommen hat. Halleluja! In dieser ganzen schweren Zeit durften wir neben Versorgung auch Heilung erfahren. In der Tragik gab es auch Schönheit.Unser Gott ist treu! *Name bekannt*

Einführung zum Thema Meine Plane – Seine Pläne

Da wir wissen, dass Gott immer gut ist, können wir sicher davon ausgehen, dass es Seine Pläne für uns auch sind. Jer.29.11 „ Denn Ich weiß genau, welche Pläne Ich für euch gefasst habe, spricht Der Herr. Mein Plan ist euch Heil zu geben und kein Leid.“ Das Schlechte in der Welt und seine Folgen kommen nicht vom Herrn , sondern sind eine Konsequenz der Wahl der ersten Menschen, ihr Leben ohne Gott zu leben in Selbstbestimmung, genau wie wir heute. Dadurch ist die Welt unter die Herrschaft des Teufels geraten.Wenn wir Gott unser Leben gegeben haben, wechseln wir vom Königreich der Welt zu Gottes Königreich. In Gottes Königreich herrschen völlig andere Regeln als in dem Königreich der Welt. Wir sind aber durch unsere Herkunft und unsere Gewohnheiten noch auf die alten Regeln programmiert. Also kann es sein, dass wir es besonders gut machen wollen und erst einmal in eigener Kraft voran gehen, bis wir merken, dass dieses nicht funktioniert. Erst dann können wir lernen und annehmen, aus Gnade zu leben. Vielleicht haben wir uns ja auch selber einen Lebensplan gemacht. Es kann aber sein, dass Der Herr ganz andere Pläne für uns hat. Jes.55,8 *„ Denn Meine Gedanken sind nicht eure Gedanken, und eure Wege sind nicht meine Wege, spricht Der Herr. Denn so viel der Himmel höher ist als die Erde, so sind Meine Wege höher als eure Wege und Meine Gedanken als eure Gedanken.“* Manchmal befinden wir uns auf einem Platz, von dem wir sicher sind, dass dieser vom Herrn ist. Lange Zeit war das auch so, doch plötzlich geht dort nur noch alles schief, Gottes Segen liegt nicht mehr darauf, und ER zeigt uns damit, dass ER etwas Neues für uns hat. Wir haben unser ganzes Leben Zeit, Den Herrn immer besser kennen zu lernen , auf Seine Stimme zu hören, ausharren zu lernen und auf Seine Pläne für unser Leben zu vertrauen.

Jetzt aber...

Fast ein Jahr hatte ich schon nicht mehr gearbeitet. Schon lange überlegte ich, wie meine Zukunft wohl aussehen könnte. Einige Symptome waren zwar immer noch da, aber irgendwie musste es doch irgendwo weitergehen. Arbeit gab es in dieser Zeit ja genug in meinem Beruf. Erzieher wurden überall gesucht. Die Option bei meiner alten Arbeitsstelle zu bleiben, denn ich war ja nicht gekündigt, verwarf ich innerlich. Dort war ich ja krank geworden. Möglichkeiten gäbe es genug, wenn es mir wieder besser gehen würde. Nur, ich wollte nicht irgendeine gute Möglichkeit ergreifen. Nein, ich wollte die Beste, ich wollte Gottes Willen für mich finden! In den letzten Wochen gab es die Überlegungen in der Gemeinde, ob wir nicht selber Träger einer christlichen Kindertagesstätte sein könnten. Diese Möglichkeit wurde innerhalb der Gemeinde lange im Gebet bewegt. Es hatte sich eine Gruppe interessierter Mitglieder gebildet, die eine fachliche Ausbildung hatten und bei der Umsetzung mithelfen würden.Davon gab es in unserer Gemeinde sehr viele. So wurde noch ein kleines Gremium gegründet, das gegebenenfalls die Koordination der einzelnen Schritte in die Wege leiten würde.Ich war sofort Feuer und Flamme! Da ich die Einzige war, die jemals eine Kindertagesstätte geleitet hatte, war ich natürlich auch in diesem Gremium. Wie spannend, selber bei der Gründung einer christlichen Kindertagesstätte mit zu wirken. All die Themen, die wir bedenken mussten, waren sofort wieder in meinem Gedächtnis. Wir brauchten eine Konzeption, viele Genehmigungen an vielen offiziellen Stellen, und so weiter... Aber damit kannte ich mich ja aus. Würde meine ganze Ausbildung doch nicht umsonst sein! Eine Nacht verbrachte ich damit, im Geiste mehrere Varianten von Gruppenaufteilungen durch zu spielen. Ein bisschen wunderte ich mich darüber, dass ich von den vielen Bestimmungen zur Gründung einer Kindertagesstätte nichts vergessen hatte. Am nächsten Tag schrieb ich alle

Varianten auf, so dass wir bei den Behörden etwas in der Hand hätten. Ich wurde sogar gefragt, ob ich die Leitung übernehmen wolle, wenn es zur Gründung käme. „Nur, wenn Der Herr es will" sagte ich. Als ich das meinem Mann erzählte, meinte dieser: „nein, der Herr will es nicht, auf gar keinen Fall lasse ich das zu!" Er meinte natürlich sich selbst, der liebe Witzbold.Ich dachte im Stillen nur: „ mal schauen, was der richtige HERR will! SEIN Wille geschehe!" Dies sah ja nun wirklich ideal aus. Alles würde so einen Sinn ergeben. Ich würde weiter mit Kindern und Eltern arbeiten, nur dieses Mal ganz für IHN. Der Herr hatte mir mal den Eindruck gegeben: „Lebe für MICH!" In einer christlichen Kindertagesstätte konnte ich das zu hundert Prozent umsetzen und dabei tun, was ich gelernt hatte, überlegte ich.Ich war so begeistert von den Überlegungen, Aktionen und Vorbereitungen, dass mir gar nicht auffiel, wie ruhelos ich wieder war. Der Nachtschlaf ließ auch wieder zu wünschen übrig. Es gab mehrere Treffen mit Vertretern der Stadt. Bald wurde deutlich, dass wir die Gemeinderäumlichkeiten nicht nutzen konnten. Mir war das aber schon von Anfang an klar gewesen, denn ich kannte die baulichen Vorschriften. Meine Tochter verhinderte durch ihre Bedenken, dass ich an dem Treffen mit den Vertretern der Stadt teilnahm. In meiner Euphorie war es mir wohl entfallen, dass ich fachlich gar nicht tätig werden durfte, solange ich krank geschrieben war. Als ich meinem Arzt davon erzählte, schlug dieser fast die Hände über dem Kopf zusammen. „Frau Jakobs, sie haben aber auch wirklich die Ader, sich in Gefahr zu bringen!" rief er entrüstet. Etwas frustriert führte ich mir die ganze gegenwärtige Situation vor Augen. Ja, so war ich. Wenn ich mich für etwas begeisterte, „rollte ich immer weiter wie eine Dampfwalze."Dieses Bild hatte ich vor einigen Jahren einmal von mir im Inneren gehabt. vergewissern, ob dies wirklich der Weg war, den ER für mich hatte?Irritiert und kraftlos hörte ich den Arzt sagen: „ Ich möchte, dass Sie sich sofort aus dieser Gruppe zurückziehen und sich darum kümmern, gesund zu werden."Trotz Trauer fühlte ich Frieden darüber in mein Herz einkehren. Eine christliche Gemeindekindertagesstätte wäre toll. Sie würde aber zu diesem Zeitpunkt ohne mich ins Leben gerufen werden, falls sich das als Gottes Wille für die Gemeinde heraus kristallisieren sollte. Es gab bei uns auch ohne mich viele fachlich kompetente, engagierte Frauen und Männer! Auch, wenn ich es noch so bedauerte und nicht wusste welchen, aber für mich hatte mein HERR einen anderen Plan! *Spr.3.5 „Vertraue auf Den Herrn mit deinem ganzen Herzen und stütze dich nicht auf deinen Verstand! Auf all deinen Wegen erkenne nur IHN, dann ebnet ER selbst deine Pfade!"*

Name bekannt

Gib und Dir wird gegeben werden

Wie jedes Jahr hatte auch dieses Jahr im Herbst wieder eine Gemeindeversammlung stattgefunden. Dort wurden, wie unser Pastor Eddie immer sagt, Familienangelegenheiten besprochen. Da ging es um die Arbeit der zahlreichen verschiedenen Teams, neue Herausforderungen, die auf uns als Gemeinde warteten, und um die Finanzen, die aufgeschlüsselt und für alle sichtbar dargestellt wurden. Ich hörte etwas gestresst von der Arbeit zu, als sich in mir eine kleine, fiese Stimme meldete. „Die brauchen bestimmt wieder Geld für irgend etwas Wichtiges." Ich erschrak. Also nein! Was war das denn für ein Gedanke? Ganz abwegig war er jedoch nicht, denn natürlich wird im Reich Gottes mit realem Geld gearbeitet, welches Seine Kinder dort hineingeben. Der Vortrag über die Finanzen und wie sie in jenem Jahr eingesetzt wurden, ging zu Ende. Mm, kein Wort über ein dringend benötigtes Sonderopfer, über das wir nachdenken und beten sollten, dieses Jahr.Nachdem die Kassenprüfer die Finanzen abgesegnet hatten und Eddie ein paar abschließende Worte gesagt hatte, war die Gemeindeversammlung beendet. Mir fiel auf, es war überhaupt nicht über Geld geredet worden, auch nicht über Zehnten geben oder Opfer im Allgemeinen.Einige Tage vergingen. Die Gemeindeversammlung war in meinem Bewusstsein schon ein Stück weiter nach hinten gerückt.Am Sonntagmorgen darauf wachte ich mit einem sehr klaren deutlichen Gedanken auf.„Gib und dir wird gegeben werden.!“ Verwirrt schaute ich mich um. Der Gedanke war in meinem Inneren so laut, dass er mich geweckt hatte. Nur woher kam er? Ich überlegte: Vom Bösen wohl eher nicht, das passte nicht. von mir selbst? Konnte ich mir auch nicht vorstellen.„Herr, war das von Dir?“ fragte ich. Als Antwort kam er noch einmal. Ich fragte: „wie viel und wohin?“ Prompt kam mir exakt die ausgeliehene Summe in den Sinn, die ich in bar gerade zurückerhalten hatte und „Gemeinde“. Wow! Der Herr kennt unsere Gedanken, jetzt hieß es für mich, gehorsam sein! Ich stand auf, machte mich für den Gottesdienst fertig und packte die besagte Summe ein, ohne sie mir noch einmal genau anzusehen (sie steckte in einem Buch), bevor sich mein Schweinehund mit Bedenken melden konnte.Ich fuhr in die Gemeinde, genoss wie immer einen wunderbaren Gottesdienst und versuchte, nicht mehr an das Geld zu denken. Als der Opferkorb herumging, warf ich es schnell unauffällig hinein. Als das geschafft war, kam eine tiefe Freude über mich. Ich wusste, wenn der Herr dieses Geld heute für Sein Reich von mir erbat, würde es mir nicht fehlen.Genauso war es auch. Mir fehlte nirgendwo etwas, im Gegenteil! Ich verfügte weiterhin über alles, was ich brauchte. So hatte ich wieder etwas Wichtiges gelernt. Unser Herr möchte, dass ER uns wichtiger ist als unsere Finanzen. Denn alle Versorgung und alle guten Gaben kommen sowieso von IHM. ER wird uns immer versorgen. Wir sollen IHM vertrauen, und das, was uns anvertraut wurde, verwalten. Was immer ER uns fragt hilft nicht nur in Seinem Reich, sondern segnet uns besonders und schenkt tiefe Freude. In der Bibel steht: Der Herr liebt einen fröhlichen Geber! Wenn wir geben, sollen wir es mit Freude tun und es wird seinen Segen auf uns haben. Stimmt! Ganz sicher, probier es aus!

Margret

Ein erfolgreiches Jahr

Schon seit einer halben Stunde saß ich regungslos auf dem Sofa im Wohnzimmer und starrte aus dem Fenster. Mit Tränen in den Augen betrachtete ich das Geschehen draußen:den leise pfeifenden Wind, der die letzten Blätter von den sich sanft im Wind bewegenden Bäumen zog. Behäbig sanken sie auf den Rasen, dessen saftiges Sommergrün sich schon lange in ein schmutziges Grau verwandelt hatte. Verblühte Herbstblumen warteten darauf, abgeschnitten und entsorgt zu werden. So ähnlich fühlte ich mich auch.Vor zwei Wochen hatte ich noch voller Hoffnung meine Wiedereingliederung nach einem halben Jahr der Krankschreibung gestartet. Leider hatte ich feststellen müssen, dass ich nicht mehr überall willkommen war. Mein Arbeitgeber traute mir meinen Job nicht mehr zu, und einem Teil meines Teams, so hatte ich gehört, gefiel es ganz gut, so wie alles vor meiner Wiedereingliederung geregelt worden war. Es hatte mich wohl keiner vermisst. Da saß ich nun. Die Wiedereingliederung war abgebrochen worden. Alle Symptome des Burnouts waren wieder da. Eine bleierne Müdigkeit lähmte mich und tausend Fragen bewegten sich in meinem Kopf: Warum behandelte mich mein Team so? Hatte ich das verdient? War ich unfähig? Ich hatte doch immer für jeden das Beste erreichen wollen. War das nicht genug? Brennend spürte ich mein gebrochenes Herz. „Vielleicht war es für mich wie für die Blumen an der Zeit, entsorgt zu werden,“ überlegte ich. Ein Teil von mir wollte einwenden„aber ich habe ja auch Gaben und Talente.“ „Ja? Welche denn?“ kam mir der Gedanke. Wirklich! So sehr ich auch nachdachte, mir fiel einfach nichts ein, was ich gut konnte.Im Gegenteil, ich bekam ja gar nichts mehr hin. Irgendwie hatte ich alles verloren.Allmählich wurde es dunkel. Ich konnte besser noch in die Sauna gehen, beschloss ich, um den trüben Gedanken zu entfliehen. Langsam erhob ich mich und traf dafür die Vorbereitungen. Wie meistens hörte ich in der Sauna übers Internet eine Predigt von

Johannes Hartl. Er war mir von einer lieben Freundin in der Reha wärmstens empfohlen worden.So lag ich also bei angenehmen 60 Grad auf meiner Saunabank und lauschte seinen Worten.Ich hatte bei der Wahl der Predigt gar nicht so auf das Thema geachtet, wollte sie ja sowieso noch alle hören. Nun allerdings wurde ich hellhörig. Er sprach davon, ob wir annehmen würden, dass dieses Jahr für uns erfolgreich war. „Seid ihr sportlich unterwegs gewesen? Seid ihr befördert worden, hat sich ein Traum für euch erfüllt, seid ihr zu ungeahntem Reichtum gekommen, habt ihr euch ein Haus oder eine Wohnung leisten können? Seid ihr beliebt bei den Kollegen und beim Chef? Hattet ihr eine besonders kreative Idee? Habt ihr viel in der Gemeinde mitgeholfen, seid ihr eurer Berufung gefolgt?“ diese oder ähnliche Beispiele brachte er für ein erfolgreiches Jahr. „Tja...“ schnaubte ich frustriert...“ nichts von alledem“.Da nahm die Predigt eine unerwartete Wendung.„Nun stellt Euch einmal vor, wie Gott diese Erfolge sieht. Sind all diese Dinge für IHN erheblich oder auch nur wichtig? Was meint ihr, was ist das Allerwichtigste für unseren Herrn?“ Nun wurde bekräftigt, was für den Herrn wirklich das Allerwichtigste ist:die tiefe und enge Beziehung zu IHM durch Jesus Christus. Diese Beziehung ist nämlich die ureigenste Berufung jedes Christen. *Sie* sollte stetig im Wachstum begriffen sein und sie endet niemals auch nicht mit dem Tod. Da werden plötzlich solche Fragen wichtig:Wie viel Zeit habe ich mir dieses Jahr genommen, um den Herrn besser kennen zu lernen?Wie viel Zeit habe ich in das Studieren des Wortes Gottes investiert?Wie viel Zeit habe ich damit verbracht, IHN zu suchen, IHM zu danken, IHN zu lobpreisen und anzubeten?Wie sieht es in meinem inneren Garten aus, wenn ich mich dort mit Jesus treffe? Sind dort Blumen der Seligpreisungen gewachsen? die Blume der Armen im Geist, die Blume der Trauernden, die Blume der Sanftmut, die Blume der nach Gerechtigkeit Hungernden, die Blume der Barmherzigkeit, die Blume des reinen Herzens,die Blume der Friedensstifter, die Blume der um der Gerechtigkeit willen Verfolgten . (siehe Mt. 5, 3-11; Elberfelder Bibel) Nun, da hatte ich eine Menge, um darüber nachzudenken. Aus Gottes Sicht war mein Jahr gar nicht so ein totales Versagensjahr! Durch meine Krankheit war mir jede Menge Zeit geschenkt worden. So suchte ich den Herrn in diesem Jahr länger und intensiver, als ich es je zuvor getan hatte. Klar, auch zu meinen Arbeitszeiten hatte ich jeden Tag eine stille Zeit gemacht. Dabei ging es aber wohl oft darum, mir Kraft für den herausfordernden Tag zu holen. Ich hatte geglaubt, ich wäre an dem Platz, wo Gott mich bis zur Rente gebrauchen würde.Nach meinem Zusammenbruch hielt ich mich IHM nur hin. Manchmal war das Einzige, das ich herausbrachte: „Dein Wille geschehe!! Setzte mich so wieder zusammen, wie DU mich haben willst.“ Ich lernte, einfach vor IHM zu schweigen, auf SEINE leise Stimme zu hören. So hatte ich viel Trost und Weisung bekommen. Ich lernte, mein Vertrauen allein auf IHN zu setzen. Ich wusste, dass ER mich durch den Nebel der Ungewissheit führt und meine Kämpfe kämpft.Diese Überlegungen trösteten mich ungemein. So hatte der Herr mich durch eine Predigt von Johannes Hart davor bewahrt, Lügen über mich zu glauben. Das gab mir enorme Zuversicht für das sich nähernde neue Jahr. Mein Gott hält alles in Seiner Hand: jeden Tag meiner Zeit und meine gesamte Zukunft. Ich mache mir keine Sorgen darüber und schaue auf IHN.

Margret

Resilient

Eine Weile telefonierte ich schon mit meinem Sohn in London. Er erzählte mir von einem Kollegen, der bei der Arbeit zusammengebrochen war. Er hatte nicht mehr aufhören können zu weinen. Schließlich war er mit einem Burn out auf unbestimmte Zeit krank geschrieben worden und kam wohl nicht mehr an seinen Platz zurück. Er war erst gerade so um die dreißig Jahre alt. Seine Kunden wurden nun auf die anderen Mitarbeiter der Firma aufgeteilt.
„Klar, ich kann das wohl verstehen“, sagte ich, „ bei euch geht es um viel Geld, und ständig steht ihr unter Zahlendruck.“ „Das macht mir gar nichts aus,“ bemerkte mein Sohn. „Ich liebe

es, mit großen Summen umzugehen. Aber die Firmen in England müssen da total aufpassen, denn der Staat guckt sehr darauf, wie viel psychische Krankheiten es in den Firmen gibt. Wie gut, Mama, dass solche Krankheiten bei uns nicht in der Familie liegen. Wir sind stark, nicht wahr?" setzte er noch hinzu. „Tja, wir sind stark", dachte ich ein wenig bitter, „oder müssen es sein. Für Schwäche ist keine Zeit, die Arbeit muss schließlich erledigt werden". Nachdem wir unser Telefonat beendet hatten, dachte ich weiter über unser Gespräch nach. Vor zehn Jahren hatte ich mal eine Kur beantragt, als ich kraftlos den Außendienst bei einer großen Kosmetikfirma verlassen hatte. Damals war sie mir zwei Mal abgelehnt worden. Dann konnte ich in meinen alten Beruf als Erzieherin zurückkehren und verzichtete auf einen dritten Einspruch. Für mich war wohl so etwas wie staatliche Erholung nicht vorgesehen. Ich musste stark sein. Schließlich leitete ich seit fünf Jahren eine große Kindertagesstätte. All den Widrigkeiten zum Trotz holte ich mir jeden Tag beim Herrn Kraft für meine Arbeit. Das klappte. Er versorgte mich für jeden Tag neu. Nur schlafen konnte ich seit mehreren Jahren schlecht bis gar nicht. Das war ja nun kein Grund, nicht zur Arbeit zu fahren, befand ich und hielt durch, Woche für Woche, Monat für Monat, Jahr für Jahr. Außerdem liebte ich meine Arbeit. Sie war mein Projekt. An einigen Stellen hatte ich schon ein bisschen Positives für die Kinder oder für das Team erkämpfen können. „Resilienz" (die Fähigkeit, nach einem schweren Schlag wieder aufzustehen) war mein Lieblingsthema. Hier konnten auch gerade Kinder gestärkt werden, indem sie bei uns bedingungslose Annahme spüren durften. Diese Erfahrung konnte irgendwann in ihrem Leben , wenn es hart wurde, mal ihre Rettung sein. Es faszinierte mich, dass wir als Erzieher durch unser positiv verstärkendes Handeln am Kind, nachhaltig in ihr Leben sprechen konnten. Und ich war ja auch resilient! Ich war nach allen Schlägen, die mir das Leben verpasst hatte, immer sofort wieder aufgestanden. So sollte es wohl mit Gottes Hilfe weitergehen.Einige Wochen zuvor hielt ich mehrere meiner Fortbildungsnachweise aus den letzten Wochen in der Hand, bevor sie in die Personalabteilung wanderten. „ Vielleicht sollte ich meine Bewerbungsunterlagen mal wieder auf den neuesten Stand bringen", dachte ich. „ach was, ich bleibe ja doch bis zur Rente in zwölf Jahren beim Deutschen Roten Kreuz" , hatte ich mir so vorgestellt......Knappe sechs Wochen später war ich es, die an ihrem geliebten Arbeitsplatz zusammenbrach, die ihre Tränen nicht mehr zurückhalten konnte. In voller Fahrt aus dem Arbeitsleben herausgerissen, begriff ich gar nicht, was mit mir passiert war. Die Diagnose des Therapeuten, den ich Gott sei Dank schnell gefunden hatte, lautete: Burn out! Das konnte ich lange nicht annehmen. Das konnte mir doch nicht passiert sein! Niemals. Ich war doch stark. Der Herr hatte mir doch immer Kraft gegeben. Warum hatte er sie mir jetzt entzogen ? Eines Nachts , als ich IHN ungehalten anklagte, weil ich wieder nicht schlafen konnte, hörte ich sofort in meinem Inneren „Lebe für Mich!" Ich hatte immer gemeint, das mache ich bereits. Was meinte ER? Hatte ER etwa andere Pläne für mich?

Margret

Was willst Du von mir?

Seit über vier Jahren war ich nun schon Bezirksleiterin einer großen Kosmetikfirma im Außendienst. Meine Aufgabe war es, für die Firma jede Woche fünf neue Beraterinnen zu rekrutieren, sie und die bereits im Bezirk vorhandenen zu schulen und ihnen dabei behilflich zu sein, ihren Umsatz zu steigern. Für jede "Campagne", das ist ein Verkaufszeitraum von drei Wochen, in der eine bestimmte Verkaufsbroschüre gilt, gab es vom Verkaufsleiter einen Plan, der in allen Segmenten zu erreichen war. Wenn der Plan erreicht war, gab es in einer der zahlreichen Konferenzen Lob und einen Blumenstrauß. Wurde dieser Plan nicht erreicht, aus welchen Gründen auch immer, gab es Druck. Die Firma wollte entsprechende Zahlen sehen. Es interessierte niemanden, warum eine Beraterin keinen Auftrag eingeschickt hatte. Vielleicht hatte sie dafür keine Zeit gefunden, weil ihr Kind krank, sie im Urlaub war und zu viel andere Arbeit hatte. Vielleicht hatte sie ja auch ihre letzte Rechnung nicht bezahlt, dann ging der Auftrag gar nicht raus und wurde natürlich auch nicht zum Umsatz des Bezirkes gezählt. Die Beraterinnen sind alle freiberuflich dabei. Keiner konnte von ihnen Engagement verlangen. Die Bezirksleitung konnte sie ausschließlich mit Preisprogrammen locken und auf jede erdenkliche Weise motivieren. Eine weitere Aufgabe, die mir oblag, war es, in meinem Bezirk alle 3 Monate einen Kosmetikkurs stattfinden zu lassen. Er kostete 25 Euro für die Beraterinnen und wurde schon bei Buchung des Kurses abgerechnet. Eine ausgebildete Kosmetikerin würde bei jeder Teilnehmerin zuerst eine Hautanalyse erstellen, mit entsprechender Produktempfehlung. Dann würden die Beraterinnen selbst darin unterwiesen, wie sie bei ihren Kundinnen eine einfache Hautanalyse durchführen konnten nebst anschließendem Tages Make-Up. Schließlich gab es noch einführende Schulungen für die neuesten Hautpflegeprodukte und Tipps, wie die Beraterinnen selbst für ihre Kundinnen Hautpflegepartys veranstalten konnten. Der Kurs würde den ganzen Tag dauern und fand nur statt, wenn sich mindestens 9 Beraterinnen dazu einfanden. Morgen sollte er für dieses Quartal in der Mitte meines Bezirkes stattfinden, damit keine zu weit fahren musste. Ich hatte alles organisiert. Der Raum sowie die Verpflegung waren gebucht und die Kosmetikerin bestellt. Ich hatte auch genügend Kurstickets verkauft, so das dem Gelingen des Kurses nichts im Wege stand. Gegen Abend, ich fuhr mit meinem Firmenwagen schon wieder in meiner Heimatstadt herum und freute mich auf den wohlverdienten Feierabend, begann mein Handy zu klingeln. Die erste Beraterin sagte ab. Ihr Kind war krank geworden. Das war ja zu verstehen. Einige Minuten später klingelte es erneut. Eine Beraterin beklagte ihr liegengebliebenes Auto, nun hatte sie keine Möglichkeit, zum Veranstaltungsort zu gelangen, so ein Pech, wo sie doch noch jemanden mitbringen wollte. Ich bot an, die beiden frühmorgens abzuholen und sie zum Kurs zu fahren. Da musste ich eben eine Stunde früher aufstehen. Das nahm ich in Kauf, wenn dadurch nur dieser Kosmetikkurs stattfand. Kurze Zeit später erwartete mich jedoch die nächste Absage: Die Beraterin musste am nächsten Tag notfallmäßig in ihrem Hauptjob für eine Kollegin einspringen.“ Okay“, dachte ich, „wenn es jetzt ruhig bleibt, klappt immer noch alles. “Eine viertel Stunde später, ich war bereits fast zu Hause, ging der nächste Anruf ein. Es tut mir leid“, klagte eine Beraterin ins Telefon “Ich habe mich wirklich stark erkältet. Daher kann ich nicht versprechen, dass ich morgen am Kosmetikkurs teilnehmen kann. „Äußerlich ruhig gab ich ihr einige Tipps, die eine Erkältung günstig beeinflussen konnten und beschwor sie, möglichst morgen zu kommen. Dann wünschte ich ihr einen angenehmen Abend und legte auf. Allmählich spürte ich, wie die Verzweiflung an mir hoch kroch. Das konnte doch nicht wahr sein. Ich hatte doch alles getan, um den Erfolg dieses Kosmetikkurses sicherzustellen. Mehr hätte ich wirklich nicht tun können und trotzdem bestand nun die Möglichkeit, dass er nicht stattfand. Schon lief in meinem Gehirn ein Film ab. Morgen früh würde alles bereitstehen. Die Kosmetikerin hatte alles aufgebaut, der Gastwirt rechnete mit Umsatz, viele Beraterinnen hatten sich Zeit genommen um einen anregenden, lehrreichen Tag verleben zu können. Aber all das würde nicht stattfinden! Alle mussten unverrichteter Dinge nach Hause fahren, weil zu der Mindestteilnehmerzahl eine fehlte!Sofort würde es mehrere aufgebrachte Anrufe in Richtung Verkaufsleiter geben, der mich dann zu einem äußerst unangenehmen Gespräch bitten würde. „Frau Jakobs, es ist Ihnen nicht gelungen, ihren Beraterinnen die Wichtigkeit dieses Kurses zu vermitteln.“ würde er mich tadeln. Vielleicht drohte mir gar eine Abmahnung! Hatte ich etwas falsch gemacht? Wie sehr hatte ich den Herrn gebeten, diesen Kurs stattfinden zu lassen. „Was willst Du von mir?“ brach es laut aus mir heraus.„Dass du Mir vertraust!“ kam prompt in meinem Inneren die Antwort. „Okay“ betete ich. „Ich vertraue Dir.“ So ging ich das Risiko ein und sagte den Kurs nicht selber ab. Nach einer etwas unruhigen Nacht, in der ich aber wohl geschlafen hatte, machte ich mich frühmorgens auf und holte wie abgemacht die beiden Beraterinnen mit dem kaputten Auto ab. Etwas vor der Zeit erreichten wir den Veranstaltungsort, wo alles vorbereitet war. Anwesende Beraterinnen schauten sich die ausgestellten Produkte an oder unterhielten sich. Nachdem ich alle begrüßt hatte, zählte ich still. Mit den von mir mitgenommenen Damenwaren es acht Teilnehmerinnen. Da fehlte ja doch noch eine. Wie würde es jetzt weitergehen? Fiel der Kurs aus? „Herr, ich vertraue Dir!“ proklamierte ich in Gedanken. In dem Moment öffnete sich die Saaltür und eine völlig unerwartete Beraterin trat ein. „Ich hörte von meiner Bekannten, dass sie am Kurs nicht teilnehmen kann und würde gerne ihren Platz einnehmen, wenn das geht. „sprach sie mich an. „Und ob das geht!“ versicherte ich ihr. Beinahe hätte ich sie vor Erleichterung in den Arm genommen. Langsam ließ die Anspannung, die sich in meinem Nacken gesammelt hatte nach. Still schickte ich ein kurzes aber inniges Dankgebet zum Herrn, bevor ich mich auf die Abläufe konzentrierte. Wir alle verlebten einen angenehmen lehrreichen Tag, an dessen Ende sich viele Teilnehmerinnen bei der Kosmetikerin und mir bedankten. Auf der Heimfahrt, nachdem ich die beiden Damen zuhause abgesetzt hatte, ließ ich den Tag Revue passieren. Während ich bei der angestellten Lobpreismusik mitsang, überwältigte mich tiefe Dankbarkeit. Der Herr hatte Wort gehalten und dafür gesorgt, dass der Kosmetikkurstermin stattfand, nicht nur das, sondern Er hatte uns allen auch einen tollen, erfolgreichen Tag geschenkt. So ist ER!! Er versorgt und erhört Gebet. Seine Hilfe kommt immer! – Nicht zu früh und auch nicht immer so, wie wir uns das vorstellen, aber nie zu spät und immer so, wie es gut für uns ist.

Margret

Verplant

Klar, ich half gern. Eine junge allein erziehende Mutter aus meinem Bekanntenkreis hatte mich gebeten, ihr in Notfällen zu helfen. Sie hatte Arbeit in einem kleinen Laden in der Stadt gefunden. Die Dienstzeiten waren jedoch nicht immer mit den Schulzeiten ihres sechsjährigen Sohnes kompatibel. Aufgrund des Tagesmuttermangels in unserer Stadtwar es ihr nicht gelungen, für jeden Mittag die Betreuung sicher zu stellen. Normalerweise konnte ihr Sohn zu dieser Zeit bei der Mutter seines Schulfreundes bleiben, die auch eine Bekannte meiner Bekannten war. Von dort konnte er nach Dienstschluss dann von seiner Mama mit dem Auto abgeholt werden. Nur konnte es natürlich vorkommen, dass auch diese Frau verhindert war. Für diesen Fall hatte meine Bekannte um meine Hilfe gebeten. Ob ich ihn im Notfall dann auch mit dem Auto von der Schule abholen könne? „Ja, im Notfall sei das wohl möglich, wenn ich zu dieser Zeit nicht schon einen anderen Termin habe, den ich nicht verschieben kann,“ gab ich ihr zu verstehen. Ich versicherte ihr auch, dass der Kleine jederzeit bei mir klingeln könne, wenn ich zu Hause sei und er Hilfe brauche.So hatte der Erstklässler schon einige Zeit bei mir verbracht. Er hatte sich ein Pflaster geben lassen, mit den Spielsachen meiner Enkeltochter gespielt, mit ihren Instrumenten geübt, sich bei gefühlten Bauchschmerzen von mir mit Tee, Decke und Kornkissen bemuttern lassen, bis es ihm wieder besser ging und unheimlich viele Fragen gestellt. Mehrmals hatte ich Gelegenheit, ihm von Jesus zu erzählen. Ich versicherte ihm, dass Jesus ihn sehr liebe, ihn beschützen möchte und gerne auf sein Gebet höre. Einmal erzählte er mir, dass er Ärger bekommen hatte, weil er mehrere Jungen in seiner Klasse beleidigt habe. Dafür haben wir dann gebetet, indem wir Jesus schlicht gebeten haben, ihm zu helfen, seine Zunge im Zaun zu halten. Ein anderes Mal erzählte er, dass alle Kinder ein Buch von Jesus für den Religionsunterricht mitbringen sollten. Er habe keines gehabt. Daraufhin zeigte ich ihm eine Kinderbibel und las ihm daraus vor. Meistens verstrich unsere gemeinsame Zeit ziemlich schnell, sie ging aber wohl jedes Mal an meine Kräfte. Längst hatte ich ihn und seine Familie in meine Gebete aufgenommen. In der letzten Zeit war mir jedoch aufgefallen, dass ich für mehrere Dienstage hintereinander jeweils eine Anfrage per Whatts App zum Abholen von der Schule hatte. Ein grimmiger Gedanke schlich sich bei mir ein. Konnte man bei so einer Regelmäßigkeit noch von einem Notfall sprechen? Oder war ich schon völlig verplant worden. Ich wusste nicht recht, wie ich mit diesem Gedanken umgehen sollte, und ließ mir mit der Antwort Zeit.Als ich am nächsten Morgen aufwachte und darüber nachdachte, fragte ich den Herrn." Was sagst DU dazu?" Die Antwort fiel ziemlich prompt in mein Herz! „ICH habe dir ein Tor zum Leben dieses Kindes gegeben....!" Natürlich! und das wollte ich doch auch nutzen. Beschämt tat ich über den Verplanungsgedanken Buße und sagte zu. Wie wertvoll ist jedes Kind vor den Augen Gottes. Hier hatte ER dieses Kind in mein Leben gestellt, damit ich ihm von SEINER Liebe zu ihm erzählen konnte. Was für eine Ehre für mich! Und wenn das jede Woche geschah, umso besser! Umso mehr guten Samen konnte ich im Leben dieses Jungen säen. Nichts davon geht verloren! Eines Tages würde er sich daran erinnern, selbst wenn er nie wieder etwas von der wahren frohen Botschaft Jesu hören würde.Hatte ich doch dem Herrn mal gesagt, ER dürfe mich jederzeit in meinem Tagesablauf unterbrechen, um das zu finden, was ER in meinen Weg gelegt hat, sozusagen die von Ihm vorbereiteten Werke. Manchmal ist es gut, im Tagestrott einmal inne zu halten, um zu erkennen, was oder wen der Herr in unseren Weg stellt.

Margret

Prioritäten

Egal, ob ich eine Zeitung aufschlage, ins Internet gehe, den Fernseher einschalte oder mich mit Kollegen oder Nachbarn unterhalte, ich komme immer zum gleichen Ergebnis. Die Welt liegt im Chaos, ob privat oder global. Das macht uns Angst und überfordert uns. Jesus sagte einmal: „In der Welt habt ihr Angst,aber seid getrost, Ich habe die Welt überwunden!" Ich überlege, was das für mein Leben bedeuten kann. Wie sieht dort die Realität aus? Was ist, wenn der ganz normale Alltag mit seinen Lasten mir Kraft und Zeit rauben ? Klar, darüber habe ich schon einige Predigten gehört. Der Alltag ist sehr real!Die Arbeit ruft, die Kinder müssen zur Schule. Auch die Hausarbeit erledigt sich nicht von allein. Wo nehme ich Kraft und Mut dafür her? Ich weiß schon, sie kommt vom Herrn!Ich gehe ein Mal die Woche zum Gottesdienst und ein Mal die Woche zum Hauskreis.Mit den Kindern hatte ich diese Woche zwei Termine beim Sport und war ein Mal mit ihnen beim Arzt. Auch meine alten Eltern brauchen meine Unterstützung und Pflege. Meine Nachbarin bat mich, mit ihr einkaufen zu gehen, da ihr Auto kaputt war, und so weiter...Da bleibt manchmal keine Zeit für die persönliche Begegnung mit Gott! Ich weiß, schon viele Predigten wurden darüber gehalten. Ich kämpfe täglich mit diesem Problem. In all den Anfechtungen und Angriffen, die das tägliche Alltagsleben mit all den Verpflichtungen mit sich bringt, ist **das** eine große (vielleicht die größte) Herausforderung, die sich mir stellt. Ich bin mir darüber im Klaren, dass dies wohl so bleiben wird.Oft laufen meine Sorgen und Gedanken aus dem Ruder und ich denke: „Aber die tägliche Arbeit ist wichtig für unsere Versorgung. Alles hat seine Zeit, und es gibt Dinge, die getan werden müssen." Das stimmt alles, nur Der Herr sagt, wir sollen IHN an die erste Stelle setzten, nicht weil ER uns braucht, sondern weil ER uns dann besonders segnen kann, aus Gnade!Jesus wies uns nicht umsonst so eingehend darauf hin und sagte: „Seid wachsam und betet."Öfters ermahnt ER uns! Mt.6,31 *„So seid um nichts besorgt..."* Mt.6., 33 „Trachtet zuerst nach Gottes Reich..." Nur in Seiner Gegenwart bekommen wir die Kraft, Gnade und Stärke, die wir für den Alltag brauchen. Wir brauchen Zeit mit IHM in Dank, Lobpreis und Anbetung. ER ist die Quelle all dessen, was wir zum Leben brauchen.Der Teufel weiß das natürlich auch und wird alles dafür tun, uns diese Zeit zu rauben. Auch das hat Jesus uns selber gesagt. Der Feind will uns weismachen, dass wir unsere Zeit mit Gott nicht so wichtig nehmen sollen, es gäbe ja so viel Wichtiges Gutes zu tun. Aber der will uns natürlich schwächen, täuschen und uns des Segens berauben. Gerne macht der uns auch ein schlechtes Gewissen, wenn irgendwas liegen bleibt, weil wir unsere Zeit mit Gott „verschwenden." Wenn wir uns nicht selber kümmern, versinkt unsere Welt ja im Chaos, oder nicht?Hallo? Die Welt liegt im Chaos, weil sie Gott **nicht** sucht!Ja, ER hat uns Seinen HEILIGEN GEIST geschickt. Ich frage mich: Hat ER in meinem Leben auch bleibend das Recht, meine Prioritäten zu bestimmen ? Bin ich jederzeit bereit, meine Pläne beiseite zu schieben und Seiner Einladung zu folgen ?Wie oft versuche ich, meine Probleme alleine zu lösen. Gott will nicht, dass wir uns überlasten! Dabei fällt mir eine Geschichte aus dem Alten Testament ein. Der Pharao in Ägypten legte immer schwerere Lasten auf das Volk Israel, so dass ihm wenig Zeit blieb, ihren Herrn zu suchen. Gott befreite Sein Volk aus dieser Knechtschaft.Heute überlegt sich der Teufel Tricks, wie er uns von unserer lebenswichtigen Zeit mit Gott abhalten kann. Wir sehen immer mehr Arbeit, werden durch alle möglichen Dinge abgelenkt. Ich will lernen, meine Terminplanung in Gottes Hände zu legen. Ich will darauf vertrauen, dass Er neu regelt, was zu viel für mich wird. Er kennt meine Ressourcen und meine Kraft besser als ich. Darauf vertraue ich und setze meine Zeit besser dafür ein, IHN zu suchen und Seine Gegenwart zu genießen.

Gerlinde

Einführung zum Thema Der Herr zeigt mir mich

Jeder Mensch hat irgendein Bild von sich selbst. In den meisten Fällen ist es geprägt von seiner familiären „interkulturellen Landkarte." Wir nehmen meistens automatisch die Vorstellungen, Sichtweisen, Normen und Werte und Traditionen der Kultur, in der wir leben und besonders die unserer eigenen Familie an. Damit identifizieren wir uns und suchen uns eine für uns passende Rolle in dieser Kultur. Die westliche Kultur ist stark vom Humanismus geprägt. Dieser sagt, der Mensch ist von Grund auf gut. Die Bibel sagt uns jedoch, wie Gott darüber denkt: Röm.3.10-12„*Da ist kein Gerechter, auch nicht einer; da ist keiner, der verständig ist; da ist keiner, der Gott sucht. Alle sind abgewichen, sie sind allesamt untauglich geworden; da ist keiner, der Gutes tut, auch nicht einer.*" Wenn wir Gottes Kinder geworden sind, sind wir **gerecht gemacht durch JESUS CHRISTUS**. Wir haben dann als „Samenkorn angelegt" alles, was auch JESUS hat. Es gibt keinen Grund mehr, an seinen Unzulänglichkeiten zu verzweifeln. In JESUS sind wir reingewaschen von aller Schuld und stehen nicht mehr unter Gesetz, sondern unter Gnade. Oft muss Der Herr uns erst mehrmals deutlich machen, wie ER uns in JESUS CHRISTUS sieht. Ein anderes Beispiel für alte Prägungen wäre die irrige, jahrhundertealte Annahme, dass irgendeine menschliche Ethnie im Wert über einer anderen stünde, zum Beispiel wegen der Hautfarbe, Bildungsgrad oder sozialem Status. Auch dort brauchen viele Christen vom Herrn eine Neuausrichtung. Denn die Bibel sagt ganz klar: Röm.2.11„ *Denn es ist kein Ansehen der Person bei Gott.*"
Jak2.1 „*Meine Brüder, habt den Glauben Jesu Christi, unseres Herrn der Herrlichkeit ohne Ansehen der Person!*" So gibt es noch viele Beispiele dafür, wie wir uns aus unserer alten Prägung heraus noch sehen könnten. Manchmal halten wir uns auch für reifer, als wir es wirklich sind. Oder wir sehen ein Problem beim Bruder, obwohl es uns genauso betrifft. Unser Herr verdammt uns nicht, sondern zeigt uns, so viel wir in dem Moment vertragen können und hilft uns, uns zu verändern von Sieg zu Sieg!

Vergeben

So lange ich denken konnte, schämte ich mich, Deutsche zu sein. Es bedrückte mich, zum Volk der Mörder des Nationalsozialismus zu gehören. Geschichte war schon immer eines meiner Lieblingsfächer. Es hat immer Gräueltaten und Kriege gegeben, doch der Holocaust im dritten Reich war in meinen Augen der Gipfel der Bosheit und Grausamkeit, begangen vom Volk, in das ich hineingeboren war. Darunter litt ich unterschwellig. Bei Filmen und Geschichten über diese Zeit identifizierte ich mich immer mit den Opfern. Oft hatte ich Alpträume, in denen ich eines dieser Opfer war. Als ich mich als junge Frau bekehrt hatte, nahm meine damalige Gemeinde an einem Marsch für Jesus in Berlin teil. Mein ältester Sohn und ich waren auch dabei. Mit mehreren tausend anderen Christen marschierten wir durch Berlin. Wir priesen Gott, proklamierten Sein Wort und beteten, während wir durch die Straßen zogen. Der Marsch dauerte mehrere Stunden und endete im Olympiastadion. Hier hatte Hitler das deutsche Volk 1933 auf seinen Namen vorbehaltlosen Gehorsam schwören lassen. Begeistert hatte ihm die Menschenmenge im Stadion zugejubelt. Sie hatten damit auch in der geistigen Welt ein Statement gesetzt. Genau an der Stelle, wo damals Hitler gestanden hatte, standen jetzt deutsche Vertreter des christlichen Marsches sowie ich meine, es waren Überlebende Juden irgendeines Konzentrationslagers. Die deutschen Christen gingen in Demut auf die Knie vor den jüdischen Überlebenden. Sie baten Gott inständig stellvertretend für ihr Volk um Vergebung für all das Leid, welches der Nationalsozialismus über so viele Menschen gebracht hatte. Dann baten sie die überlebenden jüdischen Menschen von ganzem Herzen stellvertretend für ihre Vorväter um Vergebung. Diese wurde ihnen gewährt. Nun bekannten sich alle Anwesenden in Stellvertretung für das gesamte deutsche Volk zum NAMEN JESUS CHRISTUS und riefen Seinen Namen über das gesamte Olympiastadion aus. Die ungesunden Bande, mit denen Hitler damals das deutsche Volk an sich gebunden hatte, wurden in JESU CHRISTI Namen durchtrennt. Durch die Vergebung waren wir jetzt wieder das Volk der „Dichter und Denker“ und nicht mehr der Mörder; reingewaschen von der großen Schuld des Nationalsozialismus durch das Blut unseres Herrn JESUS CHRISTUS. In den Medien wurde von diesem denkwürdigen Tag für das deutsche Volk nichts berichtet. Ich spürte jedoch sofort die Auswirkungen. Ich war freigesprochen von der Schuld meiner Vorfahren und schämte mich meiner deutschen Herkunft nicht mehr. Auch die Alpträume hörten auf. Preis sei dem Herrn, der diesen Marsch benutzt hatte, um mich an diesem Punkt zu verändern!

Margret

Der „Schweinehund“ brüllt

Gleich würde ich mich an den Ort zurückziehen, wo ich meine „stille Zeit“ mit dem Herrn beginnen würde. Wie oft hatte ich genau dort vom Herrn Trost, Lehre , Mahnung und Wegweisung erfahren. Seitdem ich diese feste Zeit mit dem Herrn praktizierte, war ich gelassener und sensibler für Sein leises Hinein sprechen in mein Leben geworden. Ich achtete mehr darauf, was ich wann zu wem sagte, und dass ich möglichst niemanden mit unbedachten Worten verletzte. Der Unterschied von den Tagen mit „Stille Zeit“ zu den Tagen ohne war überdeutlich spürbar. Ich hatte gelernt, Gottes Wort zu proklamieren, das heißt laut aus zu sprechen und auf mein Leben in den verschiedensten Situationen anzuwenden. Sehr oft fand ich in der Bibellese mein Rema Wort. Das ist das Wort zu diesem Zeitpunkt genau für mich passend. An den fünf Arbeitstagen hatte ich meine Routine. Immer kam direkt nach der Dusche die „stille Zeit“. Da gab es so gut wie nie eine Ablenkung oder Störung. Am Wochenende allerdings musste ich für diese Zeit fast jedes Mal einen Kampf ausfechten – mit mir selbst! Wieso denn das, wenn ich doch wusste, wie gut mir diese Zeit tat. Eine Zeit lang dachte ich, das läge an meiner Vielbeschäftigtheit. Ich musste ja so viel arbeiten, hatte drei halbwüchsige Kinder sowie einen Ehemann und somit einen ziemlich großen Haushalt. Dann wurde ich aber wegen eines doppelten Bandscheibenvorfalls zwei Monate krankgeschrieben. Bevor ich im Krankenhaus meine Schmerztherapie antreten konnte, lag ich meistens auf dem Sofa. Ich hatte also genug Zeit für „stille Zeit“. Der Vorsatz stand auch fest. Jedoch schweiften meine Gedanken immer vorher schon ab. Alle möglichen Gedanken ploppten in meinem Kopf auf. Keiner davon hatte etwas mit meiner Beziehung zu JESUS zu tun. Es waren irgendwelche Alltagsangelegenheiten oder Ideen, die sich vorschoben. Da war er, der Kampf in meinen Gedanken! Joyce Meyer hat ein sehr erfolgreiches Buch darüber geschrieben. Es heißt: „ Das Schlachtfeld der Gedanken“. Sie erklärt darin, dass wir uns, wenn wir in das Königreich JESU CHRISTI gewechselt haben, im Krieg mit dem Reich des Teufels befinden, aus dem wir ja kommen. Jedes Mal, wenn wir Gemeinschaft mit Dem Herrn suchen, versucht der Teufel, das zu stören oder gar zu verhindern. Klar, der will verhindern, dass wir gesegnet werden. Der ist unser Feind! Da war aber noch ein anderer Feind! Ich nenne ihn mal „Schweinehund“. In mir war und ist immer noch ein Teil, der , wirklich leider ist es so, keine Lust auf die Gemeinschaft mit meinem Erlöser hat. Allein, das so aufgeschrieben zu sehen, bringt Entrüstung in mir hervor. Wie undankbar! Und doch ist es leider die Wahrheit! Auch in jedem wiedergeborenen Menschen steckt noch immer ein Teil, den die Bibel „das Fleisch“ nennt. Gemeint ist damit folgender Teil unserer Seele: das „ Ich“ - das was **ich** will, was **ich** meine, wo **ich** mich sehe, wo **ich** hin will, **Selbst**verwirklichung, **meine** Meinung, **meine** Rechte. Dieses „Ich“ ist stolz, auf sich selbst bezogen und rebellisch! Es will sich nicht unterordnen. Die Missionarin Maria Prean prägte in einer Predigt einmal folgenden Satz: „Ich, mich, meiner , mir, Herr segne doch uns vier.“ Das drückt es ungefähr bei einem Christen aus, der aus dem Fleisch lebt. Für diesen Christen ist es wichtig, dass Der Herr segnet, was er tut. Er selbst bestimmt seinen Weg, nicht JESUS! Deshalb sagt Paulus an

einer Stelle *„nicht mehr lebe „ich" sondern JESUS in mir!"* (siehe Gal.2.20) Das ist aber ein Prozess, der das ganze Leben dauert. Wenn wir es zulassen, verändert Der Heilige Geist uns mit der Zeit „von Herrlichkeit zu Herrlichkeit" wie die Bibel (siehe 2.Kor.3. 13-18) sagt. Das passiert in der Gemeinschaft mit dem Herrn. Deshalb ist sie auch so umkämpft, weil sie für unser Wachstum in Jesus und für ein Leben im Sieg so essentiell wichtig ist.Gut zu wissen, wie die Dinge liegen. Wer seine Feinde kennt, kann sie bekämpfen! Als ich die Strategien des Teufels wie Ablenkung und Störung mit Gottes Hilfe durchschaut hatte, und die Tatsache, dass auch in mir noch „das Fleisch" existiert, welches keine Lust hat, angenommen hatte, konnte ich Strategien lernen, mit deren Hilfe ich **in JESUS**" mehr als ein Überwinder" (siehe Röm. 8.37) sein kann." Mir wurde klar, dass es jedes Mal einen Kampf um dies kostbare Zeit geben wird! Diesen Kampf können wir allein nicht gewinnen, nur in JESUS!
Deshalb ist es gut, „seine Gedanken unter den Gehorsam Jesu Christi zu stellen." (siehe 2.Kor.10,5) Das hilft bei der Konzentration auf das Richtige. Ich bin froh über jedes Mal, wenn ich die „stille Zeit" gegen meine Feinde durchsetzten kann. Dabei gilt auch, wie Churchill einst sagte: „Never, never give up!" „stille Zeit "mit dem Herrn bringt Segen und hat kurz- und langfristig positiven Einfluss auf mein Leben.

Margret

Blumenpoesie

Ich liebe Blumen. Es sind so viele Farben, verschiedene Texturen, wunderbare Aromen, sie sind einfach ein Wunder. Eines Tages zeigte mir der Herr etwas Schönes: Man kann Blumen überall und für alles verwenden; als Deko, für Parties, Haardeko, zum gratulieren oder um um Vergebung zu bitten. Ein Garten ohne Blumen ist einfach nur grün, langweilig. Die Blumen sind der Funke des Gartens. Genauso wie ohne Blumen ist unsere Welt ohne Frauen, undenkbar!!! Nicht nur weil wir sehr gut kochen, putzen, organisieren und so weiter, sondern weil Frauen leidenschaftliche Fürsprecherinnen sind, unerrmüdliche Krieger, das Herz der Familie, genau wie Blumen, wir sind die Schönheit Gottes. Die Blumen sind ein Meisterwerk, nur ein Künstler wie unser lieber Vater konnte etwas so Spezieles und voller Vielfaltigkeit erschaffen. Was ich unvergleichbar finde ist , dass Gott uns als die Blumen seines Gratens sieht. Er ist unser Gärtner, er kümmert sich um uns, unsere Bedürfnisse, Wünsche sind in ihm und für ihn erfüllt. Er plaziert uns strategisch. Er setzt uns in den richtigen Boden und bereitet uns für jede Jahreszeit. Warum sage ich, dass wir den Blumenser ähnlich sind? ein paar Beispiele: **Die Sonnenblumen**: Sie sind so groß und stark, immer der Sonne zugewandt, sie bewegen sich mit der Sonne. Die Sonnenblumen Frauen sind genau so, egal was passiert, sie bleiben still und mit viel Friede und Glaube, sie haben immer ein breites Lächeln im Gesicht. Ihr Blick ist immer auf den Herrn gerichtet aber die Füße sind auf dem Felsen.
Die Tulpen: Nicht alle sind gleich, ich habe einen Unterschied zwischen den Niederläandischen Tulpen und den Deutschen Tulpen gefunden. Die Nierderlandischen sind größer und offensichtlich so schön, sind international bekannt für ihre Schönheit. Die deutschen Tulpen sind kleiner und öffnen sich nur ein bisschen. Aber, was mich an Tulpen fasziniert ist, dass sie auf den richtigen Moment warten. Sie wachsen in der kältesten Jahreszeit und warten, bis sie dann am Ende ihre Schönheit zeigen können. Diese Frauen sind geduldig und stark, weil sie den Winter überwunden haben. **Die Lavendelblüten**: Man findet sie auf dem Salat, in der Suppe, in der Badewanne, als Parfüm, als ätherische Öle, Creme, Seife, im Tee, im Lobpreisteam, Frauenteam, Crosskidsteam, Putzteam, Cateringteam, etc. Sie sind einfach überall, immer involviert und verantwortungsvoll. Das ist , was ich multitasking, vielfältig, energievoll nenne. Eine superwoman!!! Aber warum? Weil sie immer bereit sind, um anderen zu helfen und zu dienen . Sie sind barrmherzig und sind in Jesus verliebt, so verliebt, dass alles ,was sie machen für ihn ist. **Die Löwenzahnblumen:** Es gibt

Frauen genau wie sie, ein bisschen Wind und puff alle Teile sind weg geflogen, kaputt gegangen, Sie sind sehr empfindlich vor unseren Augen. Aber die Realität ist, dass die Löwenzahnfrauen sehr sensibel sind. Genau das ist , was unsere Gemeinde, Gesellschaft, unsere Welt braucht; jemand, die unsere Gefühle versteht und mit Sensibilität mituns spricht. Wustet ihr, dass die Löwenzahnblume verwendet wird, um unsere Leber und unser Blut zu reinigen. Sensibilität und zarte Worte können das härteste Herz verändern. **Die Wüstenrose**: Sie wächst unter extremen Bedinungen. Tagsüber ist es extrem heiß und trocken. Nachts kann es sehr kalt werden , aber sie gibt niemals auf. Sie sagt: " ich liebe dich Vater, ich weiß wer ich bin, ich habe eine Bestimmung in dir und bin für diese Zeit geboren, ich bleibe und mache weiter,"manchmal gegen den Wind und durch den Sturm, mit Schmerzen und Nebel, aber sie macht weiter. Was wunderbar ist, dass sie versucht, nicht der Mittelpunkt zu sein, sie ist sehr leise, aber wer an ihr vorbeigeht, nimmt den Duft der Stärke wahr. Ob wir Rosen, Sonnenblumen, Tulpen, Lavendelblüten , Wüstenrosen oder Löwenzahn sind; ob wir manchmal sagen, ich kann alles ,oder ich kan nicht mehr, ich brauche Zeit zu atmen oder ichwill mehr von dir Herr empfangen, eine Sache ist uns klar: wir alle wollen näher zu IHM, Jesus Christus sein. Mit Liebe, Dalia

Du bist schön

Vor vielen Jahren besuchte ich mit einer lieben Freundin die Frauenkonferenz in Bad Gandersheim. Wir waren das zweite Mal da, und alle behandelten Themen kamen mir so bekannt vor, von wegen, ja, alles schon gehört. Am zweiten Tag fragte ich den Herrn. „ Herr, warum bin ich hier? Was willst DU mir in dieser Konferenz mitgeben" ? Die Antwort kam schnell und mit Macht. Bevor die Vorträge nach dem Frühstück losgingen, blieb noch etwas Zeit. Die verbrachten wir in der hauseigenen Bücherei. Ich setzte mich in einen Sessel und blätterte in einem kleinen Buch, das auf dem Tisch vor mir lag. Es zu lesen, war keine Zeit. Als ich es zurücklegen wollte, fiel mir das Cover vorne auf dem Buch besonders ins Auge. Darauf waren zwei steinerne, mollige Engelsfiguren abgebildet. Tränen schossen mir in die Augen. In dieser Minute überwältigte mich der ganze Schmerz, den ich wegen meines damals noch leichten Übergewichtes in all den Jahren erlebt hatte. Ich hatte das Gefühl, als ob es bei mir als Frau in meinem Umfeld immer um das Aussehen gegangen sei. Wie viel hatte ich für meine Gesundheit und mein Aussehen schon getan. Eigentlich war ich ganz zufrieden. Aber gegen das Übergewicht half einfach nichts. Ich konnte die überzähligen paar Kilos nicht dauerhaft loswerden. Dem Maßstab der Gesellschaft nicht gerecht werden zu können, stresste mich etwas, und ich hatte Schwierigkeiten, mich so zu mögen, wie ich war. Ich konnte mein Weinen kaum unterdrücken. Was würden die Anderen gleich von mir denken ? In der großen Menge von fünfhundert Frauen fiel ich zum Glück nicht weiter auf. Viele Frauen, sahen aus, als ob auch sie geweint hätten. Im ersten Vortrag ging es dann doch tatsächlich um das Bild, das wir von uns haben. Die Sprecherin sagte irgendwann, sie habe den Eindruck, dass hier einige Frauen seien, die Schwierigkeiten haben, sich selber anzunehmen. Sie möchten bitte nach vorne kommen, damit für sie gebetet werde. In den nächsten Minuten sah ich ungefähr hundert Frauen nach vorne auf die Bühne gehen. Einige weinten. Ich dachte nur: „Was wollen die denn, die sehen doch gut aus?" Im Inneren spürte ich ein starkes Drängen, auch nach vorne zu gehen. Es wurde für jede mit viel Einfühlungsvermögen vom Gebetsteam gebetet. Dann betrat eine Frau in einem Brautkleid die Bühne. Durch sie veranschaulichte uns die Sprecherin, dass wir alle die Braut JESU sind, wenn wir IHN als unseren Erlöser angenommen haben. Nun folgte die Lehre davon, wie JESUS uns sieht, wenn wir IHM gehören. Die Bibel spricht im Hohelied davon. Das Hohelied handelt von zwei Liebenden, die sich nacheinander sehnen. Salomon hat es geschrieben und spricht natürlich in der Sprache der damaligen Zeit des Alten Testamentes. Vieles davon würden wir heute anders ausdrücken, aber es lohnt sich, es einmal betend zu lesen. Die Liebenden beschreiben darin einander mit blumigen Worten. Die Braut sagt von sich selbst: „ Schwarz bin ich und doch anmutig" (Hl.1.5). Schwarz zu sein, entsprach zu alttestamentarischen Zeiten überhaupt nicht dem Schönheitsideal. Sie fühlte sich wohl durch die Liebe ihres Bräutigams schön. Und er bestätigt das. „Siehe du bist schön, meine Freundin, siehe du bist schön." (Hl.1.15) Die Bibel erwähnt an mehreren Stellen, dass das Brautpaar im Hohelied ein Bild für JESUS CHRISTUS und Seine Gemeinde ist. ER sehnt sich nach Seiner Braut, nach der Gemeinde als Ganzes aber auch nach jedem Einzelnen von uns. ER findet mich tatsächlich schön, und Dich auch. Ps. 139.13,14 *„Denn DU bildetest meine Nieren. DU wobst mich in meiner Mutter Leib.Ich preise Dich darüber, dass ich auf eine erstaunliche ausgezeichnete Weise gemacht bin. Wunderbar sind Deine Werke, und meine Seele erkennt es sehr wohl."* Wie wohltuend ist diese Erkenntnis! Was der Herr ausgezeichnet nennt, sollten wir auch akzeptieren. Wie ist das Bild, das ich von mir habe? Was kommt in meine Gedanken, wenn ich an mich denke? Da fallen mir manchmal als Erstes meine Makel und Fehler ein; das ,was ich nicht geschafft habe, das worin ich gefallen bin. Jesus jedoch sieht mich mit den Augen der Liebe an, gerecht gemacht durch Sein Opfer. ER sehnt sich nach mir, um mit mir innige Gemeinschaft zu haben, durch die meine „Flecken und Runzeln" nach und nach verschwinden, und ich immer weiter in Sein Bild verwandelt werde. Ist das zu fassen ? Etie

Kinderlied

So lange hatten wir im Wartezimmer gewartet. Nun schien es, als ob wir im Behandlungszimmer noch länger warten müssten, bis der Kinderarzt endlich Zeit für uns hatte. Klar, es war November, Erkältungszeit, und auch meine drei Kinder hatte es erwischt. Mit düsteren Gedanken schaute ich aus dem Fenster und beobachtete einen Baum, dessen meist kahle Zweige vom Wind hin und hergepeitscht wurden. Dicke Regentropfen prasselten an das Fenster. Mich beschäftigten Überlegungen wie: Hoffentlich verschreibt der Arzt den Kindern etwas, das schnell hilft, damit wir alle nachts mal wieder schlafen können. Was mache ich denn heute zum Essen? Wie lange kann ich die quengelnden Kinder noch einigermaßen ruhig halten?
O, der Papa kommt ja in einer dreiviertel Stunde und erwartet in seiner Mittagspause ein Essen. Das schaffe ich ja alles gar nicht. Komme ich heute Abend noch zur Kirche, wenn es den Kindern nicht gut geht?...Plötzlich unterbrach ein Lied diese Gedanken. Meine zweijährige Tochter hatte angefangen zu singen: „Gehet nicht auf in den Sorgen dieser Welt, suchet zuerst Gottes Reich, und alles andere wird euch dazu geschenkt, Halleluja, Halleluja" . Natürlich, darauf hätte ich doch auch selber kommen können. Aber manchmal vernebelten mir die kleinen Sorgen des Alltags einfach die Sinne. Der Herr hatte mich durch das Lied meiner kleinen Tochter daran erinnert, dass ich mit all diesen Alltagssorgen zu IHM gehen konnte. Erstaunt über die Vorgehensweise Seines Redens zu mir, wandte ich mich in einem kurzen stillen Gebet an Jesus und brachte Ihm alle meine Sorgen. Langsam wurde ich ruhiger.
Jetzt würde ich gerne sagen, dass der Arzt sofort kam, die Kinder augenblicklich gesund waren und die Sonne schien, als wir aus der Praxis traten. Nein, es war alles so wie vorher, aber meine Haltung hatte sich geändert. Ich ging mit mehr Gelassenheit mit der Situation um, in dem Bewusstsein, dass der Herr immer bei mir war. So hatte ich nebenbei in einer für junge Mütter normalen Alltagssituation eine kleine Lektion gelernt: Der Herr redet mit uns und spricht auch durch Kindermund.

In jeder Situation sollte ich mich zuerst an IHN wenden und nicht in meiner eigenen Kraft gehen.
Margret

Ein guter Mensch

Als Jugendliche wollte ich immer ein „guter Mensch“ sein. Ich wollte ein verantwortungsvolles Mitglied der Gesellschaft werden, eine Familie gründen, meine Fähigkeiten in einen tollen Beruf einbringen, soziale Not sehen und beheben helfen, die Natur bewahren. An Gott glaubte ich auch und wollte auch IHM möglichst gefallen.
Aber dazu gab ich ja mein Bestes. Auch wenn ich spürte, dass in mir auch ein kleines „Biest“ wohnte. Meistens glaubte ich, die Kontrolle darüber zu haben.. So lebte ich in der Annahme, da Gott Fehler vergab, würde ich wohl, wenn alles gut ginge, nach meinem Tod irgendwann in den Himmel kommen. Denn, im Grunde genommen war ich doch ein guter Mensch. Oder? .....Als ich in JESUS CHRISTUS wiedergeboren wurde, nahm ich IHN als den Retter meines Lebens an. ER ist für meine Sünden ans Kreuz geschlagen worden und hat sie auf Sich genommen. Meiner Bekehrung war ein fürchterliches Erlebnis mit Gläser rücken vorausgegangen, wo sich der Böse mir bekannt machte. Danach dachte ich:“ Jetzt ist alles zu spät, ich bin eine Hexe.“ Nicht jeder konnte mit „den Geistern“ in Verbindung treten , ich schon. Danach hatte ich auch in der Bibel gelesen, dass Geisterbeschwörer dem Herrn ein Gräuel sind (3.Mo.19,31). Diesen Fehler konnte ich nie wieder gut machen. So dankbar nahm ich JESU Opfer an. Hatte ER mir doch allein durch SEIN „diese grässliche Sünde auf Sich nehmen“ den Zugang zum Vater im Himmel erhalten. Erhalten ? Hatte ich denn vorher diesen Zugang? Na ja, eigentlich war ich ein guter Mensch. Ich betete, ging jeden Sonntag in den Gottesdienst, achtete meine Mitmenschen, spendete für mancherlei Nöte, war nicht kriminell . So bemühte ich mich, Gott nicht wieder so zu enttäuschen. Jedes Mal, wenn ich fiel, war ich ganz verzweifelt darüber, wie mir das noch passieren konnte. Viele Wahrheiten über den Menschen an sich hatte ich bis dahin noch nicht richtig verstanden. Immerhin wusste ich jetzt, dass ein Mensch nicht durch gute Taten in den Himmel kommt, sondern allein durch Geburt, durch die Wiedergeburt. In Europa und Amerika leben wir alle meistens unter dem Menschenbild des Humanismus. Darin wird angenommen, dass der Mensch im Grunde gut ist. Unter diesem Menschenbild sind die meisten von uns aufgewachsen. Daher kommt wohl die Annahme, dass wir uns selbst durch gute Taten erlösen könnten.Die Bibel sagt jedoch das genaue Gegenteil! (Siehe Einführung in das Thema) Röm.3.23-24 *„denn alle haben gesündigt und erlangen nicht die Herrlichkeit Gottes und werden umsonst gerechtfertigt durch Seine Gnade, durch die Erlösung, die in CHRISTUS JESUS ist.“*
Das ist die frohe Botschaft! Was ich jedoch noch lernen musste, ist dass sich der Mensch aus sich heraus nicht zum Guten verändern kann. Da ist jeglicher Versuch zum Scheitern verurteilt. Wir leben ja noch mit unserer Seele. Die zu verändern braucht ein ganzes Leben. Irgendwann, Jahre nach meiner Bekehrung lernte ich, aus Gnade zu leben, nicht aus Gesetz. Aus Gesetz lebe ich, wenn ich selber versuche, gut zu sein. Wie wir gesehen haben, kann das nicht klappen. Der Herr bietet uns für das Wachsen in IHM die einzige Lösung an. Sie heißt : GNADE! In Meiner Konkordanz habe ich 88 Mal die Erwähnung das Wortes Gnade gezählt. Allein daran können wir die Wichtigkeit sehen. Joyce Meyer , die ich oft höre definierte das Wort **Gnade** als unverdiente Gunst, als Kraft Gottes, die ER uns zur Verfügung stellt, um Dinge zu tun, die wir alleine nicht tun können. Es ist ein Geschenk!! Es ist jeden Morgen neu! Wie können wir diese Gnade nun empfangen ? Durch tägliche intensive Zeit mit dem Herrn, in der wir IHM unser Herz zur Veränderung jeden Tag neu hinhalten, uns im „Wasserbad des Wortes“ (Eph5.26) reinigen lassen, IHM glauben und vollkommen vertrauen. Ps.33.18 *„Siehe, das Auge des Herrn ruht auf denen, die IHN fürchten, die auf Seine* Gnade *harren.“*

Je mehr ich erkenne, wer ich bin und was Der Herr mir alles geben will, dass ich nur in IHM „mehr als ein Überwinder“ (Röm.8.37) bin, desto ruhiger werde ich, desto mehr kann ich meinen Tag genießen. Das kleine „Biest“ in mir ist in Arbeit durch IHN. Selber habe ich keine Gerechtigkeit, aber ER hat mir Seine geschenkt. Durch IHN stehe ich gerecht vor dem Vater im Himmel. Seine Gnade ist jeden Tag neu. *Margret*

Ich diene gern – oder?

Damit in unserer schnell wachsenden Gemeinde der Ablauf des Gottesdienstes aber auch die Arbeit mit den verschiedenen Bedarfsgruppen wie Kinder, Frauen, Männer, soziale Dienste, Mission, Hauskreise, Seelsorge, Öffentlichkeitsarbeit, Bücherladen, Technik, Predigtdienste, Hausversorgung, Catering und so weiter , läuft, gibt es sehr viele Teams. Fast jeder Erwachsene arbeitet in mehreren Teams. In jedem Team gibt es einen Leiter. Die Teammitglieder teilen seine Vision und unterstützen den Leiter an ihrem jeweiligen Platz. Die Verantwortung liegt jedoch beim Leiter, der auch die Verbindung zu den Ältesten hält. Im Laufe der Jahre war ich Mitglied sehr vieler Teams und hatte auch ein paar mal die Leitung. Diese Funktion gab ich jedoch vor acht Jahren auf, als ich beruflich in eine Leitungsfunktion rutschte. Fünf Jahre später wurde ich so krank, dass ich meinen Beruf nicht mehr ausüben konnte. Für lange Zeit war ich auch nicht mehr in der Lage, irgendwie in der Gemeinde mit zu helfen. Nach zwei Jahren begann ich, punktuell mit zu helfen. Später wurde ich wieder volles Mitglied einiger Teams, deren Arbeit für den einzelnen jedoch auch mehr punktuell war. Ich hatte mich ganz bewusst entschieden, in meiner Gemeinde zu dienen. Irgendwo eine Leitungsfunktion würde ich nur übernehmen, wenn ich dieses als Wille Gottes erkennen würde. Wenn man das Leiten gewohnt ist, ist es eine sehr interessante Erfahrung, keine großartige Verantwortung zu tragen und einfach anzunehmen und zu tun, was einem von jemand anders aufgetragen wird. Wir wollen ja alle gerne einander dienen. Beim Dienen können wir sehr viel lernen, vor allem über uns selbst. So durfte ich kennen lernen, wie es sich anfühlt, Anweisungen entgegen zu nehmen und sie aus zu führen, auch wenn man die Sachlage ganz anders bewertet, herumgeschickt zu werden, für selbstverständlich gehalten zu werden, angebrummelt zu werden, stillschweigenden Annahmen ausgesetzt zu sein, nicht verstanden zu werden, übersehen zu werden...Au weia, kann jetzt so mancher denken. Was ist denn bei euch los? Ist es so schlimm in den Teams mit zu arbeiten ? Die Antwort ist ganz klar: Nein, gar nicht! Es ist schön und meistens produktiv. Die Teamleiter sowie die Mitarbeiter sind kompetent, in dem was sie tun. Ich gehe davon aus, dass Teammitglieder meiner Teams die gleichen Erfahrungen unter meiner Leitung machen durften. Fakt ist, wir sind alle Menschen, mit angeborenen Charakter, persönlichen Geschichte, unserem persönlichen Punkt auf dem Weg mit JESUS, unseren Schwächen und Lernpunkten, unserer Tagesform aber auch unseren Stärken und Gaben, genau wie jeder Mensch, genau wie ich.
Fakt ist aber auch, dass unser Herr JESUS sich **entschieden** hat, Seine weltweite Gemeinde mit genau diesen unvollkommenen Wesen, den Menschen zu bauen und durch sie zu wirken. Wir sind „lebendige Steine“, mit denen Der Herr baut. Natürlich birgt das im menschlichen Sinne einiges Konfliktpotential. Vor einiger Zeit merkte ich, dass mir das Dienen in manchen Teams weniger Freude machte. Dies betrübte mich, denn ich will doch ein guter Diener zur Ehre meines Herrn sein. Ich brachte mein Anliegen ehrlich vor den Herrn und streckte mich danach aus, was ER dazu zu sagen hatte. Die Antworten fand ich in der Bibel und in mehreren Predigten von Johannes Hartl, die ich gerne in der Sauna höre. Eines Tages hatte ich mich über das Verhalten eines lieben Gemeindemitgliedes geärgert und spürte wider Willen „eine dicke Laus über meine Leber laufen.“ So zog ich mich, da ich genügend Zeit dafür hatte, an meinen Lieblings Ort , die Sauna zurück und klickte im Handy „irgendeine“ Predigt von Johannes Hartl an. Dort hörte ich viele Gedanken über das Dienen. Er sagte: „Wenn du wissen willst, aus welcher Motivation du dienst, dann beobachte dein Verhalten: wenn du nicht

gesehen wirst, wenn du ungerecht behandelt wirst, wenn du wie ein Diener behandelt wirst. An deiner Reaktion auf diese Dinge erkennst du, ob du aus Demut an dieser Stelle Dem Herrn dienst, oder ob in deiner Motivation vielleicht noch Stolz liegt."Aua, erwischt! So musste es wohl sein. Da war wohl wieder eine Art von Stolz bei mir im Spiel. Weiter hörte ich, wie wichtig es ist, auf unser Herz auf zu passen, damit dort nicht eine „Wurzel der Bitterkeit aufsprosse , die zur Last wird und viele verunreinigt "(siehe Hebr.12.15)
Empört sprang ich auf und bat den Herrn um Vergebung. So etwas wollte ich doch nicht in meinem Leben dulden! Mein Wunsch war es doch, den Menschen ein Segen zu sein. Ich hielt mich, so wie ich war mit meinen Gedanken, dem Herrn hin und bat IHN um Reinigung und Heiligung.Was soll ich sagen? Sofort spürte ich, wie „die Laus meine Leber verließ" und sich in mir eine friedliche, wohlige Ruhe ausbreitete. Gott sei Dank, Der uns lehrt, mahnt und vergibt! Unser Herr kennt Seine „Pappenheimer"! ER spricht an sehr vielen Stellen der Bibel, wie nach Seinem Willen Seine Söhne und Töchter miteinander umgehen sollen.
Das Wichtigste dabei ist die Liebe zu den Geschwistern (Joh.13.35; 1.Joh.4.7,8,12,16 und 20; 1.Joh.3.10,11,1415,20,23; und viele mehr. Dann sollen wir unsere Geschwister höher einschätzen als uns selbst (Phil2.1 –4) Und natürlich müssen wir einander unsere Fehler und Schwächen immer wieder vergeben.(Mt.18.33) Wie Joyce Meyer einmal sagte: „Die wenigsten Menschen stehen morgens auf und überlegen, wie sie ihre Mitmenschen verletzen können." Meistens war die Verletzung oder falsche Behandlung gar nicht beabsichtigt. Ein altes englisches Sprichwort sagt: „ Hurt people hurt" (verletzte Menschen verletzen). Das betrifft uns wohl alle mal irgendwann. An einer Stelle heißt es sogar, wir sollen einander in Liebe ertragen (Eph.4.2). Unser Herr kennt Seine Kinder wirklich! Und mit diesen fehlbaren Geschöpfen baut ER Seine Gemeinde! ER ist nicht erstaunt über unsere Mängel und bietet jeder Zeit Seine Hilfe zur Korrektur an. ER selbst in Seiner unfassbaren Liebe ist das Haupt Seiner Gemeinde! Was für ein unfassbar geduldiger Gott! Diese Erkenntnis ermutigt mich ungemein. So macht es doch wirklich Spaß, in Seinem Reich mit den Geschwistern Seite an Seite zu arbeiten, allein zu SEINER Ehre!
Margret

Das „Biest" in mir

Das konnte doch wohl nicht wahr sein! So ein dummer Streit. Um was war es eigentlich gegangen ? Ich wusste es gar nicht mehr genau. Ich wusste nur noch, dass ich im Recht war. Und statt die Sache auszudiskutieren, war er einfach gegangen. Einfach rausgegangen, wollte nicht mehr mit mir reden, war keinen Argumenten zugänglich .Die Wut über den Streit und darüber, einfach so allein am Frühstückstisch sitzen gelassen worden zu sein, drückte wie ein schwerer Stein in meinem Bauch. Ich hatte Lust, ein tolles Plädoyer für mein Recht zu halten, aber er wollte ja nichts hören, nichts einsehen. Konnte er nicht ein Mal nachgeben ? Er musste doch einsehen, dass er im Unrecht war. Nun arbeitete er in der Garage und ich saß alleine am Frühstückstisch und ärgerte mich. Dabei wollte ich doch gar keinen Streit. Ich hasste Streit, war ziemlich harmoniebedürftig. Allerdings! Sollte ich nachgeben, wo ich doch auf jeden Fall im Recht war? Schon wieder? Mir fiel ein Spruch ein. „Der Klügere gibt nach!". Pah! Dazu hatte mein Sohn mal gesagt: „wenn die Klügeren immer nachgeben, regieren die Dummen die Welt." Auch wieder wahr, oder? Eine Weile grübelte ich vor mich hin. Plötzlich kam mir ein Gedanke: „Wer regiert denn deine Welt?" Stimmt! Da war doch was! Wer regiert denn meine Welt? Wer sitzt denn auf meines Herzens Thron? Mein Ego, das auf seinem Recht bestehen muss? Meine Welt wird doch wohl von JESUS CHRISTUS regiert. Aber manchmal musste ich mein Ego daran erinnern, das wollte es sich wohl fett auf dem Herzessthron gemütlich machen. Nichts da! So brachte ich den Streit endlich dahin, wo er hingehörte, vor Gottes Thron. Ich legte meine Wut und Unversöhnlichkeit vor IHN hin und spürte, wie sie sich langsam verflüchtigten. Ich konnte den dummen Streit endlich vom Standpunkt Gottes aus sehen. War es denn so wichtig, wer Recht hatte? Zu einem Streit gehören immer mindestens zwei, also hatte ich ja wohl auch meinen Anteil daran. Wenn ich ehrlich war, musste ich zugeben, dass ich auch ein ganz schönes „Biest“ sein konnte. Mit irgendwas musste ich ihn verletzt haben, auch wenn mir nicht klar war, mit was. „ Geh dich entschuldigen!“ vernahm ich eine sanfte Stimme in mir. Tief im Herzen wusste ich, dass dies Gottes Wille für diese Situation war, so zögerte ich nicht und war einfach gehorsam. Dabei wusste ich noch gar nicht, was genau ich sagen sollte, machte mich aber sofort auf den Weg in die Garage, wo er still arbeitete. Ich bat den Herrn um Hilfe und sagte: „Es tut mir leid, dass ich dich verletzt habe. Ich wollte dir nicht wehtun, liebe dich und möchte mich entschuldigen.“ Noch während der Worte konnte ich sehen, wie sich seine Gesichtszüge entspannten. Genau das war es gewesen, was er gebraucht hatte. „Ist gut“ sagte er. „Ich geh einen frischen Kaffee anstellen“ bemerkte ich erleichtert. „Wir sehen uns in der Küche.“ „Bis gleich“ hörte ich ihn sagen, während ich mich auf den Weg in die Küche machte. Gott sei Dank, das Wochenende war gerettet.

„Einem festen Herzen bewahrst DU den Frieden, weil es auf DICH vertraut.“
Jes.26,3

Name bekannt

Das könnte mir nie passieren

Wie jeden zweiten Mittwoch hatte der Hauskreis in unserem Haus stattgefunden. Nachdem wir gemeinsam Lobpreis gemacht und das Thema der Predigt vom letzten Sonntag besprochen hatten, war es doch schon ganz schön spät geworden. Ich sah verstohlen auf meine Armbanduhr. „Viertel nach zehn, gleich kommt mein Mann nach Hause, und der wird nicht begeistert sein, wenn unser Wohnzimmer immer noch voller Besucher ist,“ schoss es mir durch den Kopf. Zum wiederholten Male erklärte unser Hauskreisleiter jedem Hauskreismitglied die Aufgabe, die am folgenden Hauskreisdienstsonntag auf ihn zukam. Da gab es einen Begrüßungsdienst, der die ankommenden Gottesdienstbesucher willkommen heißen und jedem ein Bobon anbieten sollte. Zwei Leute würden am Ende die Kollekte einsammeln. Mehrere Hauskreismitglieder sollten für Sonntag einen Kuchen mitbringen, damit es zum gemütlichen Kaffe nach dem Gottesdienst auch etwas zu essen gab. Alle wurden noch mal dazu angehalten, nach dem Gottesdienst mit den Besuchern zu sprechen, damit sich jeder gesehen wusste. Einige Leute schienen sich einfach nichts merken zu können und fragten mehrmals nach. Es wurde immer später. „Meine Güte,“ dachte ich leicht genervt, „es wird doch wohl kein Problem sein, sich seine Aufgabe aufzuschreiben und dann daran zu denken. “Einem besonders unsicherem Hauskreismitglied riet ich tatsächlich: „schreib es Dir in Deinen Timer und in den Küchenkalender, dann kannst Du es nicht vergessen.“ Genauso machte ich es immer mit all meinen zahlreichen Terminen und vergaß eigentlich nie etwas. Um 22.30 Uhr hatte endlich der letzte Besucher den Heimweg angetreten. Nachdem ich aufgeräumt hatte befolgte ich meinen eigenen Rat und trug die mir zugewiesene Aufgabe für den nächsten Sonntag in meinen Timer und in meinen Küchenkalender ein. Die nächsten Tage waren wie gewöhnlich turbulent. Ich freute mich unheimlich auf ein paar ruhige Stunden am Sonntag, nachdem samstags bei mir wie immer der Haushalt auf dem Plan gestanden hatte. Freudestrahlend betrat ich am Sonntag um zehn vor zehn unser Gemeindegebäude. Ich freute mich auf einen wunderbaren Gottesdienst, wie jeden Sonntag. „Nanu“ dachte ich verwundert, “heute nur einer im Begrüßungsdienst?“ Da fiel es mir wie Schuppen von den Augen. Ich war die Zweite, die die Ankommenden begrüßen sollte. Nur leider hatte ich meine Aufgabe vergessen. Beschämt nahm ich wahr, wie mir eine glühende Röte ins Gesicht stieg und entschuldigte mich wortreich. „War das diese Woche? O nein!! Wie konnte mir das nur passieren?“ Ich hatte doch tatsächlich total verpasst, auf meine Kalender zu schauen und an den ganzen Begrüßungsdienst überhaupt nicht mehr gedacht. Meine Entschuldigung wurde sofort angenommen, aber mir war die Angelegenheit ziemlich peinlich. Später jedoch, als ich den Tag Revue passieren ließ, konnte ich durchaus etwas Gutes darin erkennen. Der Herr hatte mir durch meine eigene Vergesslichkeit in eigener Erfahrung gezeigt, dass jedem Menschen grundsätzlich alles Mögliche an Fehlverhalten passieren kann, auch das, worauf er nie gekommen wäre. Ich meinte fast, Ihn schmunzeln zu sehen. Er lehrt uns in Liebe Seine Lektionen und vergibt gerne. Dankbar für diese Erfahrung tat ich Buße für meine Überheblichkeit. Seitdem überlege ich sehr genau, bevor ich in Versuchung gerate, anzunehmen, mir könnte irgendetwas nicht passieren. Diese Erkenntnis erlaubt auch, milder mit den Schwachheiten anderer Menschen umzugehen. Danke Herr!!

Margret

Maria oder Martha

Ich mache mir oft Gedanken, ob es dem Herrn gefällt, wie ich Ihm diene. Ist es richtig so, wie ich Ihm folge? Mich beschäftigt die Geschichte von Maria und Martha . Lk.10.41 – 42 *„Marta, Marta,! Du bist besorgt und beunruhigt um viele Dinge, eins aber ist nötig. Maria aber hat das gute Teil erwählt, das nicht von ihr genommen werden wird.“*Ich glaube, das kennen wir alle, die wir den Herrn angenommen haben. „ Ich **will** IHM unter allen Umständen dienen und Ihm folgen, wohin Er mich führt. Ich werde mich anstrengen und alles tun, was dafür nötig ist. An meinem Gehorsam soll es auch nicht scheitern. Ich bin fest entschlossen, treu zu sein, koste es , was es wolle.“ Diesen Denkfehler habe ich schon des öfteren begangen und bin dann eines Besseren belehrt worden. Gott kennt mein Herz und weiß, dass ich Ihn liebe. Er kennt meinen Glauben und mein Ausharren. ER weiß auch um die Angriffe und Täuschungsversuche des Feindes. Auch meine Seele ist Ihm durch und durch bekannt.
Oft sehe ich mich als Marta. Ich kann sie gut verstehen, wie sie Jesus bittet, Maria zu ermahnen, ihr bei der Bewirtung der Gäste zu helfen. In Gedanken beginne ich ein Gespräch mit Jesus – als Marta. „Sieh mal Jesus! Ich gebe doch schon alles. Mehr Kraft habe ich einfach nicht. Die anderen müssen schon ein wenig helfen. Ich kann doch nicht Alles alleine schaffen. Ja ich weiß, meine Schwester Maria ist nicht so stark wie ich, aber ein paar Dinge könnte sie mir schon abnehmen. Das ist doch nicht zu viel verlangt, oder ?“ Dann kommt Jesu Antwort: (siehe oben) .. „.EINS aber ist nötig“.Dann wieder ich als Marta: „ Na Du hast gut reden, Jesus! Aber essen und trinken, ein sauberes Zuhause, finanzielle Versorgung, Betreuung von Kranken, Reden mit Verlorenen, ...Das sind doch alles Dinge , die erledigt werden müssen! WIE soll ich das denn schaffen?....OK. OK! Meine Zeit steht in Deinen Händen!“ Das will ich lernen, immer wieder! Es sind nicht meine Schulden sondern Seine. nicht meine Kinder sondern Seine , nicht meine Arbeitsplanung sondern Seine. Denn ER **ist** mein Versorger. Also gebe ich IHM all diese Dinge und empfange dafür Seine Ruhe, Seine Gelassenheit, Seinen Frieden – wie Maria! Nun, aus dieser Ausgangslage, kann ER mich gebrauchen, wenn ER will. Allerdings ist ER auch durchaus in der Lage, Dinge ohne mich zu regeln. Ich darf all meine Sorgen auf IHN werfen und mich gelassen in Seiner Gegenwart zurücklehnen, von IHM lernen – wie Maria

Gerlinde

Stille Zeit

„Machst Du eigentlich regelmäßig „stille“ Zeit“?“ fragte mich mein Hauskreisleiter, der auch gleichzeitig ein Freund war. „Ja, während der Autofahrten“ antwortete ich. Damit meinte ich die Zeit im Auto zwischen den Terminen während des Außendienstes. „Dann möchte ich dir

nicht auf der Straße begegnen!" bemerkte der Hauskreisleiter, der auch gleichzeitig ein weiser Mann war. Ja, das Thema an diesem Hauskreisabend war „stille Zeit". Was ist die „stille Zeit"? Wer macht sie? Wie kann man sie machen? Wozu ist sie gut? Gute Frage! Zu diesem Zeitpunkt hatten nur wenige unseres damaligen Hauskreises jeden Tag eine „stille Zeit". Ich ja wohl auch nicht, denn eine Gebetszeit während einer Autofahrt war damit nicht gemeint. An diesem Abend wurde das Thema von allen Seiten beleuchtet. Das Hauskreisleiterehepaar erzählte von ihrer „stillen Zeit", und was sie währenddessen erlebt hatten. Beide suchten Den Herrn jeweils morgens vor der Arbeit. Sie begannen mit Danksagung und Lobpreis, lasen in der Bibel und beteten über die Bedeutung des gelesenen Wortes für sie persönlich . Sie berichteten, dass der Alltag auf diese Weise ganz anders verlief als sonst, viel geordneter. Beide betonten, dass sich ihr Tagesablauf, seitdem sie morgens erst mal Zeit mit dem Herrn verbrachten, drastisch zum Guten verändert habe. Ich beschloss, dieses „Morgenmodell" der „stillen Zeit" auch auszuprobieren, auch wenn ich dafür wesentlich früher aufstehen musste. Am gleichen Abend zu Hause fragte ich Den Herrn, an welcher Stelle der Bibel ich beginnen sollte und blätterte in der Bibel. Dabei bekam ich den starken Eindruck, dass das Johannesevangelium für mich der richtige Einstieg sei. Am nächsten Morgen schlug ich bei meiner „stillen Zeit" als erstes Kapitel Eins des Johannesevangeliums auf. Dort las ich:
Joh.1.1-5 „Am Anfang war das Wort, und das Wort war bei Gott, und das Wort ***war*** *Gott. Dieses war im Anfang bei Gott. Alles wurde durch dasselbe, und ohne dasselbe wurde auch nicht eines, das geworden ist. In Ihm war Leben , und das Leben war das Licht der Menschen. Und das Licht scheint in der Finsternis, und die Finsternis hat es nicht erfasst."*
Während des Lesens wurde mir sehr deutlich, dass JESUS das Wort Gottes **ist**. Wenn wir in der Bibel lesen, sind wir direkt bei IHM. Weiter ging es über Ihn ab...*Joh.1.10-14 „Er war in der Welt und die Welt wurde durch IHN, und die Welt kannte IHN nicht. Er kam in das Seine und die Seinen nahmen IHN nicht an;* ***so viele IHN aber aufnahmen, denen gab ER das Recht, Kinder Gottes zu werden, denen, die an Seinen Namen glauben****; die nicht aus Geblüt, auch nicht aus dem Willen des Fleisches, auch nicht aus dem Willen des Mannes,* ***sondern aus Gott geboren sind****. Und das Wort wurde Fleisch und wohnte unter uns..."*
Wow, was für ein schöner Einstieg in die morgendliche Bibellese. Sie ist nämlich ein sehr wichtiger Teil der „stillen Zeit"! Ich kann mir vorstellen, dass das „Stille" an der Zeit mit dem Herrn auch damit zu tun hat, bewusst **mit** Dem Heiligen Geist zu lesen, was ER gesagt hat und zu lauschen, was das für mein Leben bedeutet. Seit diesem Morgen vor vielen Jahren, praktiziere ich regelmäßig meine „stille Zeit". Regelmäßig, weil ich leider immer noch nicht von mir behaupten kann, dass ich es wirklich jeden Tag „schaffe".

Margret

Stille Zeit versus Arbeitsliste

Im „stillen Kämmerlein" hatte ich mit Lobpreis begonnen und war dann in Danksagung übergegangen. Ein schneller Blick auf die Uhr zeigte mir, dass mir noch etwas Zeit blieb, ehe ich mich für die nächste Verabredung fertig machen musste, genug für all die Punkte, die ich hatte. Nachdem ich den Herrn um Vergebung für all die guten Dinge gebeten hatte, die ich nicht gesehen hatte und für die schlechten, die ich wohl getan hatte, stockte ich. Heute war wohl wieder so ein Tag, an dem ich mich schlecht konzentrieren konnte. Was war jetzt noch mal dran ? Ach ja Bibel-lese, und dann noch ein großer Teil Fürbittengebet. Ich durfte nicht vergessen, um Schutz für die Familie und die Gemeinde zu beten. Für die Nachbarschaft wollte ich doch auch heute beten, dann für die schwierigen Ehen, die ich kannte. Und wie oft vergaß ich für die Regierung zu beten, und für Israel sollte ich auch beten. Dann hatte ich auch zugesagt , für das Gelingen des Alphakurses und für die Predigtreihe unseres Pastors in den Niederlanden zu beten. Wenn man etwas zugesagt hat, muss man es auch halten. Au weia, hoffentlich schaffe ich das alles. STOPP! Was war denn das ? Meine Überlegungen zur „stillen Zeit“ glichen ja eher einer Arbeitsliste, die es abzuarbeiten galt, als einer intimen Zeit mit meinem Herrn. All das, was ich mir vorgenommen hatte, waren gute Vorsätze, aber mir wurde deutlich bewusst, dass mir hier etwas Wichtiges zu entgleiten drohte. So alles von mir durchstrukturiert, wo blieb denn der Raum für das Wirken des Herrn? Ich ahnte, dass die „stille Zeit“ mehr war. So atmete ich tief durch, ließ mich auf meine Knie sinken und erklärte erst mal meinen Bankrott. Dann stellte ich meine kompletten Gedanken unter den Gehorsam JESU CHRISTI und bat IHN um Führung. Stille! Stille! „Herr ich danke Dir, dass Du hier bei mir bist, auch wenn ich nichts spüre. Denn DU hast gesagt:“...„ *Wenn ihr Mich sucht,* ***werdet*** *ihr Mich finden. Ja, wenn ihr von ganzem Herzen nach* ***Mir*** *fragt.*“Jer.29.13 ... flüsterte ich irgendwann in die Stille. So hielt ich mich **IHM** einfach nur hin, so wie ich war und spürte bald, wie Anspannung und Anklage, ich könnte etwas vergessen, aus meinem Herzen verschwanden. Tiefer Frieden und totale Annahme durchströmten mein Herz. Wie gut ER mich kannte und dennoch liebt. Ich hatte die Zeit effektiv nutzen wollen. ER jedoch sucht nach verschenkter Zeit, nicht nach verplanter Zeit. Wie verschwenderisch beschenkt ER mich mit allem, was ich brauche, und mit so vielem, was einfach nur schön ist und zum Genießen! Ich bat IHN, lernen zu dürfen, wie ich eine Zeit mit IHM haben könne, die IHN freut. An jenem Tag schaffte ich es in dieser Zeit nicht, meine Punkte durch zu beten. Auch das bekam seine Zeit, aber… IHM zu begegnen war viel wichtiger! Ich fand ich „zufällig“ im Internet ein Lied von Johannes Hartl über dieses Thema, das mich sehr berührte. Es heißt „ Noch nie...“ und handelt davon, auf Den Herrn zu warten in der Gewissheit, dass es keine größere, tiefere Liebe gibt, der man begegnen kann. Dagegen ist alles andere wertlos. Weiterhin heißt es: „meine Schätze bring ich DIR, meine Zeit verschwend ich für den Blick von DIR...“ Das möchte ich lernen! IHM meine Zeit verschwenderisch zu schenken, Mir klar sein, dass ER mich in bedingungsloser Liebe anschaut, IHN in Seiner Schönheit betrachten, Zu bedenken, dass ER mir meine Identität als Gotteskind durch Seinen Tod geschenkt hat, Anzunehmen, dass ich nun unter Gnade und nicht mehr unter Gesetz lebe, weil ER für mich den Preis bezahlt hat. Das Leben im Sieg anzunehmen, welches ER mir durch Sein Leiden ermöglicht hat. IHM meine „ Schätze“ bringen : Das, was ich bin, das, was ich habe, meine Talente, mein Herz , aber auch meine Lernpunkte und mein Versagen. IHM jeden Tag neu die Erlaubnis zu geben, mein Herr zu sein, nicht nur mein Erlöser Denn… Offb. 5.9-10, 12„... *DU bist würdig das Buch zu nehmen und seine Siegel zu öffnen; denn DU bist geschlachtet worden und hast durch Dein Blut für Gott erkauft aus jedem Stamm und jeder Sprache und jedem Volk und jeder Nation und hast sie unserem Gott zu einem Königtum und zu Priestern gemacht, und sie werden über die Erde herrschen!...... „Würdig ist das Lamm, das geschlachtet worden ist, zu empfangen die Macht und Reichtum und Weisheit und Stärke und Ehre und Herrlichkeit und Lobpreis“* Margret

Wehrlos

An einem wunderschönen Frühlingsmorgen fuhr ich auf dem Weg zur Arbeit durch unser Baugebiet. Langsam ließ ich den Wagen rollen und genoss den Anblick der gerade aufgegangenen Sonne, das frische Grün der Bäume und Sträucher am Straßenrand und das auch im Wageninneren hörbare vielfältige Vogelgezwitscher. So konnte der Tag beginnen! Ganz plötzlich fuhr mir der Schreck durch die Glieder. Ein kleiner Vogel flog direkt über der Straße von einer Seite auf die andere. Fast hätte ich ihn unter meine Autoräder bekommen. Nur ein schnelles Bremsmanöver hatte seinen Tod verhindert. „Mann, ist der doof“, entfuhr es mir. „Der kann doch fliegen. Warum nutzt der seine Fähigkeiten nicht ordentlich und fliegt so

hoch, dass die Straße keine Gefahr darstellt?“ Dieser Gedanke kam sehr spontan und entsprang dem Schrecken. Ich mag Vögel und möchte auf gar keinen Fall einen überfahren. Der Gedanke, so frech er auch war, brachte mich zum Nachdenken. Ich hatte das Empfinden, dass Der Herr die kleine Situation benutzte, um mir etwas klar zu machen. Betrachten wir den kleinen Vogel einmal näher. An einem wunderschönen Frühlingstag hat er etwas vor. Alles sieht gut aus, und er will auf die andere Straßenseite. Los geht es. Gefahren sieht er nicht. Seine Ressourcen, um den Gefahren zu entgehen, benutzt er nicht oder nicht richtig! So macht er sich selbst wehrlos! Wie ist das mit uns Christen? Außer unseren menschlichen Errungenschaften haben wir unseren Gott. ER beschützt und versorgt uns, wenn wir es zulassen. Wir leben , obwohl wir zu einem anderen Königreich gehören, immer noch in dieser gefallenen Welt voller Gefahren. Außerdem sind wir, die wir JESUS CHRISTUS lieben, dem Widersacher ein Dorn im Auge. 1.Petr.5.8 *„Seid nüchtern, wacht! Euer Widersacher, der Teufel geht umher wie ein brüllender Löwe und sucht, wen er verschlingen kann.“* Gerade wir Christen sind also außer den alltäglichen auch noch diesen besonderen Gefahren ausgesetzt. Müssen wir uns jetzt fürchten ? Der Böse hat uns auf dem „Kieker“. Sind wir nun wehrlos und müssen uns mit über den Kopf geschlagenen Händen in einer Ecke verkriechen, wenn der uns anbrüllt oder wenn der seine Giftpfeile auf uns abschießt? Die Antwort ist „Nein!“
Unser Erlöser JESUS CHRISTUS lebt durch den HEILIGEN GEIST in uns. ER ist Der Löwe von Juda.(Offb.5.5). In Ihm sind wir mehr als Überwinder (Röm.8.37). Vor IHM wird jedes Knie sich beugen.(Phil.2.10). In IHM haben wir vollkommenen Schutz und Versorgung, wenn wir das **glauben und in Seinem Willen bleiben.** ER hat uns viele wirksame Waffen im Kampf gegen den Bösen zur Verfügung gestellt. Unsere Aufgabe ist es, sie kennen zu lernen und zu benutzen. Einige davon sind: Der Name JESUS, die Waffenrüstung aus Eph.6.11, das Blut JESU, Lobpreis, Gebet, die Gemeinde, das Wort Gottes und seine Proklamation. Wenn wir das Wort Des Herrn nicht glauben, keine Lust haben, uns auch dadurch weiterbilden zu lassen, uns nicht unter Seinen Schutz stellen und die angebotenen Waffen zu unserem Schutz nicht gebrauchen..........dann sind wir, tut mir leid, das sagen zu müssen, genauso „doof“ wie der kleine Vogel. Auch er missachtete seine Ressourcen und begab sich ungeschützt in Gefahr.

Margret

Einführung zum Thema Mehr als ein Überwinder/ Gefallen und wieder aufgestanden

Es gibt bei manchen Menschen in der Welt die Annahme, Christen würden oder müssten nur noch Wohlverhalten zeigen. „Schließlich gehst du jeden Sonntag in die Kirche!"
In unserer Gemeinde gibt es den Satz: „Christen sind nicht unbedingt besser als andere Menschen, sie sind aber besser dran!" Durch die Wiedergeburt in JESUS CHRISTUS haben wir das ewige Leben und die Sündenvergebung. JESUS ist dafür gestorben, dass uns unsere Sünden nicht mehr angerechnet werden: die aus der Vergangenheit, der Gegenwart und der Zukunft. ER hat bereits dafür bezahlt. Wenn wir IHM gehören, haben wir die sofortige Sündenvergebung, sobald wir sie bekennen und um Vergebung dafür bitten. Wir dürfen jetzt unter Gnade leben. Sündigen werden wir aber leider, so lange wir noch in unserem irdischen Körper sind. 1.Joh.1.8 *„Wenn wir sagen, dass wir keine Sünde haben, betrügen wir uns selbst, und die Wahrheit ist nicht in uns."* Denn sündigen heißt ja einfach, das Ziel verfehlen.
Gerade, wenn wir noch jung im Glauben sind, prägen unsere Seele ja noch alte Denkmuster, alte Vorstellungen, Traditionen und Ziele aus unserem früheren Leben, die im Laufe unseres Weges mit Gott vom HEILIGEN GEIST verändert werden nach Gottes Willen, soweit wir Zeit mit IHM verbringen und das zulassen. Dieser Weg dauert unser ganzes Leben, denn wir gehen mit IHM von Sieg zu Sieg, und werden von IHM von Herrlichkeit zu Herrlichkeit Stück für Stück verändert. Würden wir mit unserer Wiedergeburt auf einmal alles in und an uns sehen und erkennen, das unserer Beziehung mit Dem Herrn störend entgegen steht, wären wir nicht nur entmutigt, sondern könnten dieses alles zu einem Zeitpunkt gar nicht ertragen.
Der HEILIGE Geist ist ein Gentleman. Er ist von unserem Wesen nicht überrascht oder entsetzt, so wie wir es wären , wenn wir es plötzlich ganz und gar erkennen würden. ER ist sehr geduldig und verändert uns in dem Maße, wie wir es gut ertragen können.
Röm.8.1 –4 *„Also gibt es jetzt keine Verdammnis für die, die in Christus Jesus sind. Denn das Gesetz des Geistes des Lebens in Christus Jesus hat dich freigemacht von dem Gesetz der Sünde und des Todes. Denn das dem Gesetz unmögliche, weil es durch das Fleisch kraftlos war, (tat) Gott, indem ER Seinen eigenen Sohn in Gleichgestalt des Fleisches der Sünde und für die Sünde sandte und die Sünde im Fleisch verurteilte, damit die Rechtsforderung des Gesetztes erfüllt wird in uns, die wir nicht nach dem Fleisch sondern nach Dem Geist wandeln."* Diese Reise können wir genießen, denn wir stehen dabei, wenn wir mal wieder fallen, nicht unter Verdammnis. Wir empfangen Vergebung und Gnade. Wir dürfen sicher sein, dass ER auch unser Fallen umwandelt in eine Gelegenheit zu reifen, uns weiter in Sein Bild zu verwandeln.

Komm zurück

Heute hatte ich wieder lange Strecken zu meinen Terminen zu fahren. Manchmal schien ich den halben Tag im Auto zu sitzen. „Das ist halt der Außendienst" sagte ich zu mir selbst. Statt Radio hörte ich wie meistens christliche CDs. Die schöne Musik und die tiefgründigen Texte gaben mir Ruhe und brachten mich zum Nachdenken. Ich liebte den Herrn nach wie vor, aber meine Beziehung zu IHM hatte im letzten Jahr gelitten. Obwohl ich so gut wie jeden Tag betete und in der Bibel las, wusste ich, dass ich in Seinen Augen nicht auf dem richtigen Weg war. Ich spürte das, was mich von IHM trennte, wie einen Graben. Allerdings merkte ich auch sehr deutlich, dass ich nicht in der Lage war, etwas zu ändern. Es tat weh, aber wie konnte ich da wieder herauskommen ? Plötzlich nahm ich den Text eines englischen Liedes überdeutlich wahr. Es handelte davon, wie Jesus sich nach der Gefangennahme und dem Verrat von Petrus zu ihm umdreht und ihn traurig ansieht. Lk.22,61 *„Und Der Herr wandte sich um und blickte Petrus an; und Petrus gedachte an das Wort des Herrn, wie Er zu* *ihm sagte: Bevor der Hahn heute kräht, wirst du Mich drei mal verleugnen."* In meinem Inneren sah ich die Szene, nur, wen der Herr ansah, das war ich! Die Zeit schien einen kleinen Moment still zu stehen. ER sah mich an. Sein Blick war voller Liebe und Trauer. Er sagte: „Komm zurück!" Tränen schossen mir in die Augen, ich ließ sie laufen, eine lange Zeit. Diese Begegnung berührte mich auf eine tiefe Art und Weise. Ich wollte IHN nicht betrüben. So bat ich IHN umVergebung und Hilfe, aus der derzeitigen falschen Situation heraus zu kommen. Mir wurde neu klar, dass das Wichtigste in meinem Leben JESUS ist. Es sollte nichts mehr zwischen uns stehen. Wie Petrus, so gab ER auch mir eine neue Chance. Dieses Erlebnis im Auto während des Fahrens leitete die Wende in meiner Situation ein. Ich entschied mich noch einmal ganz neu und bewusst für IHN. ER hatte mich nie losgelassen. Seine große, unfassbare Liebe warb um mich, auch als ich untreu war. Wer kann Seiner Liebe widerstehen? Ich nicht, und ich will es auch nicht. Denn es gibt nichts Besseres, nichts Reineres! ER verurteilte nicht, sondern legte Seinen Finger zart auf die Stelle, welche eine Trennung zwischen mir und IHM verursacht hatte. Als ich IHM die Situation ganz und völlig überließ, IHM neu die Priorität in meinem Leben gab, unabhängig davon, was ER aus dem Dilemma machen würde, fing die Situation an, sich zu ändern. Gottgewollte Wege taten sich auf, die ich gehen konnte. Und ich ging sie! Alles wurde gut, nichts habe ich dabei verloren. Wie dankbar bin ich dem Herrn für Seine vergebende Liebe! Nie wieder will ich IHM bewusst ungehorsam sein! So eine schreckliche Zeit will ich nie wieder erleben. Daraus gelernt habe ich auch, nicht zu verurteilen. Wie konnte mir, die ich schon zehn Jahre Christin war, ein bewusster Ungehorsam passieren ? Ich habe lange gebraucht, mir selbst zu vergeben. Viele, viele Tränen sind in dem Prozess geflossen. Irgendwann gelang es mir, durch die Gnade Gottes. Tatsache ist wohl, dass auch uns Christen alles mögliche Falsche passieren kann; wenn es uns in einer verletzten, schwachen Zeit trifft. Manchmal werden dann Entscheidungen getroffen, die nicht gut sind und einen unguten Einfluss auf unser Leben aber auch auf das Leben derer, die wir lieben, haben. Keiner ist davor gefeit. Auch wenn so mancher annimmt, so etwas könne ihm nicht passieren. "Mehr als ein Überwinder" (Röm.8,37) sind wir nur in IHM. Dem Herrn sei Dank für Seine Liebe, Seine Vergebung, Seine Treue und Seine Gnade, die jeden Tag neu ist.

Margret

Verzeih dir

Nach einer Zeit der Irrwege war ich in die Gemeinde zurückgekehrt, von der Der Herr mir vor langer Zeit den Eindruck „das ist deine Familie" gegeben hatte. Hier lebte ich Gemeinde und arbeite schon wieder neu seit über einem Jahr mit. Alles war in Ordnung. Ich besuchte die Gottesdienste, einen Hauskreis und diente in verschiedenen Teams. Mein Leben war das einer ganz normalen Christin. Meine Probleme waren in einer Zeit der Seelsorge behandelt und reflektiert worden. Ich schaute nach vorn in die Zukunft und wollte meinem Herrn mit Freude dienen. Gerade die, die Freude fehlte mir aber sehr oft. Ich war permanent unterschwellig traurig. Ich hatte vom Herrn Vergebung empfangen. Das Leben ging weiter! Allerdings hielt ich mich gerne im Hintergrund und war von mir selbst unglaublich enttäuscht. Wie hatte mir, die ich seit über zehn Jahren Christin war, dieser Irrweg überhaupt passieren können? Das war doch wohl eigentlich ein Unding! Wie hatte ich nur in so eine Falle tappen können ? Hätte ich es nicht besser wissen müssen ? An mir nagten Selbstzweifel und das Empfinden, nicht mehr so viel wert zu sein. Als ich wegen eines Bandscheibenvorfalls einige Zeit im Krankenhaus verbringen musste, informierte ich so gut wie keinen in der Gemeinde darüber. Ich fühlte mich sowieso etwas unsichtbar.Wahrscheinlich würde keiner merken, wenn ich nicht da war.

Falsch gedacht! Am ersten Sonntag, nachdem ich aus dem Krankenhaus entlassen war, fragte unser Pastor mich, ob es mir gut ginge. Ich sei vermisst worden. „ Ja, klar," erwiderte ich. „Ich war nur im Krankenhaus." „ Es wäre schön gewesen, wenn wir das gewusst hätten. Wir hätten dich nämlich gerne besucht" meinte er darauf. „Echt?" wunderte ich mich. Einige Wochen später besuchte uns ein Gastprediger aus den Niederlanden, Wilkin van der Kamp, für einen Seminartag. Er leitete in den Niederlanden eine Gemeinde und hatte gerade sein erstes Buch geschrieben. Ich weiß gar nicht mehr genau, um welches Thema es genau an diesem Tag ging. Jedenfalls sollten wir uns in kleinen Gruppen zusammenfinden und füreinander beten. Auch für mich wurde gebetet. Dabei bekam ich völlig unerwartet einen starken Hustenanfall und konnte kaum aufhören zu husten. Eine liebe Glaubensschwester, die oft spürte, wenn es mir nicht gut ging, legte eine Hand auf meinen Rücken und betete: „Du hast einen schlechten Einfluss der Minderwertigkeit in dir. In JESU heiligem Namen muss der jetzt verschwinden!" Und er verschwand! Der Hustenreiz stoppte augenblicklich und ich fühlte, dass ein Stein von meinem Herzen verschwunden war. Ich erkannte, dass ich mich selbst verdammt hatte. Mir war vergeben! Aber ich hatte der Lüge geglaubt, dass das mir gar nicht hätte passieren dürfen, dass Der Herr mir vergeben hätte aber auch nicht mehr viel Gutes von mir erwarten würde. Das war eine fette Lüge, die mein Leben vergiftet hatte. Nun machte Der Herr mir klar, wie ER Vergebung sieht. Röm.4,7-8 „ *Ich darf mich freuen, denn Der Herr hat mir mein Unrecht vergeben und meine Verfehlungen zugedeckt. Er wird mir meine Schuld* ***nicht*** *anrechnen."* Nun wurde es Zeit, dass auch ich mir meine Schuld nicht mehr anrechnete, die Vergangenheitendlich losließ um die Zukunft zu sehen und zu genießen, die Der Herr für mich hatte.

Margret

Neu verliebt

Als ich gerade frisch bekehrt war, meldete ich mich in unserer jungen Gemeinde für das Lobpreisteam. Das Singen zu Gottes Ehre machte mir große Freude. Zu dieser Zeit hatten wir einen Lobpreisleiter, der aus Russland stammte. Er war sehr genau und leidenschaftlich in dem, was er tat. Mal für Mal ließ er uns Textpassagen wiederholen, wenn sie nicht seinem Anspruch entsprachen. Eines seiner Lieblingslieder hatte eine Passage, in der es hieß: „ Ich gehöre Dir, Jesus mein Geliebter, Der Gott für Den ich lebe. ALL mein Glück bist Du, der Schatz, den ich begehr. Ich brenne nur für Dich" Ein Teil von mir, war noch nicht bereit für diese drastischen Worte. Ich liebte Jesus, aber war ER mein „Geliebter" ? Das hörte sich doch irgendwie merkwürdig an. So ging ich ins Gebet und breitete mein Herz vor JESUS aus. Er kannte es ganz genau, und ich wollte ehrlich vor IHM sein. „ Herr Du siehst mein Herz", sagte ich zu Ihm. „ Ich liebe Dich ein bisschen, aber ich will Dich noch viel, viel mehr lieben. Bitte hilf mir dabei!" Dieses Gebet betete ich sehr oft, während die Jahre vergingen und zu Jahrzehnten wurden. Der Herr hat mein Gebet wirklich erhört. Je mehr Zeit ich mit IHM verbrachte, desto mehr lernte ich Ihn kennen. Je besser ich IHN kennen lernte, desto mehr liebte ich Ihn. Diese Liebe konnte wirklich nur in der Gemeinschaft mit IHM wachsen. Ich konnte sie nie selber produzieren. Auch sie ist ein Geschenk! Natürlich gab es in meinem turbulenten Leben auch mal Zeiten, in denen ich aus was für Gründen auch immer, die Gemeinschaft mit IHM manchmal vernachlässigte. Oft war ich neben der Arbeit, meinem Haushalt und der Familie in meiner Freizeit damit beschäftigt, IHM in der Gemeinde in einigen Teams zu dienen. Das ist super, ersetzt allerdings keinesfalls die direkte innige Gemeinschaft mit IHM. Das merkte ich dann aber auch bald. Alte längst überwunden geglaubte schlechte Angewohnheiten wie das Fluchen im Straßenverkehr wollten sich wieder in den Vordergrund drängen. Das christliche Leben drohte in manchen Zeiten, zur Routine zu werden. In der Offenbarung spricht Jesus von einer ähnlichen Situation und was er davon hält.

Offb.2.2-5 „ *Ich kenne deine Werke und deine Mühe und dein Ausharren, und dass du Böse nicht ertragen kannst; und du hast die geprüft, die sich Apostel nennen und es nicht sind, und hast sie als Lügner befunden; und du hast Ausharren und hast vieles getragen um Meines Namen willen und bist nicht müde geworden. Aber Ich habe gegen dich, dass du deine erste Liebe verlassen hast. Denke nun daran, wovon Du gefallen bist, und tue Buße und tue die ersten Werke! Wenn aber nicht, so komme Ich dir und werde deinen Leuchter von seiner Stelle wegrücken, wenn du nicht Buße tust.* “ Das sind ziemlich ernste Worte für eine Gemeinde, in diesem Fall die in Ephesus, die so viel für IHN getragen hat. Es macht uns aber deutlich, wie wichtig JESUS unsere ehrliche Liebe zu IHM ist. Das Pflegen dieser Liebesbeziehung hat immer absolute Priorität. Da wir nur in der Gemeinschaft mit IHM geistlich wachsen können, hat es schlimme Folgen, wenn wir sie für eine längere Zeit (Wochen) vernachlässigen. Wir gehen dann in unserer eigenen Kraft und verlieren unser Feuer. Die ursprüngliche Freude an der Arbeit in Seinem Reich verschwindet, und sie wird uns zur Last. Ideen und Aktionen kommen von uns statt vom Herrn. Unsere Umwelt merkt den Unterschied. Die Bibel nennt solche Taten „fleischlich.“ Gott sei Dank ist Seine Gnade jeden Tag neu! Je älter ich werde, desto wertvoller wird mir die innige Gemeinschaft mit JESUS CHRISTUS. Im letzten Jahr las ich bei einem Kuraufenthalt, ein Buch von Wilkin van de Kamp, welches mir von unserer lieben Bücherladenleitung empfohlen worden war. Der Titel lautet „ Die sieben Wunder des Kreuzes“. Es beschreibt sehr intensiv die letzten 18 Stunden vor Jesu Tod am Kreuz. Der Leser wird auf eine Reise mitgenommen, die sehr eindrücklich die sieben Stationen in Jesu Leidensweg für uns beschreibt, bei denen ER blutete. Nichts davon war Zufall. Alles hat für unser Leben hier auf Erden eine tiefe Bedeutung ! Jedes Mal, wenn Er blutete, hat Er es für uns getan und damit einen wichtigen Sieg für unser tägliches Leben errungen. Es reichte IHM nicht, für uns zu sterben, um uns den Zugang zum Himmel zu erkaufen. Nein, Er hat sich für uns demütigen, beschimpfen, bespucken, geißeln und schlagen lassen. Er nahm freiwillig ein unvorstellbar grausames, langes Martyrium auf sich, damit wir ein gutes Leben hier auf Erden haben können. Das alles tat ER für uns und auch für auch für Leute, denen ER völlig egal ist! Was für eine unfassbare Liebe! Dieses Buch hat mich so berührt, dass ich mich ganz neu richtig tief in JESUS verliebt habe. Heute kann ich sagen, dass ich IHN noch nie so sehr geliebt habe wie jetzt. Und ich will Ihn noch viel mehr lieben. ER hat es verdient, Der Geliebte meiner Seele!

Margret

„Sauer“ auf IHN

Was für eine schreckliche Sache hatte meine Tochter mir berichtet. Eine Bekannte aus ihrer „Kinderwagengang“ war zu zweiten Mal schwanger in der neunten Woche. Vor ein paar Tagen hatten die Eltern erfahren, dass die Mutter sich in der Kita ihres ältesten Sohnes mit einer gefährlichen Krankheit angesteckt hatte. Das bedeutete für das ungeborene Kind eine hohe Ansteckungsmöglichkeit. Es bestand die direkte Gefahr, vielleicht sogar einer schweren Behinderung. Alle kontaktierten Ärzte rieten den Eltern zu einer Abtreibung. Aufgrund dieser Möglichkeit hatten sich die Eltern dazu entschlossen. Der Eingriff sollte in fünf Tagen durchgeführt werden. Mir blutete das Herz bei diesen Nachrichten. In Gedanken war ich bei dem kleinen ungeborenen Kind, dessen Tod beschlossene Sache war, nur weil die Möglichkeit bestand, dass es behindert geboren werden könnte. Ja , für mich war dies kein Fötus sondern ein sehr kleiner Mensch, der Liebe, Annahme und Schutz verdient hatte. Aber Moment! Es blieben ja noch fünf Tage, um im Gebet für sein Leben zu kämpfen. Also mobilisierte ich unsere „Bitte um Gebet“ Whatts APP Gruppe. Dort wurde sehr oft für ungeborene Kinder gebetet. Zwei Frauen aus unserer Gemeinde engagieren sich in einer Gruppe, die sich „Abtreibung.de“ nennt. Dort werden schwangere Frauen, die eine

Abtreibung in Erwägung ziehen, unabhängig von ihrer Meinung dazu, begleitet und unterstützt. Dabei sind die Frauen in Not genauso wichtig wie das ungeborene Kind. Diese Gruppe hat schon viele Mütter kompetent begleitet und Alternativen zur Abtreibung aufgezeigt, dass sich viele werdende Mütter doch für ihr Kind entschieden haben. Oft haben wir in der Gebetsgruppe für werdende Mütter in Not gebetet, die sich dann in allerletzter Minute gegen den Abbruch und für ihr Baby entschieden haben. Es gab doch auch für dieses ungeborene Kind Hoffnung. Unser Gott erhört schließlich Gebet! Auf meinen Aufruf meldeten sich viele Mitbeter aus unserer Gemeinde. Auch wurde der Frau noch mal Hilfe und Unterstützung zugesagt aus dieser Hilfsgruppe. Es gab noch den direkten Link, den ich an meine Tochter zur Weitergabe weiterleitete. Wir beteten jeden Tag. Es änderte sich ...gar nichts! Die Frau änderte ihre Meinung nicht und fuhr nach den fünf Tagen in die Klinik, wo die Abtreibung einfach so durchgeführt wurde. In Gedanken war ich bei dem Ungeborenen und wusste, um welche Zeit es sein Leben verlor. Der Herr hatte nicht eingegriffen! Ich konnte es nicht fassen! Es wäre doch ein Leichtes für IHN gewesen. Und was für eine Botschaft für meine Tochter und ihre „Kinderwagengang" wäre es gewesen, wenn ihre Bekannte aufgrund von Gebet ihre Absichten geändert hätte. Aber gar nichts war passiert! ER hatte den Dingen einfach so ihren Lauf nehmen lassen. Ich war traurig, enttäuscht.. . von IHM und...sauer! Einige Tage ging ich nicht in „meinen inneren Garten", wo ich dem Herrn normalerweise in meiner stillen Zeit begegnete. Natürlich ging es mir schlecht. Ich verstand einfach nicht, warum unser Gebet nicht erhört worden war. Am Sonntag in der Gemeinde spürte ich, dass ich Gebet brauchte. Ich war enttäuscht vom Herrn und hatte wirklich nicht das Verständnis für die Mutter, das ich hätte haben sollen. Eine liebe Glaubensschwester betete für mich, als ich dem Herrn mein Dilemma hinlegte. Meine Enttäuschung, meine Trauer, mein Unverständnis und meinen Groll legte ich unter das Kreuz und bat um Vergebung für meine Anmaßung. Dort nahm JESUS CHRISTUS es und warf es ins „tiefste Meer." (Mi.7,19) Endlich konnte ich annehmen, dass Gott auch in diesem Fall souverän war und fand Frieden. So gut meine Vorstellungen auch waren, ließ er den Handelnden doch immer noch die Freiheit für ihre Entscheidung. ER hat dieses Mal nicht eingegriffen, aber das ungeborene Baby ist nun bei IHM. Dort ist es für immer geborgen und in Sicherheit.Wir werden nie alles verstehen, aber eines ist klar. Der Herr macht keine Fehler. Nur ER sieht alle Dimensionen einer Situation. Wir erkennen immer nur Stückwerk. Deshalb ist es unser Teil, IHM einfach nur zu vertrauen! Jes.55,8,„*Denn Meine Gedanken sind nicht eure Gedanken, und eure Wege sind nicht Meine Wege, spricht Der Herr. Denn so viel der Himmel höher ist als die Erde, so sind Meine Wege höher als eure Wege und Meine Gedanken als eure Gedanken.*"

Margret

Heute im Angebot

Wie liebe ich es, wenn am Samstag die Beilagen mit den Angeboten der Discounter für die nächste Woche kommen. Es ist bei uns aber Tradition, dass wir sie erst beim Sonntagsbrunch durchschauen. Darauf bin ich immer schon ganz gespannt und entscheide dann am Sonntag, ob ich von den Angeboten etwas brauche oder nicht. Schon immer war ich der Schnäppchenjäger. Früher gab es zwei Mal im Jahr den Schlussverkauf. Dort deckte ich mich mit dem Kleidungsbedarf für die ganze Familie ein. Ich freute mich wie ein Schneekönig, wenn ich gute Ware für wenig Geld ergattert hatte. Zu Hause rechnete ich dann aus, wie viel ich wieder gespart hatte. Bei uns in der Nähe gibt es ein großes Outlet. Dort fahre ich mindestens zwei Mal im Jahr hin. Teure Markenware gönne ich mir nur im Angebot. Den regulären Preis zahle ich nur selten. Ich mag das Sparen. Warum das bei mir so ist, weiß ich auch nicht. Da fällt mir etwas ganz anderes ein. Beschäftigt mit all den Angeboten in dieser Welt sehe ich plötzlich vor meinem inneren Auge JESUS CHRISTUS. Er steht mit offenen Armen da und wartet, bis ich mir Zeit für IHN nehme. Das wichtigste Angebot, das ER mir gemacht hat, habe ich ja zum Glück angenommen; das ewige Leben durch Seinen Tod für mich am Kreuz! ER hat an nichts gespart. Er hat alles für mich gegeben. Er hat den vollen Preis für mich bezahlt, damit ich für immer und die Ewigkeit in Seinem Reich leben kann. Er hat unvorstellbar gelitten, damit ich schon hier ein Leben im Sieg führen kann. ER hat mir den Status einer Königstochter verliehen. Auch, wenn ich untreu bin und mich von dem Schnickschnack der Welt ablenken lasse, ist ER treu. Obwohl ER mich genau kennt, liebt ER mich unfassbar und sehnt sich nach mir. ER wartet! Auf mich! Ich bitte IHN, dass mir die tägliche Zeit mit IHM das Wichtigste am ganzen Tag wird. Ich halte IHM mein Herz hin und bitte um Reinigung und Heiligung. Immer besser darf ich lernen zu erkennen, dass ER an jedem Tag das allerbeste Angebot für mich bereit hält. In Seiner Gegenwart darf ich zur Ruhe kommen, neue Kraft schöpfen, mich trösten lassen, mich liebevoll korrigieren lassen, lernen, IHM die Tagesplanung anvertrauen, IHN immer besser kennen lernen. Mich kostet es nichts. IHN hat es alles gekostet. Das ist unbezahlbar! Das ist Gnade – ein unverdientes Geschenk! MT.11.28 *JESUS spricht: „ Kommt her zu Mir, alle ihr Mühseligen und Beladenen. Und Ich werde euch Ruhe geben. Nehmt auf euch Mein Joch und lernt von Mir. Denn Ich bin sanftmütig und von Herzen demütig. Und ihr werdet Ruhe finden für eure Seelen, denn Mein Joch ist sanft, und Meine Last ist leicht."*

Margret

Dezemberblues

Als ich am Morgen aufstand, merkte ich es schon. Irgendetwas stach mich, machte mich traurig. Ach ja, es war ja wieder Dezember, kurz vor der großen Weihnachtsgala unserer Gemeinde. Dieses schmerzhafte Gefühl hatte ich so gut wie jedes Jahr zu dieser Zeit. Wieder ein Jahr, in dem ich ohne meine Familie an der Gala teilnehmen würde, inmitten glücklicher Familien, die jeweils an ihren Familientischen saßen. Natürlich konnte ich mich irgendwo dazusetzen. Nur jedes Jahr wurde mir genau dort schmerzlich bewusst, dass ich immer noch ohne meine geliebte Familie in der Gemeinde war. Es hatte schon Jahre gegeben, in denen ich aus diesem Grund der Gala ferngeblieben war. In meiner stillen Zeit dankte ich dem Herrn für den Tag, proklamierte, dass ER meine Freude ist, gab IHM meine Gefühle. Das ganze Jahr schaffte ich es, den Sieg Jesu Christi im Leben meiner Liebsten zu proklamieren, und dem Herrn zu vertrauen. Nur die Weihnachtsgala war jedes Jahr Anlass für trübe Gedanken über meine Familie und des Allein Seins. Der Katzenjammer, der mich ergriffen hatte, wollte nicht so schnell verschwinden. Ich sah die Fotos meiner Lieben an und spürte Trauer aber ja auch Ärger, dass sie im Leben nicht die gleichen Prioritäten hatten, wie ich. Wie lange betete ich schon! Es schien mir plötzlich, als ob ich die Einzige sei, deren Familienmitglieder nicht mit zur Gemeinde gingen. Nach der stillen Zeit kam mir der Gedanke, ich könne, bevor ich zum Sport fahre, wohl in der unteren Etage noch saugen und wischen und dabei eine Predigt von Joyce Meyer hören. Gesagt, getan und o Wunder, die Predigt war genau für mich gesprochen! Joyce Meyer erzählte in ihrer Botschaft von einem Sonntag vor vielen Jahren, an dem sie sich auf die Predigt gefreut hatte. Das Thema begeisterte sie so gar nicht. Es war „Vergebung". Sie meinte, damit habe sie ja wohl keine Probleme. Im Laufe der Predigt zeigte der Herr ihr jedoch, dass sie in ihrem Herzen Unvergebenheit gegenüber ihrem Sohn hege, da er ihrer Meinung nach schon weiter sein solle und nicht geistlich genug sei. Als sie dem Herrn gehorsam war, und den Sohn dafür um Verzeihung bat, brach dieser in Tränen aus und beteuerte ihr, wie sehr er das gebraucht habe. Später besuchte er eine Bibelschule, ging in die Mission und leitet heute einen ihrer Dienste. Unglaublich, wie exakt der Herr durch diese Predigt von Joyce Meyer zu mir gesprochen hat. Ich tat über meine Gedanken Buße und legte meine Lieben dem Herrn erneut ins Herz. Ich erinnerte IHN an Sein Versprechen *„du und dein Haus sollen gerettet werden"* (Apg.16.31). Aber nicht ich sondern ER bestimmt den Zeitpunkt, wann und wie das geschieht. ER geht mit jedem einen persönlichen Weg und nicht unbedingt den, den andere erwarten. Ich erinnerte mich daran, wie viel Geduld ER mit mir hat. Nun konnte ich befreit lachen. Ich schaute neu auf IHN und nicht auf die derzeitigen Umstände. ER gab mir neuen Mut, auszuharren und meine Vorstellung von Reifen und Wachstum meiner Lieben loszulassen.

Margret

Weg versperrt 2.0

Nein, ich würde mich nicht aus der Ruhe bringen lassen. Auch wenn heute morgen alle Ampeln rot waren. Ich war ja heute früh genug aufgestanden, um meinen Gästen ein leckeres Frühstück vorbereiten zu können. Einiges hatte ich gestern schon erledigt, wie z.B. den Tisch hübsch zu decken. Jetzt fehlten noch die leckeren Brötchen meines Lieblingsbäckers, dann war ich fast fertig. Seit der neuen Verkehrsführung musste man an dieser Ampel aber auch mindestens zwei Ampelphasen warten, ehe es endlich weiterging. Bei der Bäckerei angekommen, ergatterte ich mir einen der letzten Parkplätze und lief schnellen Schrittes ins Gebäude, um plötzlich zu stoppen. Ich fand mich am Ende einer langen Schlange wartender Kunden wieder." Auch dafür bleibt noch genügend Zeit" redete ich mir ein. Nach gefühlten fünfzehn Minuten, wahrscheinlich waren es nur sieben, war ich die nächste in der Schlange. Ich hörte, wie die Verkäuferin ihre Kundin wohl drei Mal hintereinander fragte, wie viel und welche Brötchen genau sie wünsche. „Die ist wohl neu hier", mutmaßte ich im Stillen. Hoffentlich nimmt sie nicht auch meine Riesenbestellung entgegen, da ist ja noch eine andere wesentlich flottere Mitarbeiterin. Natürlich wandte sich mir die neue Dame zu. Langsam und deutlich gab ich meine Brötchenbestellung auf. Trotzdem musste ich sie noch einige Male wiederholen. Ich blieb äußerlich geduldig. Schließlich musste ich auch noch auf das Wechselgeld warten. Auch das konnte ja mal passieren. Irgendwann hatte ich meinen Einkauf beendet und verließ eilends das Geschäft. „Jetzt wird es aber doch ein bisschen Zeit!" sagte ich zu mir selbst und machte mich auf den Weg Die Rückfahrt verlief normal, schließlich bog ich in unsere Straße ein und...
kam bald zum Stehen. Was war denn hier los? Wieso stand dieser LKW hier mitten auf der Spielstraße? Da gab es kein Durchkommen, ca. 100 Meter vor unserem Haus. Der LKW Fahrer war ausgestiegen, unterhielt sich mit einem an der Straße stehenden Arbeiter und machte keinerlei Anstalten wieder einzusteigen. Nachdem ich etwas gewartet hatte, betätigte ich die Hupe. Das konnte doch wohl nicht wahr sein! Die hatten ja die Ruhe weg. Sie reagierten überhaupt nicht. Ich öffnete das Fenster und fragte höflich, wann sie denn gedachten, die Straße frei zu machen? Einer der Arbeiter kam auf mich zu und meinte, ich müsse wohl ein Stück rückwärts fahren, und dann hinten rum, sie hätten hier zu arbeiten. Mittlerweile spürte ich, wie meine Geduld sich in Luft auflöste. Die hatten ja Nerven, hier einfach rücksichtslos die ganze Straße zu versperren. Genau das sagte ich ihm auch. Er zog nur die Schultern hoch und ging wieder zum LKW. Schimpfend wie ein Rohrspatz legte ich den Rückwärtsgang ein, um den Umweg anzutreten. Zum Glück hörte mich niemand! Niemand? Zu Hause angekommen hatte ich ein ganz schlechtes Gefühl. War ich doch noch in die Ungeduldsfalle getappt. Ich bat den Herrn um Verzeihung für meinen Ausbruch und segnete die Arbeiter. Schließlich vergab ich mir auch selbst. Es tat mir unheimlich leid. Da fiel mir ein, dass Joyce Meyer mal gesagt hatte, in der Schule des Heiligen Geistes dürften wir die Prüfungen so lange wiederholen, bis sie bestanden sind. Irgendwann würde ich meine Chance bekommen. Zwei Tage später war ich wieder unterwegs. Ich hatte einige Besorgungen zu erledigen. Nachdem alle Einkäufe an verschiedenen Lokalitäten getätigt waren, war ich wirklich erschöpft und freute mich auf mein Sofa. Ich bog in unsere Straße ein, fuhr ein Stück und....stand wieder hinter einem Fahrzeug. Dieses Mal war es ein Transporter. Auch hier gab es kein Durchkommen. Schmunzelnd las ich den Schriftzug auf dem Fahrzeug. Es kam von der gleichen Firma wie der LKW vor zwei Tagen. Da hatte ich

meine zweite Chance. „Du hast wirklich Humor, Herr!“ sagte ich, dankte IHM und legte den Rückwärtsgang ein, um den Umweg anzutreten. Gott sei Dank! Dieses Mal hatte ich mich nicht aufgeregt.

Margret

Ohne Dich ?

In meinem Rentnerdasein hatte ich mich schon ganz gut eingerichtet. Es gab Zeit für die Familie, für meine Enkeltochter, Zeit für Sport, Zeit für Beziehungspflege mit alten und neuen Freundinnen, Zeit für meinen Haushalt, deren Arbeiten ich mir über die Woche kleinteilig aufgeteilt hatte, Zeit für das Dienen in der Gemeinde und Zeit für den Herrn.
In den letzten Tagen spürte ich, dass mir alle die Beschäftigungen schwerer wurden. Ich war sehr schnell müde und ausgelaugt. Dabei hatte ich viele schöne Sachen unternommen, gute Sachen, die mir Freude machten und andere Menschen segneten. Schließlich will ich ja für Den Herrn leben. Meine Zeit gehört IHM. Ich hatte sehr viele Ideen entwickelt, wie ich IHM Freude machen könnte. Natürlich machte ich morgens auch meine stille Zeit. Allerdings musste ich ehrlich zugeben, dass das von meiner Seite manchmal eher Pflichterfüllung war. So geriet diese Zeit an manchen Tagen recht kurz, passte sie doch manchmal kaum in den sich rasend schnell entwickelnden Terminkalender. Wie schnell komme ich immer wieder in ein Hamsterrad der guten Aktivitäten, die doch ohne die Gnade und Kraft Gottes für den Tag alles nichts sind! Ich müsste es doch wirklich besser wissen. Hld.2.15 *„Fangt uns die kleinen Füchse, die die Weinberge verderben! Denn unsere Weinberge stehen in Blüte.“* Heute hatte ich auch einiges zu tun, allerdings fast ohne Zeitlimit. Deshalb verordnete ich mir selbst heute erst mal eine Zeit für den Herrn ohne Uhr. Ich hatte ein ganz schön schlechtes Gewissen. So kam ich erst einmal mit Lobpreis vor den Herrn, dann mit Dank. Ich befahl meine Gedanken unter den Gehorsam JESU CHRISTI, als sie immer wieder in Alltagsnichtigkeiten abschweifen wollten. Ich bekannte meine Schuld, die Prioritäten mal wieder falsch gesetzt zu haben, suchte Seine Gegenwart und betete: „Herr, ich bringe mich Dir mit allem, was ich bin, hab und kann, mit meinen Motiven. Du siehst mich, was mein Herz wirklich bewegt, ich halte mich Dir hin und bitte Dich um Reinigung. Alle Ehre sei DIR! Alles womit ich mich in all der letzten Zeit beschäftigt habe, war für Dich.“ Plötzlich hörte ich mich sagen, „aber ohne DICH“ Als mir richtig klar wurde, was ich da gerade gesagt hatte, war ich traurig. Wie oft noch würde ich in diese Falle tappen? Wie oft noch würde ich reinfallen? Wieder mal tat ich Buße, dass ich IHM nicht die Planung hatte überlassen. Um wie viel Kraft, Gnade und Segen hatte ich mich mal wieder gebracht! DAS WILL ich NOCH LERNEN!! Welche unfassbare Geduld hat unser Herr. ER sehnt sich nach mir, und ich finde keine Zeit für Beziehungspflege mit IHM, weil ich etwas für IHN tun will. Und doch liebt ER mich! ER sehnt sich sogar nach *mir!* „Danke, wunderbarer Herr, dass Deine Gnade jeden Tag neu ist.“ Ich habe den Herrn mal gefragt, was ER über mich denkt. Die Antwort hatte ich eines Sonntags Morgens beim Aufwachen ganz klar im Herzen. Sie lautete:
„Mein Feldzeichen über dir ist Liebe!“ (nach Hhl.1.4)

Margret

Einführung zum Thema Der Herr hält Seine Versprechen

Die Bibel ist voll von Gottes Verheißungen. Diese Verheißungen betreffen alles, was wir im Leben brauchen.Wenn Gott Verheißungen ausspricht, können wir uns darauf verlassen, dass sie zu dem von IHM gesetzten Zeitpunkt eintreffen, wenn wir IHM voll und ganz vertrauen! 2.Kor.1.19-20 *„Denn Der Sohn Gottes Jesus Christus, Der unter euch durch uns gepredigt worden ist, Der war nicht Ja und Nein, sondern es war Ja in Ihm. Denn auf alle Gottes Verheißungen ist in IHM das Ja; darum sprechen wir auch durch IHN das Amen, Gott zum Lobe."* Wenn eine Verheißung lange auf sich warten lässt, können wir uns im Glauben darauf berufen und harren weiter aus, bis sie eintrifft. Wichtig ist, niemals die Hoffnung aufzugeben. Gott nimmt Seine Verheißungen nicht zurück oder ändert sie. Er ist unveränderlich und Der Gleiche, gestern , heute und in Ewigkeit. Ps.89.34 *„Aber Meine Gnade will Ich nicht von ihm wenden und Meine Treue nicht brechen."* Gott ist allmächtig, es wird nicht geschehen, dass eine Seiner Verheißungen fehlschlagen. Jos.23.14 *„Siehe, ich gehe heute dahin wie alle Welt; und ihr sollt wissen von ganzem Herzen und von ganzer Seele, dass nichts dahin gefallen ist von all den guten Worten, die Der Herr euer Gott, euch verkündigt hat. Es ist alles gekommen, und nichts ist dahingefallen."*

<u>Gott hat uns ewiges Leben versprochen.</u>

1.Joh.2.25 „ *Und das ist die Verheißung, die Er uns verheißen hat, das ewige Leben."*

<u>Gott kann das Unmögliche tun</u>

LK18.27 *„ER aber sprach: Was bei den Menschen unmöglich ist, das ist bei Gott möglich."*

<u>Gott hat uns ein neues Herz und eine neue Gesinnung verheißen.</u>

Hes.36.26 „ *Und Ich will euch ein neues Herz und einen neuen Geist in euch geben und will das steinerne Herz aus eurem Fleisch wegnehmen und euch ein fleischernes Herz geben."*

<u>Gott hat uns Vergebung versprochen</u>

1.Joh.1.9 *„Wenn wir aber unsere Sünden bekennen, so ist Er treu und gerecht, dass Er uns die Sünden vergibt und reinigt uns von aller Ungerechtigkeit."*

<u>Gott hat uns die Frucht Des Geistes versprochen, wenn wir uns durch IHN verändern lassen.</u>

Gal.5.22 – 23 „Die Frucht des Geistes ist Liebe, Freude, Friede, Geduld, Freundlichkeit, Güte, Treue, Sanftmut, Keuschheit."

<u>Gott hat uns Befreiung von Angst versprochen.</u>

Ps.34.5 „Als ich den Herrn suchte, antwortete Er mir und errettete mich aus aller meiner Furcht."

<u>Gott hat uns die Errettung unserer Kinder versprochen.</u>

Jes.49.25 „Ich will selbst mit deinem Gegner streiten und Ich selbst will deine Kinder retten."

<u>ER hat uns den HEILIGEN GEIST verheißen.</u>

LK.11.13 „Wenn nun ihr, die ihr böse seid, euren Kindern gute Gaben geben könnt, wie viel mehr wird Der Vater im Himmel Den HEILIGEN GEIST geben, denen, die Ihn bitten."

<u>Alle unsere Bedürfnisse können erfüllt werden</u>

Phil.4.19 „Mein Gott aber wird all eurem Mangel abhelfen nach Seinem Reichtum in Herrlichkeit in Christus Jesus."

<u>Gott hat uns Weisheit versprochen</u>

Jak.1.5 *„Wenn es aber jemanden unter euch an Weisheit mangelt, so bitte er Gott, Der gibt jedermann gern gibt und niemanden schilt, so wird sie ihm gegeben werden."*

<u>Gott hat uns Frieden verheißen</u>

Jes.26.3 *„Wer festen Herzens ist, dem bewahrst Du Frieden, denn er verlässt sich auf Dich."*

<u>Gott hat uns Hilfe in Versuchung versprochen</u>

1.Kor.10.3 *„Bisher hat euch nur menschliche Versuchung getroffen. Aber Gott ist treu, Der euch nicht versuchen lässt über eure Kraft, sondern macht, dass die Versuchung so ein Ende nimmt, dass ihr es ertragen könnt."*

Wir haben die Verheißung für Gesundheit und Heilung
Jer.30.17 „ *Aber dich will Ich wieder gesund machen und deine Wunden heilen, spricht Der Herr, weil man dich nennt die Verstoßene, und Zion, nach der niemand fragt.*"
Gott hat uns Schutz vor Schaden und Gefahr verheißen.
Ps.91.10 „*Es wird dir kein Übel begegnen und keine Plage wird sich deinem Haus nahen.*"
ER gibt die Verheißung der Auferstehung der Toten
Joh.5.28 –29 „ *Wundert euch darüber nicht. Denn es kommt die Stunde, in der alle, die in den Gräbern sind, Seine Stimme hören werden, und werden hervorgehen, die Gutes getan haben zur Auferstehung des Lebens, die aber Böses getan haben, zur Auferstehung des Gerichts.*"
Jesus hat versprochen, dass ER wiederkommt.
Joh.14.2 –3 „*In Meines Vaters Hause sind viele Wohnungen. Wenn s nicht so wäre, hätte Ich dann zu euch gesagt: Ich gehe hin, euch die Stätte zu bereiten? Und wenn Ich hingehe, euch die Stätte zu bereiten, will Ich wiederkommen und euch zu Mir nehmen, damit ihr seid, wo Ich bin.*"
Gott hat uns ein Ende aller Schmerzen, Sorgen und des Todes verheißen
Offb.21.4 „ *Und Gott wird abwischen alle Tränen von ihren Augen, und der Tod wird nicht mehr sein, noch Leid noch Geschrei noch Schmerz wird mehr sein, denn das Erste ist vergangen.*"
(Sammlung unter zu Hilfenahme von Bibleinfo/ Biblische Verheißungen)

Betet für die Kranken

Schon oft habe ich die Erfahrung gemacht, dass ehrliche Gebete vom Herrn erfüllt werden. Trotzdem erfordert es manchmal wirklich Mut, gehorsam zu sein und für jemanden öffentlich zu beten. Vor einiger Zeit war der Schwiegervater unserer Tochter sehr schwer erkrankt. Er hatte drei Löcher in der Lunge. Zur Stärkung wurde er in ein künstliches Koma versetzt. Eigentlich sollte er nach drei Wochen wieder aufwachen. Dieser Plan funktionierte nicht, stattdessen bekam er auch noch hohes Fieber dazu. So lag er im Krankenhaus und es wurde erwartet, dass er nicht mehr lange lebt. Zur gleichen Zeit wurde unser Enkel wegen Krupphusten in das gleiche Krankenhaus gebracht. Als wir ihn dort besuchten, traf ich auf die Schwiegermutter unserer Tochter. Ich hatte den starken Eindruck, dass Der HEILIGE GEIST mich drängte, sie zu fragen, ob ich für ihn beten dürfe. In der Bibel steht ja, dass wir für die Kranken beten sollen. JESUS hat auf der Erde Kranke geheilt. Er tut es immer noch durch Christen, die Seiner Verheißung vertrauen und gehorsam sind. Im Wort steht, „durch Seine Striemen sind wir geheilt". So war ich gehorsam, obwohl ich dabei weiche Knie hatte. Ich durfte für den Mann beten, also setzte ich mich an sein Bett und fragte Gott, was ich genau beten solle. Mit Gebet für Kranke hatte ich bis dahin keinerlei Erfahrung. Der Herr gab mir den Eindruck, ich solle ihm sagen, dass er nicht wegen seiner Sünden krank geworden ist. Die seien vergeben und der Herr sei nicht böse auf ihn. Er liebe ihn und wollte ihn jetzt heilen. All das sagte ich dem Schwiegervater meiner Tochter. Dann erklärte ich ihm das Evangelium und ging nach Hause. An ihm war keinerlei Veränderung zu beobachten. Am nächsten Morgen um 6.30 Uhr rief meine Tochter an und teilte mir ganz aufgeregt mit, dass ihr Schwiegervater aufgewacht sei. Das Fieber sei verschwunden und wider Erwarten habe er keinerlei Schäden am Gehirn zurückbehalten. Gott ist treu!
Gerlinde

Abgelehnt

„Nun beruhige dich doch!“ beschwor ich mich selbst. Ich konnte meine Tränen jedoch nicht stoppen. Unaufhörlich rannen sie mir die Wangen herunter. Trockenes Schluchzen schüttelte meinen Körper. Seit einer halben Stunde lag ich auf meinem Bett, ein dickes Kissen fest umschlungen. Ein Blick auf die Uhr zeigte mir, dass ich den Pilates-Kurs verpassen würde. Meine Augen schmerzten und waren angeschwollen. Da war nichts zu machen. Ich proklamierte laut „Du bist geliebt!, du bist gewollt!“ Diese Sätze hatten nur zur Folge, dass ich noch mehr weinte. Nein, ich war nicht gewollt! Ich wusste, dass meine Eltern sich sehnlichst einen Jungen gewünscht hatten. Stattdessen hatten sie ein zweites Mädchen bekommen, mich, nichts Besonderes. „Schon wieder ein Mädchen!“ hatte mein Vater gesagt. So war mir berichtet worden. Deshalb spürte ich mein Leben lang Ablehnung. Da gab es die Älteste, den ersehnten Jungen, die niedliche Jüngste - und mich, die uninteressante Zweite. Ich redete mir ein, weniger von meinen Eltern geliebt zu werden als meine Geschwister. Ich war zu einer Zeit geboren worden, als Kleinkinder, nachdem sie versorgt worden waren, einfach wieder weggelegt wurden. Da gab es keine frühkindliche Förderung wie heutzutage. Die Eltern hatten im Haus oder auf dem Feld zu arbeiten, und die Kinder wurden hauptsächlich körperlich versorgt. Auch kann ich mich nicht an viel gezeigte Zuwendung erinnern. Dieser Schmerz der Ablehnung, den ich als sehr kleines Mädchen erlebt hatte, wallte nun während einer Therapie wieder voll in meinem Herzen auf. Ich konnte mir meine Tränen nicht erklären. Das Thema „Ablehnung“ hatte ich in meinem Leben doch schon genügend durchgearbeitet. Ich wusste, meine Eltern hatten das gegeben, was sie selbst in ihrer Kindheit empfangen hatten. Sie waren Kinder ihrer Zeit und wollten mich bestimmt nicht bewusst verletzen. Während die Tränen unaufhörlich weiterflossen, betete ich in meiner Verzweiflung zu meinem Papa im Himmel. „Herr, was ist denn das jetzt, es ist doch alles vergeben, warum kann ich nicht aufhören zu weinen?“ Die Antwort war ein Eindruck in meinem Inneren. Da lag ich als Baby, in einer großen Hand liebevoll gehalten und geschaukelt, mit einer unfassbaren Liebe angelächelt. Ich hielt inne, genoss diesen Eindruck lange und war wieder ganz das kleine Kind, das von seinem Papa, der Seine gesamte Aufmerksamkeit nur ihm zuwendet, getröstet wird. Ich verharrte in der Schönheit dieses Augenblicks und wusste plötzlich: Jetzt heilt mein Papa im Himmel die verletzte Seele meines inneren Kindes. Ich konnte Seine ehrliche unendlich tiefe Liebe für mich sowie Seine radikale Annahme meiner Person spüren. ER hatte mich geplant und gewollt! ER hatte den genauen Ort und das genaue Datum meiner Geburt lange vorher festgelegt. Er kannte meine Eltern und ihre Verletzungen, wusste, was sie geben konnten und was nicht. In *jeder* Familie gibt es irgendeinen Mangel, den auszufüllen die Eltern nicht in der Lage sind. Vollkommen kann kein noch so liebender Elternteil sein. ER jedoch, unser Papa im Himmel füllt jeden Mangel aus, wenn wir es zulassen. So wurde an jenem Tag durch ein schmerzhaftes Erlebnis meine Seele weiter geheilt. Ich weiß und spüre es: Egal, wer mich liebt oder nicht, wer mich annimmt oder nicht – Mein Papa im Himmel liebt mich bedingungslos – immer! Selbst, wenn ich untreu bin, bleibt ER treu. Gott spricht:“ *ICH will euch trösten, wie einen seine Mutter tröstet.“*
Jes.66,13

Margret

Bügelsession

An diesem Tag hatte ich mir eine Menge Bügelwäsche mit in den Keller genommen.
Eine Familie mit drei kleinen Kindern beschert der Hausfrau Berge von Wäsche. Meine drei Kinder spielten im Spielzimmer nebenan. Ich hörte ihr vergnügliches Glucksen und war

zufrieden. Sie spielten so intensiv, dass es schien, als ob ich den Haufen Bügelwäsche heute schaffen könnte. Nun war Bügeln nicht gerade meine Lieblingshaushaltsbeschäftigung. Ich fand es etwas langweilig. Deshalb hatte ich mir für heute eine Kassette mit einem Vortrag von Derek Prince in den Recorder gesteckt und drückte auf „on". Der Vortrag handelte vom „Sprachengebet". Derek Prince hatte ihn schon vor einigen Jahren in einer großen katholischen Kirche im Süden Deutschlands im Rahmen der charismatischen Erneuerung gehalten. Ich hatte über dieses Thema schon einiges gehört. Nun war ich sehr daran interessiert, ob auch ich dieses Geschenk des HEILIGEN GEISTES wohl bekommen könne. Apg.2.1-4 *Und als der Tag des Pfingstfestes erfüllt war, waren sie alle an einem Ort beisammen...Und es erschienen ihnen zerteilte Zungen wie von Feuer, und sie setzten sich auf jeden einzelnen von ihnen. Und sie wurden alle mit HEILIGEM GEIST erfüllt und fingen an, in anderen Sprachen zu reden, wie Der Geist ihnen gab auszusprechen."*
Derek Prince sprach darüber, dass die Ausgießung des HEILIGEN GEISTES, die am Pfingsttag begonnen hatte, niemals aufgehört hat. Auch heute kann sie jedem Christen, der sich ehrlich danach ausstreckt, geschenkt werden. Oft schon hatte ich Christen in Sprachen, die sie eigentlich nicht sprechen konnten, beten hören. Auch wusste ich, dass dieses in einigen christlichen Kreisen verpönt war, weil diese annahmen, das Sprachengebet sei nicht von Gott, da die Apostelgeschichte lange vorbei sei. Derek Prince belegte seine Ansicht mit vielen Bibelstellen. Besonders sprach mich folgende Bibelstelle an: Lk11.9-13 *Und Ich sage euch: Bittet, und es wird euch gegeben werden; sucht, und ihr werdet finden; Klopft an, und es wird euch geöffnet werden! Denn jeder Bittende empfängt, und der Suchende findet, und dem Anklopfenden wird aufgetan werden. Wen von euch, der Vater ist, wird der Sohn um einen Fisch bitten – und wird er ihm statt des Fisches (etwa) eine Schlange geben ? Oder auch, wenn er um ein Ei bäte – er wird ihm doch nicht einen Skorpion geben ? Wenn nun ihr, die ihr böse seid, euren Kindern gute Gaben zu geben wisst, wie viel mehr Der VATER, Der vom Himmel (gibt, Den)* ***HEILIGEN GEIST*** *geben denen, die IHN bitten ?"*
Derek Prince forderte die Zuhörer seiner Predigt auf, um das Sprachengebet beim VATER im Himmel in JESU Namen zu bitten. Danach sollten sie einfach den Mund öffnen und herauslassen, was da herauskam. Bald hörte ich Gemurmel aus vielen Kehlen. Die Kinder spielten immer noch voller Freude miteinander und hatten mich noch kein einziges Mal gestört. So tat ich dasselbe. Ich bat Gott in JESU Namen um das Sprachengebet und öffnete den Mund. Tatsächlich hörte ich etwas, was ich nicht verstand. Zuerst dachte ich noch „ das bin bestimmt nur ich und nicht Der HEILIGE GEIST:" Ich gab aber nicht auf und fuhr fort. Nein, das kam nicht aus meinem Verstand. Ich hatte dieses Geschenk wirklich erhalten! Ehrfürchtig dankte ich Gott. Meine anfänglichen Zweifel wurden immer weniger und ich vertraute darauf, was ER in Seinem Wort gesagt hatte. Beeindruckt war ich auch von der Tatsache, dass Der Herr Herrscher über Raum und Zeit ist. Der Vortrag war schon einige Jahre alt. Dennoch hatten nicht nur die darum bittenden Teilnehmer sondern auch ich, Jahre später in einem Keller beim Bügeln das Geschenk des Sprachengebetes erhalten. Dieses tröstet mich oft, wenn mir in einer schweren Stunde nichts Weises zum Beten einfallen will. Wie souverän ist unser Gott!
Margret

Der Herr führt, kämpft, rettet!

Mit vierzehn Jahren gab ich Jesus mein Leben. Siebzehn Jahre war ich, als ich meinen Mann kennen lernte, achtzehn war ich, als wir heirateten. Wir wurden Eltern dreier Kinder. Mein

größter Wunsch war es, dass auch mein Mann und meine Kinder Jesus kennen lernen sollten. Ich betete, kämpfte, diskutierte. Zu meiner Schande muss ich gestehen, ich stritt sogar mit meinem Mann , aber nichts veränderte sich. Jeden Tag diese Kämpfe, ich war es so leid und so müde! Eines Tages klagte ich: „Gott ich kann einfach nicht mehr. Warum veränderst Du Peters Herz nicht?“ Zum ersten Mal wurde ich still und hielt meine „große Klappe“. Nun hörte ich zu, was Gott dazu zu sagen hatte. Im Inneren spürte ich Ihn sagen: „Bekenne dich zu Mir, dann bekenne Ich Mich zu dir!“ Mir war sofort klar, was Er damit meinte! Er meinte, ich solle mich taufen lassen. Ich war schon als Baby „getauft“ worden. Aber in meiner Familie und meiner Landeskirche gab es keine echte Erwachsenentaufe. Also hielt ich Ausschau nach einer lebendigen freien Gemeinde, wo Gottes Wort in Wahrheit verkündigt wird, und Sein Geist lebendig ist. Ich fand diese auch in einem nahegelegenen Ort. Der Pastor dort war noch ganz neu in seiner Arbeit und hatte schon lange dafür gebetet, eine Taufe machen zu dürfen. Doch jetzt fingen bei mir die Probleme richtig an! Peter befürchtete, ich sei in eine Sekte geraten und war außer sich vor Zorn. Er drohte mir mit Scheidung, sollte ich auf der Taufe bestehen. Nun war ich völlig verstört. Ich sagte zum Herrn: „ Herr, was soll das? Du hast doch gesagt, ich soll mich taufen lassen.“ Seine Antwort war mir sofort präsent: „Hab keine Angst, Gerlinde. Ich bin bei dir; Ich kämpfe für dich, vertraue Mir!“
„OK, dann ist das jetzt Deine Verantwortung. Ich werde mich taufen lassen. Wenn Peter sich von mir trennt, musst Du mich da durch bringen.“ So blieb ich bei meinem Entschluss, ehrlich gesagt mit Angst und Zweifel! Jeden Tag betete ich weiter für Peters Errettung und gab ihm täglich einen Zettel mit Bibelversen und Zusprüchen mit in seine Brotdose zur Arbeit. Gott sagt. „ Der Mensch lebt nicht vom Brot allein“ Sein Wort kommt **niemals** leer zurück. Es tut, wozu es ausgesandt wurde. Ansonsten diskutierte ich aber nicht mehr mit Peter.
Nach einiger Zeit beruhigte er sich etwas. Allerdings bestand er darauf, beim Taufgespräch dabei zu sein, um dem Pastor seine Meinung zu sagen und alles zu überprüfen. Das machte mir Angst, denn mein Mann ist ein sehr gradliniger Mensch, der seine Meinung ungefiltert heraussagt, egal, ob das andere verletzt. Ich zitterte und betete. Der Abend kam, an dem das Gespräch bei uns zu Hause stattfand. Wir empfingen unseren Pastor im Wohnzimmer. Ich musste die beiden kurz allein lassen, um in der Küche einen Tee zu bereiten. Aus Angst, die Situation könne ganz schnell eskalieren, beeilte ich mich sehr. Als ich im Wohnzimmer zurück das Tablett abstellte, verkündete mein Mann, auch er wolle sich taufen lassen. Ich war platt! Wir riefen nun auch unsere Kinder dazu. Es stellte sich heraus, dass zwar noch nicht unsere beiden Söhne aber unsere Tochter sich auch taufen lassen wollte. Ich war vor Erstaunen völlig sprachlos. Siebenundzwanzig Jahre hatte ich genau dafür gebetet und gekämpft. Als ich endlich aufgab, selber zu kämpfen, hat Der Herr die Sache ganz schnell und wunderbar in die Hand genommen. Oftmals stehen wir unseren Gebetserhörungen selber im Weg, weil wir tun wollen, was nur Der Herr tun kann. Vertrauen heißt wirklich loslassen, und die Dinge geschehen lassen. Auch wenn das Risiko besteht, dass sie sich anders entwickeln, als ich es mir vorgestellt hatte.Ich habe erfahren, dass Gottes Pläne **immer** zu meinem Guten sind!
Gerlinde

Du hast, du kannst...

Als ich wegen meines Burn Outs so lange krankgeschrieben war, saß ich oft fassungslos auf meinem Sofa. Ich hatte den starken Eindruck, dass von mir als Person nichts übrig geblieben war. Alle meine früheren Fähigkeiten und Talente waren einfach – weg. Mir kam sogar der Gedanke, dass ich vielleicht nie wirklich welche besessen hatte. Die Krankheit hatte mich einfach „auf Null“ gesetzt. Ich war leer. So nahm ich alle Konzentration zusammen, die ich aufbringen konnte, und das war nicht viel, und sagte zum Herrn: „ Herr, ich hab nichts mehr. Ich kann nichts mehr. Ich bin wie ein Esel, der im Lauf zusammenbricht und alle vier von sich

streckt, wie ein Puzzle, das durcheinandergeraten ist. Es ist nichts geblieben. Setze DU mich zusammen, so wie Du es möchtest!" Immer wieder bekam ich, als Metallplatte oder Karte geschenkt, in Predigten gehört, von Mitchristen zugesprochen und im Wort Gottes wie zufällig aufgeschlagen: 2.Kor.11.9 *„Lass dir an Meiner Gnade genügen, denn Meine Kraft ist in den Schwachen mächtig."* Der Herr zeigte mir durch diese Verheißung immer wieder, dass es nicht darauf ankommt, ob ich leistungsfähig bin, sondern allein darauf, dass ich meinen Tag in Seiner Gnade lebe. Darin habe und kann ich alles, was ich für den Tag brauche!
Dann kann ER mich auch gebrauchen, wenn ich es gar nicht merke. Die Bestätigung dessen schenkte ER mir durch mehrere liebe Frauen, die mir unabhängig voneinander sagten, dass ich ihnen ein Vorbild sei, oder dass mein Zuspruch ihnen in einer schwierigen Situation geholfen habe. Das zu hören, hat mir sehr gut getan. Der Herr hat mich darin getröstet. Jes.66.13 *„ Wie einen, den seine Mutter tröstet, so will Ich euch trösten."*
Letztes Jahr in der Kur hörte ich im Internet eine Predigt von Maria Prean. Sie sagte darin irgendwie beiläufig, dass es oft passiert, dass der Herr Seine Leute „ auf Null "setzt, um sie von sich selber weg neu auf IHN aus zu richten, um ihrem Leben eine neue Richtung zu geben. Das gab mir neuen Mut. Mein Leben war mit der Krankheit nicht vorbei. Es würde etwas Neues für mich geben. Nun genieße ich jeden neuen Tag in Seiner Gnade und freue mich darauf, was ER in meinem Leben noch alles tun wird. Ein Lied, das ich manchmal während meiner stillen Zeit im Internet anhöre, hat mich auch sehr ermutigt, wenn verurteilende oder andere trübe Gedanken mich heimsuchen wollen. Die Gedanken werden dann sofort unter den Gehorsam Jesu Christi gesetzt, denn sie kommen vom Feind.
Hier ist der Text des Liedes

Mutig komm ich vor den Thron (Joshua Wesler)

„Allein durch Gnade steh ich hier vor Deinem Thron mein Gott bei Dir. Der mich erlöst hat, lädt mich ein, ganz nah an Seinem Herz zu sein. Durchbohrte Hände halten mich. Ich darf bei Dir sein ewiglich. Wenn mich mein Herz erneut verdammt, und Satan flößt mir Zweifel ein. Hör ich die Stimme meines Herrn (o oh oh). Die Furcht muss fliehen, denn ich bin Sein.
O preist Den Herrn, Der für mich kämpft und meine Seele ewig schützt. Mutig komm ich vor den Thron. Freigesprochen durch den Sohn. Dein Blut macht mich ganz rein. Du nennst mich ganz Dein. In Deinen Armen darf ich sein. Seht doch, wie herrlich Jesus ist, Der alle Schönheit übertrifft. Die Liebe in Person ist hier, gerecht und treu steht ER zu mir.
All unser Lob reicht niemals aus, Ihn so zu ehr`n, wie`s IHM gebührt.
Mutig komm......

Margret

Familienbande

Immer wieder habe ich erlebt, wie Gott schützt, bewahrt, und das Geraubte wieder herstellt. Vor ungefähr sechs Jahren war mein zweiter Sohn mit meiner jetzigen Schwiegertochter verlobt. Ich konnte mein Herz für dieses Mädchen nicht richtig erwärmen. Sie schien in meinen Augen chaotisch und selbstbezogen. Ich fürchtete, sie könne einen schlechten Einfluss auf meinen Sohn ausüben und dass sie meinen Sohn nicht wirklich liebte. Natürlich sagte ich ihr das nicht offen. Schließlich sollen wir als Christen unseren Nächsten lieben. Aber das spüren die Menschen natürlich als Erstes, wenn diese Liebe nicht echt ist. Die Verlobte wurde schwanger, bekam in der dreißigsten Schwangerschaftswoche jedoch Blutungen, so dass die Geburt eingeleitet werden musste. Da Kind starb bei der Geburt.Zum ersten Mal empfand ich echtes, unglaubliches Mitgefühl und Liebe mit dieser Frau. Ich sagte ihr, wie leid mir das Alles tat und bat um Vergebung für meine Lieblosigkeit.Trotz großer Trauer verbesserte sich unser Verhältnis zueinander ein wenig. Etwa ein Jahr später wurde sie wieder schwanger und wir bekamen unsere Enkelin. Leider vertraute unsere Schwiegertochter uns nicht wirklich und hielt sich selbst, das Baby und auch unseren Sohn auf Distanz. Ich betete. Fast ein Jahr später gab es diesbezüglich immer noch keine Gebetserhörung. Doch dann kam plötzlich unser Sohn zu uns nach Hause und bat, wieder einziehen zu dürfen. Ihre Beziehung sei in seinen Augen zerrüttet. Ich war schockiert! Der Teufel kommt, um zu rauben, zu töten. Der hat seine Freude daran, junge Familien zu zerstören. Jesus aber ist gekommen, um zu erretten, zu heilen und wieder herzustellen. Ich war nicht gewillt, mich berauben zu lassen. Wenn Satan seine Hand ausstreckt und deine Familie bedroht, wende dich an JESUS. Er sagt: „ Rufe Mich an in der Not, und ICH werde dich retten.“So bat ich den Herrn um Hilfe. Ich hatte den Eindruck, ER sagte zu mir: „ Fürchte dich nicht, Gerlinde. ICH kämpfe für dich!“ Als Erstes mussten wir unserem Sohn sagen, dass wir ihn leider nicht bei uns aufnehmen konnten, da sein Platz an der Seite seiner Frau und seiner Tochter ist. Er zog dann zu einer Bekannten. Der Herr machte uns deutlich, dass wir unserer Schwiegertochter zeigen sollten, dass wir zu ihr stehen, was auch immer geschieht und dass es uns um sie geht, nicht nur um unser Enkelkind. Wir teilten ihr mit, dass wir im Gebet für sie und ihre Ehe in den Kampf treten. Das taten wir besonders jeden Montag sehr intensiv. Mit unserer Schwiegertochter verbrachten wir viel Zeit und unterstützen sie, wo wir konnten. Unser Sohn kam zwar regelmäßig, um seine Tochter zu sehen, war aber im Begriff, sich eine eigene Wohnung zu mieten und sich endgültig zu trennen. Wir ließen ihn wissen, dass wir seine Entscheidung für falsch hielten, versicherten ihn aber unserer Liebe und Unterstützung, egal, wie es weiter geht. So beteten wir weiter und vertrauten darauf, dass Gott alles in Seiner Hand hat und die Kontrolle behält, was auch immer geschieht. Einige Tage später wollte unser Sohn in eine Wohnung nach Emlichheim ziehen. Ich rief ihn an, um ihm mitzuteilen, dass wir einige Dinge für seine Wohnung hätten. Er sagte jedoch völlig unerwartet: „Danke Mama, das hat sich erledigt. Ich bin wieder zurück zu meiner Frau und meinem Kind gezogen, wo ich hingehöre.“ Ich war völlig sprachlos! Gott hat uns verheißen, dass uns alle Dinge zum Besten dienen müssen, denen, die IHN lieben. Seither haben wir ein so liebevolles Verhältnis zu unserer Schwiegertochter, wie ich es mir niemals hätten vorstellen können. Gott hat die Ehe unseres Sohnes durch diese Schwierigkeiten gestärkt. Mittlerweile gehört auch noch ein Sohn zu ihrer Familie. Der Herr hat auch ihre gebrochenen Herzen geheilt. Gelobt sei ER in Ewigkeit

Gerlinde

Prüft Mich doch...

„Nun schau Dir das an!“ forderte mich mein Mann auf. Ein Blick auf den Bildschirm unseres Computers bestätigte meine Befürchtungen. Er hatte die Serviceseite unserer Bank aufgerufen und betrachtete gerade Kopfschüttelnd die aktuellen Daten unserer Konten. Der Stand meines Gehaltskontos wies nur noch fünfhundert Euro auf. Der Monat war noch nicht zu Ende und wir wollten doch noch in den Urlaub nach Madeira fliegen. „ Den Urlaub schenke ich Dir zum Geburtstag!“ beruhigte mein Mann mich „aber du musst wohl ein bisschen besser rechnen“ Ja, das sah wohl so aus. Mein Gehalt bei der großen Kosmetikfirma, für die ich arbeitete, schwankte ziemlich. Zum niedrigen Grundgehalt gab es nur dann einen Bonus, wenn ich meinen Plan erreichte. Dieses hing von mehreren Faktoren ab und war gar nicht so einfach. Trotzdem war ich sehr froh, überhaupt Arbeit zu haben, um meinen Teil zu den laufenden Haushaltskosten beitragen zu können. Ich musste halt wirklich besser aufpassen, was ich ausgab. Mich beschäftigte allerdings noch ein Gedanke. Dieser Gedanke wurde mir im Urlaub in der stillen Zeit wieder ganz groß. Vorausgegangen waren einige Predigten über das Zehnten geben. Interessanterweise kamen sie nie von unseren eigenen Leitern. Entweder hörte ich sie von Gastpredigern oder fand sie „ zufällig“ im Internet. Der Herr wollte mir wohl irgendetwas sagen....Im Gebet rang ich mit mir und klagte dem Herrn: „Ja Herr, ich sehe das ja alles wohl ein. Aber weißt Du, was ich alles für Verbindlichkeiten habe? Die Kinder, für

die ich allein aufkomme, die alten Geschichten aus meiner Vergangenheit...Ich spende ja gern, aber jeden Monat 10 Prozent meines Gehaltes? Ich komme ja jetzt schon nicht mit meinem Geld aus! Das passt einfach nicht“ Dieses Gefühl, etwas Wichtiges nicht zu tun, nicht gehorsam zu sein und etwas Wichtiges zu verpassen, bohrte weiter in meinem Inneren.
Eines schönen Morgens im Urlaub bekam ich während der stillen Zeit den Eindruck, ich solle Maleachi. 3.10-12 lesen. „***Bringt den ganzen Zehnten in das Vorratshaus, damit Nahrung in Meinem Haus ist! Und prüft Mich doch darin, spricht Der Herr der Heerscharen, ob Ich euch nicht die Fenster des Himmels öffnen und euch Segen ausgießen werde bis zum Übermaß!“ Und Ich werde um euretwillen den Fresser bedrohen, damit er euch die Frucht des Erdbodens nicht verdirbt und damit euch der Weinstock auf dem Feld nicht fruchtleer bleibt, spricht Der Herr der Heerscharen.“***
Das war deutlich! So überlegte ich nicht mehr und beschloss, einfach gehorsam zu sein. Wieder zu Hause setzte ich mich an den Computer und richtete einen Dauerauftrag ein, mit der Summe, die ich ausgerechnet hatte. Danach schaute ich nachdenklich auf den Kontostand und sagte zum Herrn: „ Du siehst auch, dass das mit den laufenden Ausgaben nicht passen kann. Aber das ist jetzt Dein Ding, denn DU wirst mich versorgen.“ In der nächsten Zeit schaute ich so selten wie möglich auf meinen Kontostand. In einigen Monaten war es knapp, aber ich litt nie unter totaler Geldnot! Und was soll ich sagen ? Nach ein paar Jahren erhöhte ich meinen Zehnten auf 10 Prozent vom Bruttolohn. Auch machte es mir von Jahr zu Jahr mehr Freude, mein Geld in Gottes Reich zu investieren. Die Anfänge meines Zehntengebens sind jetzt vierzehn Jahre her. Ich hatte Gelegenheit, den Herrn zu prüfen. Wenn ich zurückblicke,erkenne ich, dass mein Einkommen seitdem permanent gewachsen ist. Hatte ich wirklich mal eine schwere Phase, half mir der Herr auf jede nur erdenkliche Weise. Nie fehlte mir etwas. Ich kann wirklich bezeugen: Der Herr hält Seine Versprechen!
Prüft IHN doch!
Margret

Einige Worte zum Schluss

Nun hast Du, lieber Lesende in all diesen Geschichten von ganz normalen Leuten wie dich und mich gelesen, wie sehr Gott am Leben Seiner Kinder teilnimmt, wenn wir Ihn lassen. Die Geschichten erzählen davon, aus welchen verschiedenen Lebenssituationen uns Gott In Sein Reich gerufen hat.
JEDER Mensch ist IHM willkommen. Keine Ausgangssituation ist zu schwierig. Dafür ist Jesus Christus gestorben! Ob der betreffende Mensch sich selbst für „gut“ hielt, oder ob er wusste, dass er Rettung nötig hatte. JEDER Mensch braucht JESUS!
JEDEN Menschen nimmt ER an!
Dann sehen wir in den einzelnen Geschichten, wie detailliert Der Herr im Leben der Menschen wirkt. ER weiß genau, was wer wann braucht.
Weiter sehen wir, wie Der Herr Seine Kinder schützt, von kleinen bis zu großen Gefahren. Auch wenn ER einmal andere Pläne hat als wir, korrigiert ER immer voller Liebe und Geduld.
Wenn wir fallen, vergibt ER und hilft uns beim aufstehen.
Ist unser Bild von uns selbst verzerrt, lässt ER uns voller Liebe und ohne Anklage in Seinen Spiegel schauen.
Gerne zeigt ER uns, dass ER sich niemals ändert. Sein Wesen ist Liebe!
Auf Sein Wort und Seine Verheißungen können wir uns immer verlassen und kein Gebet bleibt ungehört.
Unser Gott will kein Sonntagmorgen Gott sein! ER ist auch kein Wunschautomat; oben Wunsch rein, unten Wunscherfüllung raus.
Unser drei einer Gott; Vater, Sohn, Heiliger Geist ist Der allmächtige, souveräne Herrscher des Weltalls. ER ist niemandem Rechenschaft schuldig!
Dennoch wendet ER sich jedem Menschen in Liebe und Sehnsucht zu und wünscht sich eine lebendige Beziehung zu ihm.
Noch ist Gnadenzeit Lehne Sein Rettungsangebot nicht ab!
Du selbst entscheidest, wo Du die Ewigkeit verbringst. ER hat alles vollbracht, was Du für dein Bürgerrecht im Himmel brauchst! Du musst es nur annehmen, so wie Du jetzt bist!
Und gehört Dein Leben IHM, dann entscheidest DU, wie intensiv Eure Beziehung ist.
Unser Gott liebt mich unfassbar stark. Dich liebt ER aber nicht weniger! Bei IHM gibt es kein Ansehen der Person.
Lerne IHN kennen, (falls das noch nicht der Fall ist), schenke IHM Deine Zeit und lass IHN der Regisseur Deines Lebens sein. Dann genieße jeden Tag dieser spannenden Reise und freue Dich auf das Ziel.

Das ist mein Gebet für Dich!

4.Mo.6.24 – 26
„Der Herr segne und behüte dich!
Der Herr lasse Sein Angesicht über dir leuchten und sei dir gnädig!
Der Herr erhebe Sein Angesicht auf dich und gebe dir Frieden!“

Danksagung

Nun neigt sich dieses Buchprojekt dem Ende zu. Voller Dankbarkeit schaue ich auf die vergangenen Monate zurück.

Zuerst einmal möchte ich meiner lieben Hauskreisschwester Mechthild Peters danken, die von diesem Buchprojekt sofort begeistert war; so begeistert, dass sie mir spontan ein handgemachtes persönliches Notizbuch aus unserem Bücherladen schenkte, in dem ich meine Gedanken mit Bleistift erst mal zu Papier bringen konnte. So entstand das Gerüst, an dem ich mich immer wieder orientieren konnte. Ihre Begeisterung hat mich sehr ermutigt.

Auch meiner lieben Angelika Keuter gebührt mein Dank. Als ich ihr erzählte, dass ich es aufs Herz bekommen habe, ein Buch zur Ehre Gottes zu schreiben, hat sie mich sofort ermutigt und mir den Link für den Frommverlag gegeben.

Weiter möchte ich meinem lieben Mann danken, der mir die Zeit für das Schreiben damit ermöglicht hat, indem er nie gemeckert hat, wenn das Abendessen spärlicher ausfiel oder er auf irgendetwas warten musste, weil seine Frau mal wieder mit dem Buch bescäftigt war. Im Gegenteil, wenn ich technische Probleme mit dem alten Computer hatte, war er sofort zur Stelle, um mir mit seiner Ruhe und seinem technischen Verstand beizustehen. Er war es dann auch, der die Endfassung für den Verlag für mich umgewandelt hat.

Meinem Ehemann, meinen Kindern und Enkelkindern bin ich immer dankbar, weil sie mein ganzes Leben auf eine wunderbare Weise bereichern.

Natürlich bedanke ich mich herzlich bei allen lieben Leuten, die mir ihre Zeugnisse zur Verfügung gestellt haben.

Ich schreibe gerne, aber in der sich dauernd verändernden Welt der Technik bin ich lange nicht auf dem letzten Stand. So bedanke ich mich gerne bei der lieben technisch versierten Christine Keuter, die viel Zeit damit verbracht hat, die ersten Dateien so zu komprimieren, dass sie zur Prüfung an den Verlag geschickt werden konnten.

Auch meiner lieben Freundin Tanya Kock gebührt mein Dank. Obwohl sie mit ihrer Familie und der Gemeinde sehr beschäftigt ist, hat sie einen ganzen Vormittag damit verbracht, meine Einführungen zu lesen und gegebenenfalls zu korrigieren.

Ich bedanke mich auch gerne bei Christina Cretu vom Frommverlag, die mit mir sehr viel Geduld gehabt hat.

Sehr dankbar bin ich für meine tolle lebendige Gemeinde in Nordhorn: für die Ältesten, die ihre ganze Kraft und Leidenschaft dafür einsetzen, Gott und den Menschen zu dienen und für jedes Mitglied dieser immer größer werdenden Familie, dessen Teil ich so gerne bin.

Unbedingt danke ich meinem Herrn JESUS, Der mir den Wunsch zu Seiner Ehre ein Buch zu schreiben, ins Herz gelegt hat und mich zu jeder Zeit mit allem, was ich brauchte, versorgt hat und mir in jeder Sekunde beisteht!

Stichworterklärung und Literaturhinweise

- Agape (griechisch) - für Liebe, welches durch das neue Testament auch außerhalb des Griechischen zum festen Begriff geworden ist. Es bezeichnet eine göttliche oder von Gott inspirierte uneigennützige Liebe. Im Gegensatz dazu werden für die menschliche Liebe oft die Wörter Eros, Storge und Philia gebraucht. (Wikipedia)
- Christengemeinde Nordhorn, Stadtring 44, 48527 Nordhorn; christengemeinde.com
- Joyce Meyer - Bibellehrerin, Bestseller Autorin, Fernsehprogramm: Enjoing everyday life; Hilfsdienst: Hand of hope, Joyce Meyer Ministries; verheiratet, lebt in St. Louis, Missouri, USA
- Maria Prean - Maria Luise Prean Bruni ist eine österreichische Missionarin in Uganda und Autorin mehrerer christlicher Bücher (Wikipedia)
- Rhema (griechisch) - wird im Neuen Testament für die mündliche Rede, das gesprochene Wort gebraucht. Ein Rhema Gottes ist immer lebendig, wirksam und kraftvoll und schafft durch die göttliche Offenbarung Glauben im Herzen.(christliches Zentrum Rhema e.V)
- Johannes Hartl - deutscher katholischer Theologe, Buchautor, Referent, Liedermacher, Gründer und Leiter des Gebetshauses in Augsburg (Wikipedia)
- Churchill - Sir Winston Churchill gilt als bedeutendster Staatsmann des 20. Jahrhundert, war zwei Mal Premierminister - 1940 – 1945; sowie 1951 – 1955, führte Großbritannien durch den zweiten Weltkrieg (Wikipedia)
- Derek Prince – international anerkannter britischer Bibellehrer, dessen tägliche Radioprogramme von der Hälfte der Weltbevölkerung empfangen werden konnte, (1915 -2003)
- Abtreibung.de - www.abtreibung.de; Hilfe und Unterstützung von kompetenten Mitarbeiterinnen bei ungewollten Schwangerschaften, 24St auch am Hilfstelefon
- Angst essen Seele auf - Film von R.W. Fassbinder (Regie) 1974; (Wikipedia)
- „Raus aus der Angst, rein ins Leben" von Caroline Feilmann
- Konkordanz „Bibel von A bis Z", Wortkonkordanz zur Lutherbibel 1984, Deutsche Bibelgesellschaft, Stuttgart
- Royal Rangers - internationaler Jugendverband, der sich der Pfadfindermethode bedient und seit 1962 weltweit über 2,5 Millionen Kinder und Jugendliche erreichte, (Wikipedia) christliche Pfadfinderschaft
- Bibel Info; biblische Verheißungen; www.bibelinfo.com
- Thea Bakker - Lobpreisleiterin CGN Nordhorn und bei CGN Musik, zwei eigenproduzierte CDs, Songwriterin
- Eddie Bakker „Außergewöhnlich leben" Buch; - Ältester in Christengemeinde Nordhorn, Autor zweier Bücher, internationale Predigtdienste
- Alpha Kurs - ein Kurs über die Grundlagen des christlichen Glaubens, ursprünglich in den 1970ern in der Holy Trinity Brompton Church, einer anglikanischen Gemeinde in London , entwickelt 1990 von Charles Marnham (Wikipedia)
- Wilkin van der Kamp, Pastor der deutsch/niederländischen „Euregio Christengemeinde in Aalten/Nl. (Wikipedia)
- „Die geheime Kraft von Gottes Wort in deinem Mund" von Joyce Meyer
- Themenkonkordanz, Christliche Verlagsgesellschaft Dillenburg 6. Aufl. 2007
  - creationism – (aus dem lateinischen) - Deutsch: Kreationismus „ bezeichnet die religiöse Auffassung, dass das Universum, das Leben und der Mensch buchstäblich so entstanden sind, wie es in den Heiligen Schriften der abrahamitischen Religionen und insbesondere und insbesondere der alttestamentlichen Genesis geschildert wird" (Wikipedia)
- „Mutig komm ich vor den Thron" Lied von Joshua Wesler, Urban life worship

Printed by Books on Demand GmbH, Norderstedt / Germany